U0030278

卡繆

瘟疫

La Peste　Albert Camus

陳素麗 譯

名家經典新譯

導讀一

文學作為一道反抗災難的陽光

耿一偉（臺北藝術大學戲劇系兼任助理教授）

二戰時期，法國被納粹占領，他們的軍服是褐色，所以法國人稱納粹為褐色瘟疫（la peste brune）。當小說《瘟疫》於一九四七年六月出版，戰爭才剛結束不到三年，大眾很容易將書中提到的瘟疫解讀成是納粹主義，而卡繆也不否認這一點。只是在一九五五年，正在崛起的評論家羅蘭．巴特（Roland Barthes）發表一篇名為「《瘟疫》：一部傳染病史冊還是孤獨之小說」（La Peste, annales d'une épidémie ou roman de la solitude?），批評《瘟疫》作為一種抵抗納粹的象徵作品，缺乏足夠的歷史化脈絡時，卡繆則回應：「對《瘟疫》的解讀應該是多樣的。」

二〇二〇年適逢卡繆逝世六十周年，本來就有不少紀念活動與書籍出版，恰巧碰到新冠肺炎的肆虐，一下子人們對《瘟疫》的興趣又高漲了起來。不少讀者都意識到小說中的諸多情節，幾乎是對當下疫情狀態的一種預言。像紐約時報、英國BBC廣播電臺等重要媒體都有專文，探討如何解讀《瘟疫》與新冠肺炎的關係。被稱為法國CNN的法蘭西24臺（France 24），也於二〇二〇年的十二月二十二號，播出一個關於卡繆的特別節目，邀請書店經營者、評論家等，一同討論卡繆再度熱銷的現象，以及如何在這個時代重讀《瘟疫》。

《瘟疫》述說了歐蘭（Oran）這座城市在發生瘟疫的近一年間，所發生的故事。歐蘭是真實存在的地點，它是阿爾及利亞的第二大城，面向地中海。卡繆成長於首都阿爾及爾（Alger），但是一九四一年到四二年前半的大部分時光，他都居住在歐蘭。一九四一年七月，阿爾及利亞爆發大規模傷寒傳染病，同年十月，卡繆始閱讀瘟疫的相關歷史與文學資料，包括英國小說家笛福（Daniel Defoe）的《大疫年紀事》，而《瘟疫》最開頭引用的那段話，就是出自笛福。我們可以在《卡繆札記》裡，發現相關線索，比如一九四一年一月的札記裡，當時已住在歐蘭的卡繆提到：「小老頭從陽臺上把報紙撕碎，丟下去吸引貓兒的注意。然後他朝他們吐痰。要是吐中了，他便笑了起來。」這段情節也在本書中出現好幾次。

我們可以把鏡頭拉遠一點，小說《異鄉人》完成於一九四〇年，哲學論文《薛西弗斯的神話》則是一九四一年。這兩部作品代表了卡繆的荒謬主義階段。《瘟疫》則是他從一切偶然皆無意義的虛無主義出發，轉向充滿道德感的人道主義，而小說所搭配的論述，是一九五一年出版的《反抗者》。

小說主角李爾醫生即是這種具有人道主義的人格者。李爾不相信上帝，無法解釋為何瘟疫會降臨這個世界，雖然經常感覺到孤單與疲憊，他依舊堅持每天工作二十小時，對他人充滿包容。小說中經常被評論者提到的一個高潮場面，是神父潘尼魯在布道大會上強調，瘟疫的出現背後有著上帝意旨。可是當神父與醫生在面對一位小孩因瘟疫而死亡的痛苦場面後，李爾說：「我對愛有不同看法。我到死都絕不會接受這個連孩子都要折磨的創世主及其世界。」

我們應該留意卡繆的阿爾及利亞背景，作為一位法國殖民者的後代，從小生長在貧民區的卡繆讚嘆北非的陽光與海洋，強烈的身體存在感，讓他懂得愛當下這個世界。年輕時的隨筆集《反與正》（1937）於一九五八年再版時，剛獲得諾貝爾文學獎的卡繆於再版前言寫道：「每個藝術家都在自己內在保存某種獨一無二的泉源……在那個我曾經長久生活過的貧困與陽光並存的養分裡。」。

阿爾及利亞的緯度與臺灣相當，都處在北回歸線上，而且阿爾及爾與歐蘭都靠海。卡繆所訴諸的道德感，是來自他所謂的地中海精神，這種精神與寒冷歐洲的思辨精神不一樣，充滿了身體的直覺與自信，也反映在卡繆對足球與游泳的喜愛上（同樣也滲入《瘟疫》當中）。他在《反抗者》最後一章〈地中海思想〉（La pensée de midi）強調：「歷史的專制主義儘管節節取勝，卻始終不斷地遇到人類本性不可征服的要求，而地中海保存著它們的祕密，在那裡，熾熱的陽光伴隨著智慧。」

為了幫這個新譯本寫導論，我開始重讀這部大學畢業之後就沒再讀過的小說。才開始沒幾頁，我就有一個強烈的感受，覺得書中對歐蘭的描述好像也可適用於臺灣，畢竟我們也被殖民過，有著類似的大海與陽光，如同小說一開始提到：「我們的市民工作勤奮，但都是為了賺大錢……而我們這個坦率、和善且充滿活力的民眾，總是讓旅行者對我們留下不錯的印象。」

《瘟疫》採取某種報導文學的形式，呈現了不同人物對瘟疫與封城的看法，這位敘述者強調內容都出自他的調查，而他的真實身分，要到小說最後才會揭曉。紀實報導的風格，脫離不了卡繆於一九三八年起擔任《阿爾及爾共和報》的記者，以及一九四三年底起加入抵抗運動地下刊物《戰鬥報》的經歷。卡繆總是喜歡將真實經驗融入小說中，比如他母親的堅毅形象就深深烙印在對主角李爾的母親的描述上。

如果說《瘟疫》與當下全球疫情有何不同？那就是網路的存在，使得原本小說中因封城所產生的疏離感，以及疫情威脅下對親情與友誼的渴望，都被大量媒體訊息與各種新開發的社交軟體所沖淡。死亡變成舉無輕重的新聞數字，so close, far away。我們在現實已看不到真實，一切都是破碎的，這時候只能靠閱讀小說，發現對真實的深刻理解。

不論是瘟疫或納粹，都是能造成大規模死亡的無差別力量。《瘟疫》作為一部經典，在於可以隨著時代變化而有新的解讀。《瘟疫》描繪因災難所造成的大規模孤立狀態，在未來有可能以生態危機或是恐怖主義的形式再度造訪，而那時，讀者依舊能從中找回反抗的力量。

導讀二

不只是瘟疫

翁振盛（中央大學法文系助理教授）

卡繆的《瘟疫》出版於一九四七年，二次大戰結束後不久。為了創作《瘟疫》，卡繆的準備工作絲毫不馬虎。他努力鑽研歷史上、醫學上的各類文獻。《瘟疫》的寫作過程頗為漫長。早在一九四一年，他就曾提到要書寫一部瘟疫的小說。[1]

《瘟疫》可能是卡繆除了《異鄉人》之外大家最熟知的作品。小說甫出版即廣受讀者歡迎，並且獲得「批評獎」（Prix des Critiques）。

《瘟疫》和卡繆的其他作品間有著千絲萬縷的聯繫。小說中觸及的諸多主題（生命、死亡、愛情、幸福）延續卡繆的《反與正》（*L'Envers et l'endroit*）。《瘟疫》一書中透過一個雜貨店老闆娘談到一則發生在阿爾及爾的社會新聞，明顯指涉先前問世的《異鄉人》。

1 Jacqueline Lévi-Valensi. ***La peste** d'Albert Camus*. Paris: Gallimard, 1991, p. 26.

《瘟疫》是卡繆「反抗系列」（Cycle de la révolte）中的一部作品。[2]小說中以李爾醫生為首的幾個人物竭盡一切反抗瘟疫，拒絕不戰而降。和《異鄉人》不同的是，《瘟疫》的文本生成無法與其歷史情境切割開來。《瘟疫》中有許多片段和卡繆在二次大戰期間在地下抗暴刊物《戰鬥報》（*Combat*）發表的文章以及《致一位德國友人的信》（*Lettres à un ami allemand*）極為相似。有別於卡繆早期的著作，《瘟疫》讓卡繆真正進入了歷史，讓他從個人邁向群體。[3]

在新冠肺炎肆虐全球的今日，這部「應景」的作品不僅在法國，在世界各地，都重新燃起讀者的興趣，銷售量也扶搖直上。小說中刻畫疾病的變異、防堵的措施、隔離檢疫、防疫宣導、疫苗注射，一切與現今何其相似。

書寫災難

小說名稱明白預告了即將發生的事件：名為《瘟疫》，也真的會爆發瘟疫。書中多次提到歷史上的大瘟疫以及宗教典籍上出現的瘟疫。西洋文學史上與瘟疫或大型傳染病相關的作品並不罕見。比較遠的有薄伽丘《十日談》、笛福《大疫年記事》；比較近的像是湯瑪斯・曼《威尼斯之死》，吉歐諾《屋頂上的騎兵》。瘟疫或為故事的核心議題，或作為故事背景框架，或變成推動故事的主要驅力，或左右故事的關鍵元素。

如果卡繆習慣透過虛構的作品來宣揚其理念或道德觀的話，他鮮少會因此而犧牲故事，《瘟疫》也不例外。不論故事的架構、演進、時間安排、空間描繪、敘述和對話的調配還是人物的營造，在在皆可看出這是部成熟作家的成熟作品。

李爾醫生為貫穿整部小說的靈魂人物。醫生之所以雀屏中選，主要因為他的專業讓他可以對疾病作出適切的觀察和處置，並且讓他接觸到許多歐蘭城的居民，知曉許多內情，獲取的訊息也成為故事推進的主要動力。

紀事和／或敘事

《瘟疫》有別於典型的傳統小說，遊走在記事和敘事之間。紀事與敘事存在著矛盾，因為紀事依照事實的時間先後依序羅列出發生的事件，而敘事則建立在邏輯因果關係上。也因此，通常會打亂時間次序，重新安排組織。

2 同一系列的其他幾部作品分別是《反抗者》（*L'Homme révolté*）、《戒嚴》（*L'État de siège*）和《正義之士》（*Les Justes*）。

3 Jacqueline Lévi-Valensi. ***La peste** d'Albert Camus*. Paris: Gallimard, 1991, p. 18-19.

這部小說採取常見的事後追述的方式，也就是說，敘述的事件在敘述之時已經發生。小說從頭到尾，時間指示十分清楚。事件大致依循時間次序敘述，但是免不了出現回溯的情形，比如在門房過世後敘述者提到尚．塔胡的雜事本，談到他初到歐蘭城的時候。

小說中的紀事者眼觀四面，耳聽八方，逐日逐月詳實記錄下他的所見所聞。他可以證實、擔保發生過的事情。紀事者偶爾洩漏他的形影。不時出現的「我們的市民們」證明他很可能亦是其中的一員。

此一紀事者亦是敘述者。當他說明其敘事策略、走向或選擇時，也會讓讀者意識到他的存在（例如，「在詳述新時期的種種事件之前，敘述者認為提供另一位證人對於上述時期的觀點，該會有所助益」）。

特別的是，敘述者使用第三人稱（「他」）來指稱自己，就像一個全知全能的敘述者。他巨細靡遺地敘述某些人物的日常生活（比如藍伯），就好像他一直待在他的身旁。但有些地方他似乎又暗示他並不是全知全能的敘事者，比如，「敘述者深信他可以代表所有人來寫下他的感受，因為他跟所有市民共同經歷了這段時期」。整部小說不斷擺盪在第一人稱和第三人稱之間。一直要到故事最後敘述者才會披露自己的身分。

除了敘事視角的混淆，口語化的語言是小說的另一特色。人物說話直白，大半時候只說該說的話，彷彿目的只在於傳達字面的意思。敘述的部分也類似。大致都是訴諸再尋常不過的語彙，甚至就像日常談話一樣，不假思索就脫口而出。話語除了字面的意思外，常常還蘊含有意無意抑制的情感。表面的平和掩蓋不住內在的溫熱，就像小說起始李爾醫生和妻子車站道別的那一幕。或許因為詞語大都安然置放在應該放置的地方，因而，即便醜陋可怖的畫面也往往會發散出奇異的魅惑。第一章中不少場景刻畫垂死掙扎、奄奄一息的老鼠，生動而鮮明。

封鎖的城市，囚禁的人

小說一開始的題詞預示了歐蘭城居民未來的命運和處境。他們面臨的不只是實質的禁錮，更是心靈的禁錮。封鎖的城市隔離了人們。裡面的人出不去，外面的人進不來。

卡繆筆下的歐蘭城，骯髒沉悶卻同時又迷人。卡繆對於這個城市並不陌生。一九四〇年初，他人就在歐蘭城。此時他的肺結核又復發。卡繆在歐蘭城一直待到一九四二年八月。[4]小說起始，時間的故意模糊（「這篇紀事報導中的詭異事件是發生在一九四幾年間的歐蘭城」）並沒有降低或移轉自傳的色彩，反倒使其顯得欲蓋彌彰。

李爾醫生因為封城無法與他的妻子相見，藍伯也被迫和愛人分開。分離和放逐的苦痛，卡

4 Pierre-Louis Rey. *Camus : L'homme révolté*. Paris: Gallimard, 2006, p. 33-34 ; Jacqueline Lévi-Valensi. ***La peste d'Albert Camus***. Paris: Gallimard, 1991, p. 27-28.

繆本身也經歷過。二次大戰期間，卡繆離開歐蘭城到法國治療，由於政治局勢的丕變，有兩年多的時間他被迫與待在北非的妻子和親人分隔兩地。[5]

卡繆在年輕時曾罹犯肺結核，長期治療和休養。書中對病人（例如門房）發病症狀、病況的變化、瀕死的身體的描述十分貼切。卡繆研究專家賈克莉娜・李維－瓦倫西（Jacqueline Lévi-Valensi）亦指出，肺結核和某一類型的瘟疫症狀極其相似。[6]

《瘟疫》聚焦於瘟疫底下生活的歐蘭城居民。歐蘭人的態度大相逕庭，每個人以自身的方式回應這場瘟疫。紀事者或敘述者統籌這一切，消化、轉述他從居民接收到的訊息，並發表評論。

災難和極端的情境改變了人們，讓他們正視自己的情感，就像老醫生卡斯特和他的妻子。景物的描繪適時反映了人物心境的變化。李爾醫生不停移動，隨時隨地觀察周遭的景物（「醫生依然凝視著窗外，窗戶外是一片春天清澈的天空」）。景物的描繪突顯了瘟疫爆發前後的對比，例如，「這一帶的人平時都在門口坐上一整天，而現在各個大門深鎖，百葉窗拉下」。不僅如此，景色和物件還不時被賦予象徵的意涵。例如，在疫情趨緩的一月，天空終於浮現「前所未見的湛藍」。

不只是瘟疫

卡繆宛如時代的眼睛，對世上任何不公不義都無法視而不見。從第二次世界大戰戰前到戰後，卡繆可以說是無役不興，尤其在大戰期間積極投入抗暴運動。

納粹黨被稱為「褐色的瘟疫」（Peste brune）。[7]卡繆明白揭示：《瘟疫》遙指二次大戰德軍占領下的法國。小說中有多處類比瘟疫和戰爭：「世界上的瘟疫跟戰爭一樣多」；「疫情已全線撤退〔……〕最後終於讓眾人確信勝利業已在握，瘟疫正在棄守陣地」。小說第五部，瘟疫終結，禁令解除，眾人歡欣鼓舞，湧上街頭，不正像是大戰結束，熱烈慶祝解放的法國？依循卡繆的解讀，瘟疫暫時跳離了歐蘭城，沾染了濃郁的政治色彩。事實上，小說中有不少細節都可以和大戰產生連結。閱兵廣場蒙塵的共和女神像似乎暗指被德軍占領的法國。屍體草率的集體掩埋，焚屍爐火化的場景更讓人聯想到納粹的集中營。

如果戰爭也是一種瘟疫，恐怖主義、新集權主義等風潮亦可視為瘟疫的變種或變異。一如瘟疫，政治的狂熱激情也會相互感染，在短瞬的時間之內蔓延開來，一發不可收拾。面對這些

5 Jacqueline Lévi-Valensi. ***La peste d'Albert Camus***. Paris: Gallimard, 1991, p. 28.

6 *Ibid.*

7 希特勒創立的「衝鋒隊」穿著黃褐色的軍裝，因此在二次大戰時納粹黨被稱為「褐色的瘟疫」，意味著納粹和瘟疫一樣具有高度傳染性，都造成巨大的傷亡以及人類的浩劫。

新舊型態的瘟疫，沒有人可以置身事外。

卡繆榮獲諾貝爾文學獎的致詞清楚闡明他的藝術理念以及對作家的定位。他認為作家的角色「離不開艱困的責任」。藝術家不能孤芳自賞。他必須認知到他與沉默的芸芸眾生是相似的，並且願意為他們發聲。真正的藝術家勇於面對社會的問題，擔負起時代賦予的責任。

卡繆一生熱愛的工作都是一些「團體」的活動。踢足球，參與劇場演出，投身新聞業，他在不同的時期和不同的夥伴之間相濡以沫，並肩作戰，就像小說裡的李爾醫生、尚·塔胡、格蘭……

如果承認人與人的命運休戚與共，一如瘟疫籠罩下的歐蘭人，也許承擔責任和互助團結才會是對抗瘟疫的終極藥方。今日，距離《瘟疫》問世已有七十餘年，卡繆的思想隨著時間開枝散葉，深入人心，過往的實踐和經驗已經一次又一次證明其效力與價值。

透過另一種形式的禁錮來呈現某種禁錮，
就如同以不存在之物來表真實存在之物，兩者一樣合理。

——丹尼爾．笛福[1]

1 丹尼爾．笛福（Daniel De Foe），英國記者暨小說家，重要著作如《魯賓遜漂流記》。曾在一七二二年法國馬賽瘟疫大流行時，出版了一本以一六六五年倫敦大瘟疫為背景的小說：《大疫年紀事》。

第一部

這篇紀事所記錄的詭異事件是發生在一九四幾年間的歐蘭城。大家都沒想過這些事會發生在這座城裡，有點不尋常。確實，因為歐蘭城給人的第一印象十分普通，不過就是阿爾及利亞海岸線上，一個再平凡不過的法國省城。

老實說，城市本身很醜。城裡一派寧靜悠閒，得花點時間方能察覺它跟其他地區的眾多商業之城有何不同。譬如說，如何去想像一座沒有鴿子、沒有綠樹、沒有花園的城市；一個聽不見振翅飛翔，也聽不到葉子窸窣細語的地方。說白了，就是個平淡無奇的小城？這兒的四季更迭，僅能從天空的變化中得知。唯有透過空氣中氣息的轉變，或透過小販從郊區運來那一籃籃花朵中，嗅出春天的腳步近了，市場上叫賣的是一季的春意。夏天，豔陽烈火灼燒著一排排過於乾燥的屋舍，灰濛濛的厚塵鋪上所有的牆面；大家只得木窗緊閉，在陰影下度日。秋天，則完全相反，暴雨來襲，泥濘成河。唯有冬天，才得好日。

要認識一座城市有個簡單的方式，就是觀察人們如何工作、如何愛戀、如何死亡。在我們這個小城，難道是因為氣候的緣故？這一切都同時進行著，而且帶著同等的狂熱與漫不經心。也就是說人們在此認真生活，有著他們各自的習慣；同時也在此感到枯燥無聊，日復一日。我們的市民工作勤奮，但都是為了賺大錢。他們對商業特別感興趣，照他們的說法，他們首要之務，便是做買賣。當然，他們對一般娛樂也是喜歡的，他們喜歡女人、電影、海水浴。但是，他們非常理性的把這些樂子保留到週六晚上或週日，其他日子則是用來努力賺大錢。晚上，當他們離開辦公室後，他們會在固定的時間點聚集在咖啡館；大夥會在同一條大道上散步；或者，他們就坐在自家陽臺上休息。年輕人的欲望，強烈而短暫；而年長者的惡習，頂多也就是到滾球同好聯誼會走動走動，參加一些聯誼晚宴以及到豪賭俱樂部玩玩牌罷了。

大家也許會說這些也並非我們這城市所特有的。其實我們這年代的人，都是這樣過日子的。確實，這年頭大家都是從早到晚地工作，把剩下的生命拿來浪費在玩牌、泡咖啡館與閒聊上，這是再自然不過了。但有些城市、有些國家，那兒的人們偶爾會對其他事物起疑揣測。大體說來，這並無法改變他們的生命。他們只是起了些許臆測，但總是起了個頭。歐蘭城則正好相反，看上去像是個全然無疑的城市，也就是全然現代的一座城市。所以，無需細說我們這裡是如何相愛的。男人與女人，要不就是火速地彼此吞噬掉對方，也就是所謂魚水之歡；抑或是走入漫長的兩人世界。在這兩個極端中間，鮮少有折衷之道。這點同樣也非特例。歐蘭城，如同其他城市，由於缺少時間、缺乏思辨力，人們被迫只能相愛而不知其所以然。

我們這城裡比較獨特的是，死亡大不易。大不易，其實不是個合適字眼，也許該說不舒適會更恰當。生了病，從來都不會太舒服，但在有些城市、有些國家，它會給生病中的你支持。某種程度，在這樣的地方，你可以放手隨順一切。病人，是需要受到溫柔對待的，喜歡有所依靠，這是很自然的。但在歐蘭城，極端的氣候、重視商業、乏味平淡的城市風景、快速落下的夜幕、享樂的品質，在在都需要有個健康的身體。病人在這裡，會很孤單的。想想那些即將臨終的人，困於數百面被熱氣烤到劈啪作響的屋牆內；而在同一時間整個城市的人，在電話中，或在咖啡館裡，討論著各種關於交易、海運提單與折扣等等的事情；因此我們可以理解即便是如此現代的死亡，當它發生在如此乾燥的地方，也是不太舒服的。

這些描述或許讓大家對我們的小城，有一幅比較清晰的圖像。不過，也不該就此誇張。必須特別強調的是，城市本身與城中生活中平淡無奇的那一面。一旦大夥各自有了固定的生活習慣，日子是很輕鬆好過的。既然我們這城市正好有利於養成習慣，一切可說是最完美了。從這個角度來看，生命可能並非精采可期。但至少，我們這兒未曾有過混亂失序。而我們坦率、和善且充滿活力的市民，總是讓旅行者對我們留下不錯的印象。這個缺乏風情、毫無綠意、沒有靈魂的城市，最終倒像是個平靜小城，大夥可以在此昏沉度日。但在此我們還要補充一點，這座城盤踞在一處獨一無二的景致之中，位在一片光禿高原之上，四周環繞著閃耀發亮的山嶺，前面一彎線條完美的海灣。唯一可惜的是小城背著海灣而建，因此想看大海，總得特別費一番工夫。

說到這裡，我們不難理解歐蘭城的市民是完全無法預料到那年春天會發生那些事故，而且後來才理解到那些事故竟是本篇紀事打算記錄的那一連串重大事件的前兆。這些事實，在某些人眼中顯得稀鬆平常；但在其他人看來，卻是完全不可思議。但無論如何，身為編年史學家是不該將這些矛盾列入考量。當他知道這事確實發生了，且攸關整個民族的生命，也知道因此會有成千上萬的見證者在心中衡量著報導者紀事的真實性時，他的任務，就只是負責陳述：「事情就這樣發生了。」

再者，要不是機緣巧合，讓敘述者聽到相當數量的陳述與證詞；同時命運的力量又將他捲入他想要敘述的事件之中，他其實是沒有資格來做這項報導工作的。正因為具備了這樣的資格，讓他得以擔起這史學家的工作。至於這位敘述者的身分，在適當的時機便會曝光。當然，一位歷史學家，即使是業餘的，都擁有非常多的調查史料。這個故事的敘述者也有他的調查史料：首先是他自己的所見所聞，接下來是他人的陳述。而由於他身分的關係，他能聽到這故事中所有相關人物的私下告白。最後則是那些落入他手中的相關文獻，他打算在他覺得恰當的時機從中取材，打算隨其所好地加以運用。他還打算……也許該停下這些評語與無謂鋪陳，言歸正傳。事件的頭幾天，需要多加著墨。

四月十六日早晨，貝納．李爾醫生走出他的診所，在樓梯間中間，踢到一隻死老鼠。當下，他把牠移開，也沒多想就下樓去了。但是走到街上，他突然想到這老鼠不應該出現在那裡，他又回頭去通知門房。面對門房老米榭的反應，他更加覺得自己的發現頗為不尋常。對他而言，這隻死老鼠出現在那裡，只是有些奇怪而已；但對門房而言，這簡直是醜聞一樁。而且門房的立場非常明確，他斷然表示：這屋子裡沒有老鼠。醫生試圖安慰門房說，只是在二樓那兒有隻老鼠，而且很可能已經死了，米榭先生完全不為所動，繼續堅稱這屋子裡沒有老鼠，一定是外面來的。總之，就是一場惡作劇。

當天晚上，貝納．李爾上樓前，先站在公寓走道上找鑰匙；這時，他注意到從走道的陰暗角落裡跑出一隻大老鼠，步伐些許遲疑，毛濕漉漉的。這小動物停了下來，搖晃不穩，跑向醫生，又停了下來，發出一個小小的叫聲，整隻翻肚，嘴角微開吐血倒地。醫生仔細端詳了牠一會兒，然後上樓回家。

他心裡想的不是老鼠。這吐出的血讓他想起憂心的事。他的妻子已經病了一年，明天就要出發到山上療養中心去靜養。他回家時看到她正依照他的叮嚀躺在房間裡休息，以便應付明天的舟車勞頓。她微微一笑。

「我現在狀況非常好。」她說。

醫生看著床頭櫃的燈光下那張朝著他瞧的臉龐，即便有些病容，對李爾而言，這三十歲的臉龐依舊年輕美麗。也許是那笑容遮蓋了一切。

「可以的話就睡一下吧。」他說。「看護十一點到，我再送你們去搭中午的火車。」

他吻了吻微微冒汗的前額，而她那笑容伴他走到門口。

翌日四月十七日八點，門房攔住醫生，譴責有些傢伙惡作劇在走道上放了三隻死老鼠。老鼠滿身是血，應該是被大捕鼠器夾到的。門房提著老鼠的腳，在門口站了一會，等著那些惡作劇的傢伙自投羅網，跑來嘲諷一番，自露馬腳。但什麼都沒發生。

「哼！這些傢伙，」米榭先生說，「我一定會逮到你們的。」

李爾覺得事有蹊蹺，決定到外城去繞繞，去看看他那些最窮的病人。那裡的垃圾收得特別晚，他沿著這一區灰塵滿布的筆直大道開著，行駛間擦過路邊的垃圾桶。在其中一條路上，醫生數了數，約有十二、三隻老鼠被丟在路邊的菜渣及髒破布堆上。

他去拜訪的第一名病患躺在床上，房間面向大街，既是臥室也充當飯廳。病患是位西班牙老人，有張皺紋滿布且堅毅的臉，他面前的毯子上擱著兩個裝滿豌豆的大鍋子。當醫生走進來的時候，半坐半倚的哮喘老病號，正把頭往後仰試圖緩緩那急促粗糙的喘鳴。他妻子端了臉盆過來。

醫生幫他打針時，他說：「誒醫生，都跑出來了，您注意到了嗎？」

「對，」妻子說，「鄰居還抓到三隻。」

老人搓著雙手。

「都跑出來了，垃圾堆裡處處可見。牠們餓了！」

李爾隨後很快發現到整個社區都在談論老鼠。出診結束後，他返回家中。

米榭先生說：「樓上有一封給您的電報。」

醫生問他有沒有看到其他老鼠。

「當然沒有！」門房回道：「您知道的，我盯得很緊，那些混蛋不敢了。」

電報上寫著他母親明天抵達。妻子上山養病期間，母親來幫忙照料家務。當醫生走進家門時，看護已經來了。李爾看著妻子身著套裝站在那兒，臉上化了點妝。他對她微微一笑。

「好看。」他說，「非常好看。」

過了一會，到了車站。李爾將她安頓在臥鋪車廂，她環顧車廂。

「這對我們而言太貴了，不會嗎？」

「這是一定要的。」李爾說。

「那些老鼠是怎麼回事？」

「不知道，很詭異。不過會過去的。」

然後，他急急請她原諒他，說他之前太常忽略她，沒好好照顧她。她搖了搖頭，讓他別再說了，但他又補上一句：

「等妳回來，一切都會變得更好，我們從頭來過。」

她眼中泛著亮光，說：「好，我們從頭來過。」

過了一會，她轉過身去，背對著他，看向車窗外。月臺上，人們腳步匆忙，彼此撞來撞去。火車頭啟動的轚強轚強聲傳至他們耳邊。他喚妻子的名字，當她回過頭來，卻見她滿臉淚水。

「別哭。」他溫柔說道。

淚水下，笑容重現，有些僵硬。她深吸一口氣：

「走吧。一切都會沒事的。」

他把她擁入懷中。

此刻，月臺上的李爾隔著車窗，只看得到妻子的笑容。

「妳要好好照顧自己。」他說。

但她聽不到他說的話。

在月臺出口附近，李爾碰見了預審法官歐同先生牽著小兒子走過來。醫生問他是否要去旅行。個子修長，一襲黑衫的歐同先生，看起來半像過去所謂的上流人士，也半像殯葬業者。他語氣和善，但簡短回道：

「我來接歐同太太，她去探望我家人。」

火車頭的汽笛長鳴。

「老鼠……」法官說道。

李爾原本已朝著火車方向走去，又回過頭來望向出口。

「是，那沒什麼。」他說。

他只記得當時在那裡看到一位站務人員經過，腋下挾著裝滿死老鼠的一個箱子。

當天下午，門診剛開始時，李爾接見了一位年輕人，診所的人告訴李爾，那人是早上就來過的記者。記者名叫雷蒙．藍伯，個子矮小、雙肩厚實、一臉果斷，雙眼清澈聰慧，一身運動裝扮的他，感覺自信自在。他開門見山說出來意，他正在替巴黎某大報社調查阿拉伯人的生活條件，想搜集關於衛生條件的資料。李爾告訴他阿拉伯人的衛生條件並不理想，但在披露更多之前，他想先確定記者是否能如實報導。

「當然。」對方回說。

「我的意思是您能不能徹底地批判？」

「徹底？不可能。這點，我必須承認。但我猜想這種批判應該是沒有根據的。」

李爾緩緩地說道，確實這樣的批判是沒有根據的，但他這樣問，只是想知道藍伯能否毫無保留地揭發真相。

「我只認同毫不保留的報導。所以我無法提供任何資訊給您。」

「您這是聖儒斯特[1]的正直之言。」記者微笑道。

李爾維持原有的聲調說，這他不知道，他只知道這些話是出自某人之口，一個對所在世界感到疲憊，但仍熱愛其同胞，因而決定拒絕不公不義且絕不妥協。縮著脖子的藍伯看著醫生。

「我想我懂您的意思。」說完的最後藍伯站起身。

醫生送他走到門口，說道：

「謝謝您的諒解。」

藍伯顯得急躁，說道：

「沒問題，我能理解。」他說，「不好意思，打擾了。」

醫生和他握手道別，說起目前城裡出現大量的死老鼠，也許可以寫篇奇聞報導。

「啊！」藍伯驚呼：「這我有興趣！」

下午五點，正打算再次出診的醫生在樓梯間與一個還算年輕、身材壯碩的人擦身而過，那人有張削凹的寬臉，濃眉橫批其上。這大樓的頂樓住著一群西班牙舞者，他有幾次在那裡看到他。尚．塔胡不停地吞雲吐霧，一邊認真看著腳邊階梯上一隻老鼠臨死前最後的抽搐。他抬起那灰色雙眸，以平靜且略帶專注的眼神看了看醫生，向他問好，還提起出現這些老鼠，真是怪事一樁。

1 聖儒斯特（Louis-Antoine de Saint-Just 1767-1794），法國大革命的重要人物，以其絕不妥協的個性聞名。

「是啊，」李爾說，「可是到後來可真令人不舒服。」

「就某方面而言，醫生。只是就某方面而言。我們只不過以前沒見過這種事罷了。我倒覺得這件事有趣，真的非常有趣。」

塔胡用手把頭髮往後撥，又再看了看那隻老鼠，現在一動也不動了，他對著李爾笑說：「但是醫生，不管怎麼說，這主要還是門房的事。」

話說，醫生發現門房正倚在樓房門口前，他平日紅潤的臉上浮現一抹倦意。

李爾告訴門房說，又發現新的死老鼠。「對，我知道。」老米榭對李爾說。「現在都是一次兩三隻，但別棟樓房也有同樣的問題。」

他看起來又沮喪又擔憂，下意識地一直搓揉著脖子。李爾問他身體最近如何，門房也不能說不好，只是就覺得全身不太對勁，他覺得應該是心理因素。這些老鼠給他的打擊太大了，等老鼠消失，一切就會沒事了。

但翌日四月十八日早上，從火車站接回母親的醫生發現米榭先生的面容更加削瘦了：從地窖到閣樓的樓梯上找到十幾隻死老鼠，附近大樓的垃圾桶裡更是滿滿的死老鼠。醫生的母親聽到此事並不感到驚訝。

「這不意外。」

她是個滿頭銀亮髮絲、個子嬌小的女人，有著一對黑溜溜的溫柔雙眼。

「貝納，真開心見到你。」她說，「即使有這些煩人的老鼠事件，能見到你，是那麼令人開心。」

他贊同。確實，有她在，事情都變得好簡單。

然而，李爾打電話給市府的滅鼠單位，向相識的主任詢問是否聽說有大批老鼠跑出來死在戶外一事？梅何希耶主任有所聽聞，甚至在他們那離河堤不遠的辦公室內也發現了五十幾隻死老鼠。他還在思忖這情況算不算嚴重。李爾也說不上來，但他認為滅鼠單位應該開始展開行動。

「是的。」梅何希耶說，「這要有命令。如果你認為真有必要，我可以請上級下令。」

「絕對有此必要。」李爾說。

他剛剛聽女傭說她先生工作的工廠裡，發現了好幾百隻死老鼠。

總之約莫就在此一時期，我們的市民開始擔憂起來。確實，因為從十八號開始，工廠與倉庫裡滿滿的都是死老鼠，幾百隻的屍體。有幾次，因為老鼠奄奄一息拖得太久，廠方不得不出手結束牠們的性命。但是，從外城區到市中心，李爾醫生所經之處，所有市民聚集之處，老鼠們成堆地死在垃圾堆中，或是大排長龍地集體死在溪水裡。從這一天起，晚報爭相報導老鼠事件，並質問市府是否打算採取任何行動，打算採取哪些應變措施來確保居民免於這又噁又臭的老鼠入侵事件。市府團隊既無任何提議，也無任何應變措施；但他們開始召開會議研商策略。

他們下令請滅鼠單位每天一大清早去收拾各處的死老鼠，集中處理。收集完畢，滅鼠單位派兩輛大車把死老鼠全部載去垃圾焚化廠燒毀。

但接下來幾天，情況變得更糟了。這些死耗子數量愈來愈多，而每天早上收集到的數量，也持續增加中。從第四天開始，老鼠們開始成群出現，集體死亡。牠們從地下室、暗處、地窖及下水道紛紛爬了出來，一群群大排長龍，搖搖晃晃地走到陽光下，步伐蹣跚、整隻翻肚，就這樣死在人類身旁。夜晚，當我們在走道上或小巷弄裡，老鼠們微弱的垂死叫聲，歷歷在耳。清晨，牠們屍橫遍野地死在城市邊緣的溪河之中。鼻尖一點血花，有些老鼠腫脹腐爛，有些則僵直硬挺，連鼠鬚都還直挺挺的。城市裡，牠們則是小堆小堆地死在樓梯間或中庭裡。在行政大廳裡以及學校操場上，也出現零零星星的幾隻死老鼠，偶爾也會在咖啡館的露天咖啡座裡發現鼠屍。我們的市民同胞也會在城裡最熱鬧的地區愕然發現死老鼠的蹤跡，像是在閱兵廣場上、各個交通要道以及海濱散步大道上，每隔一段路就會出現鼠屍。城市每天一大清早就清理掉這些死耗子，然而白天裡，死老鼠又一點一點地出現，而且數量愈來愈多。已有不止一位夜間散步的人，在人行道上踩到一團軟軟尚且溫熱的新鮮屍體。彷彿我們屋舍所依附的這片大地，將它體內長年以來沸騰翻攪的體液排出淨化，將這些膿瘡血水盡數洗出，湧出地表。想想我們這向來平靜的小城，是多麼驚訝錯愕。短短幾天的時間，一切就全變了；有如一個身強體壯的男人，體內厚實的血液突然之間便揭竿起義！

事情愈演愈烈，瀚思通訊社（提供資料、文獻、所有事務的相關情報）在其發布免費資訊的廣播節目中報導：光是二十五號這一天，就清理並燒毀了六千兩百三十一隻鼠屍。這數字讓大家對這齣每天在眼前上演的劇碼有了明確的了解，全城更加惶惶不安。以往，大家還只是抱怨著這老鼠事件，有點噁心討人厭而已；但現在大家才發覺這件我們既不知事態多嚴重，也不知其起因為何的事件，其實隱藏著莫大的威脅性。只有那位患有哮喘的西班牙老人，一副老人的傻呆樣，開心地不停摩搓著手，不斷重複說著：「都跑出來了，都跑出來了。」

然而四月二十八日這一天，瀚思通訊社公布了當天收集到將近八千隻死老鼠時，全城陷入一片恐慌。大家要求政府拿出徹底的解決辦法，同時人們紛紛指控當局辦事不利。有些擁有海邊別墅的人，也開始議論著是否先搬去那裡避避風頭。但隔天通訊社又宣布情況突然好轉，滅鼠單位只收集到極少數的死老鼠。整個城市又活了過來。

可是，就在同一天的中午，李爾醫生把車停在自己公寓門口時，看到門房在街道另一頭舉步維艱地走著，頭低低的，手腳異常大開，有如木偶一般。老人讓神父的手臂攙著走來。醫生認識神父，他是潘尼魯神父，一位博學且熱情積極的耶穌會神父，與醫生有過幾面之緣，城裡大家都很尊敬他，即使是對宗教毫無興趣的人也不例外。醫生等他們走靠近，老米榭的眼睛泛著光，呼吸聲咻咻作響。老米榭先前覺得身體不太舒服，原想出來外面透透氣，但是脖子、腋下及鼠蹊部疼痛異常，只好回頭來找潘尼魯神父幫忙。

「有一些硬塊。」他說，「應該是我施力不當，用力過頭了。」

醫生的手伸出車窗外，用手指摸了摸米樹的脖子處，有很硬的結狀物。

「回去躺著休息一下，量量體溫。下午我再過來看您。」

門房離去後，李爾問潘尼魯神父他怎麼看待這樁老鼠事件。

「喔！」神父說。「應該是個傳染病。」他的一雙眼睛在圓眼鏡後面微笑著。

午餐過後，李爾正在重讀療養中心打來告知妻子順利抵達的電報，此時電話鈴響，是他以前的一個老病患，曾在市府工作過，他之前好長一段時間有主動脈狹窄的問題，因為他很窮，李爾都免費幫他治療。

「是。」他說。「您還記得我。不過這次不是我，請您趕緊過來，我的鄰居出事了。」對方聲音急促，上氣不接下氣的。李爾想到了門房，決定回頭再過去看他。幾分鐘後，他來到城外，穿入了費德爾博路的一幢矮房子門內，樓梯間濕涼發臭，他看到市府雇員喬瑟夫·格藍從樓上下來接他。格藍他，年約五十、鬍鬚發黃、身子瘦長駝背、雙肩窄小、四肢削瘦。

「情況穩住了。」他朝著李爾走來時這樣說著：「我剛剛以為他頂不住了。」

他擤了擤鼻涕。李爾爬到三樓也是最頂樓，看到左邊的一扇門上用紅色粉筆寫著：

「進來吧，我上吊了。」

他們走了進去，倒地的椅子上方，還有一條繩子垂吊在掛燈上，桌子也被推到角落。但繩子空蕩蕩地懸掛在那。

「幸好我及時把他救了下來。」雖然說著最簡單的語句，但格藍似乎一直斟字酌句思忖用語。「我那時剛好要出門，聽到了一點怪聲音，上來後看到門上的字，該怎麼說呢？我還以為是一場惡作劇。可是他發出了詭異的呻吟，聲音甚至可以說是恐怖。」

他抓了抓頭。

「依我看，過程想必很痛苦。當然我就進去了。」

他們推開了一扇門，裡面是一間明亮但幾乎沒有家具的房間。一位圓滾矮小的男子躺在銅製床上，大口大口地呼吸著，用他那一雙充血通紅的雙眼看著他們。醫生突然停下腳步，他似乎在兩個大口呼吸聲的間隔聽到老鼠的尖細叫聲，然而角落處沒有任何動靜。李爾朝床邊走去，男子沒從太高處跌落，也沒摔得太厲害，脊椎挺住了。當然還是有些窒息的現象，得照個X光。醫生給他打了一劑樟腦油，告訴他說過幾天就會沒事。

「謝謝醫生。」男子聲音卡卡艱難地說。

李爾問格藍是否通知了警察局。市府小雇員一臉窘迫。

「沒。」他說。「喔！還沒。我想說得趕緊先……」

「當然。」李爾打斷他。「那我來報警。」

但這時病人激動地從床上坐起身來，反駁說他現在沒事了，不用那麼麻煩。

「您冷靜。」李爾說。「相信我，這只是例行公事，但我必須通報警局。」

「喔！」另一人回道。

他身子往後攤回到床上，唏歔啜泣起來。一旁捻了一會兒小鬍子的格藍走上前來。

「柯塔先生，別這樣。」他說。「您得知道，如果之後您又想不開……別人可能會把責任推到醫生頭上。」

柯塔邊哭邊說，他不會再做傻事了。他只是一時絕望，他現在只希望大家別來煩他。李爾開著處方籤。

「好。」他說，「先別管警察。過兩三天我再回來看您。但請您別做傻事。」

醫生在樓梯間對格藍說他必須通報警局，但他會請警察兩天後再來調查。

「今晚得守著他。他有家人嗎？」

「我不認識他的家人。但我可以自己看著他。」

他點了點頭。

「其實連他，」他說，「我也不算真的認識。不過大家總是得互相幫忙。」

站在大樓廊道上，李爾眼神掃過大樓每一處陰暗角落，他問格藍這一區的老鼠是否已經完全消失了。小雇員說他不清楚，大家跟他提過這檔事，但他向來沒太在意這些流言蜚語。

「我有其他事要煩。」他說。

李爾已經握住他的手道別，他急於回去看看門房，再來要寫信給妻子。

兜售晚報的小販叫賣著老鼠入侵事件已告一段落。但李爾看到他的病患身子一半垂在床外，正一手扶著肚子，一手按著脖子，出現劇烈嘔吐，他在垃圾桶裡吐了大量暗紅色膽汁。歷經好一陣折磨，整個人吸不到空氣，門房最後才又躺回床上睡下。體溫燒到三十九度半，四肢跟脖子的淋巴結都腫起來，身側兩處黑色斑點也變大。他現在哀叫著自己裡面好痛。

「好燙！」他說，「什麼鬼東西，燙死我了。」

他發黑的嘴唇使他口齒不清，暴突的雙眼也因頭痛而泛淚，他轉頭過來用一雙突眼看著醫生。他太太則焦慮地望著不發一語的李爾。

「醫生，」她說，「這是什麼病？」

「什麼都有可能，但現在還不能確定。今天晚上前要禁食，吃淨化劑。還得喝大量的水。」

門房也正好口渴得要命。

李爾回到家，打電話給他的同業，城裡名醫之一——李察。

「沒有。」李察說道，「我沒遇到什麼特殊病例。」

「沒有局部發炎和發燒的病例？」

「啊！有！有兩位患者淋巴結處嚴重發炎。」

「有不正常嗎？」

「嗯，」李察說，「什麼是正常呢？這很難說……」

總之當晚門房燒到四十度，語無倫次，而且不斷抱怨老鼠。李爾試著特別的膿腫引流法，在松節油的灼燙下，門房厲聲咒罵：「啊！這些爛東西！」

淋巴結比之前腫得更大，摸起來堅硬，呈纖維狀。門房太太心慌意亂。

「好好照顧他，」醫生對她說，「必要的時候打電話給我。」

隔天，四月三十日，已經轉暖的微風吹過湛藍而濕潤的天空，帶來遠方郊區的花香，上午街道的喧鬧聲似乎比往常更加熱鬧，更加歡樂。我們整座小城在擺脫掉一星期以來的恐怖陰影後，今天，又是一個新的開始。李爾本人也因為收到妻子的來信安心不少，而帶著輕鬆的心情下樓去探望門房。早晨體溫確實降回到三十八度。病患疲憊已極，在他的床上露出了微笑。

「好多了，對不對，醫生？」他太太說道。

「我們繼續觀察。」

但到了中午，體溫一下子又飆上四十度，病患囈語不斷，又開始嘔吐。脖子上的淋巴結輕輕一碰就疼痛萬分，門房好像想把頭伸得離身體愈遠愈好。他的太太坐在床尾，雙手在床被上，輕輕抓著他的腳。她望著李爾。

「聽著，」他說，「他必須隔離，進行特別治療。我來打電話給醫院，叫救護車來。」

兩小時後，門房上了救護車。醫生與門房妻子俯身看著病患，他從長滿蕈狀瘤的嘴裡吐出零星的隻字片語，說著：「老鼠！」臉色青綠、嘴唇蠟黃、眼皮鉛灰，呼吸斷續而短促，四肢因淋巴結腫脹而如四馬分屍狀撐開著，整個人縮在這方小床裡，彷彿他用這方小床將自己整個裹入，或像來自地心深處的無名之物，對他無盡的呼喚，把他一直往下拉。門房身上彷彿有個無形的重量，把他壓得無法呼吸。門房太太在一旁哭。

「沒辦法了嗎，醫生？」

「他死了。」李爾說道。

我們可以說門房之死為這個充滿困惑不解的時期畫下了句點，同時開啟了另一個更艱難的時期。剛開始的迷惑不解，漸漸轉變為恐慌不安。我們的市民們之前從未想過這平凡小城居然會雀屏中選，但他們現在突然意識到老鼠們選中這小城來暴死於陽光下，而小城的門房們則死於怪病。從這點來看，他們當初真的是大錯特錯，他們得重新調整他們的看法。如果一切災難就僅止於此，那大家很快又會重回各自習慣的生活軌道上；但連那些既非門房也非窮人的人，也相繼步上米樹先生所開啟的死亡大道時，這時，恐懼與其連帶的省思，於焉開始。

然而，在詳述這些新事件之前，敘述者認為提供另一位證人對於上述時期的觀點，該會有所助益。我們在故事剛開始的時候就遇過這位證人，他叫尚．塔胡，他在幾週之前來到歐蘭城，之後，就一直住在市中心的高級旅館中。他看起來收入豐厚，生活無虞。雖然大家慢慢習慣了他的存在，但無人知曉他打哪兒來及為何來此。我們在所有的公共場所都會遇上他。春天一到，我們便常常在海灘上遇見他，他常來游泳，看來非常盡興享受。他這人，總是一臉笑容，似乎非常會找樂子，但也不會就此沉迷。實際上，我們發覺他唯一的習慣，就是常跟城裡為數頗眾的西班牙樂師及舞者混在一起。

而他的札記本裡，依時序記錄下這段艱難的時期，這些記錄也算是這時期的某種紀事報導。但是一種頗為特別的紀事報導，似乎特別著眼於一些雞毛蒜皮的小事上。乍看之下，我們會以為塔胡把望遠鏡倒過來看，刻意跟筆下的人事物保持一個相當的距離；在這一片混亂不安之中，他努力記錄下那些無足輕重的事情。我們當然可以為他這種態度感到遺憾可惜，而因此懷疑他這人鐵石心腸；但縱然如此，這些札記本為這個時期的紀事報導提供了大量的次要細節，而這些細節仍有其重要性。而他的觀察記錄詭異古怪，也讓人無法對這位有趣的人物遽下斷論。

尚・塔胡最早的筆記是在他抵達歐蘭城後寫的。從最開頭的部分，我們就看到塔胡對於來到一個本身如此醜陋的城市裡，有份奇怪莫名的滿意。他鉅細靡遺地描繪出市府前的一對銅獅子，而對於城裡全然無樹、房舍醜陋，以及城市街道規畫荒謬的部分，他筆下留情，評語寬厚。塔胡還在其中夾雜著他在電車上及路上聽到的一些對話。所有對話，他都只是如實記錄，直到稍後有一段關於一位名叫康的人的對話，他加了評語。塔胡聽到兩位電車售票員的對話：

「你知道康嗎？」其中一位說著。

「康？高個兒、蓄黑鬍的那位？」

「對！他之前負責扳道岔。」

「是啊。」

「他死了。」

「喔？什麼時候的事？」

「老鼠事件之後。」

「是喔！他怎麼死的？」

「我不清楚，發高燒吧。他身子也不是特別強壯，腋下長了膿腫，他沒撐過去。」

「可是他看起來跟大家差不多啊。」

「不，他肺部特別弱，還參加軍樂隊，老是吹著銅管很傷身的。」

「喔，」另一人下了結論：「要是病了，就別吹銅管了。」

聽完這段對話，塔胡心想為何康要違背自身最重要的利益——健康，堅持去參加軍樂隊；到底是什麼樣的理由驅使他甘冒生命危險去參加每週日的軍樂遊行演奏。

塔胡接下來描寫他窗戶對面的陽臺上經常上演的一幕，他似乎對此印象深刻，覺得有趣。他的房間面朝著從側邊切進來的一條小路，幾隻貓常常蜷在牆角陰影下睡覺。但每天午餐時間後，正當整座城市在炎熱高溫中昏沉打盹之際，一個小老頭就會出現在對街的陽臺上。他一頭梳整妥當的白髮，一身軍裝打扮，顯得筆挺而嚴肅的模樣，用著既疏遠而又溫柔的口吻，喚著貓兒：「小喵喵、小喵喵」。貓咪微弱地抬起惺忪睡眼，仍一動也不動。老頭兒就在這街道與群貓的上方把紙片撕碎往下撒，貓兒被這場白色蝴蝶雨吸引，走上馬路中央，朝著最後飛舞的紙片，遲疑地揮了幾掌。小老頭在這時趁機使上全力，絲毫不差瞄準貓兒，朝牠們吐口水。如果吐中了，便放聲大笑。

總之，塔胡似乎深受這城市的商業性格所吸引，城市的外貌、繁忙景象或甚至娛樂都與買賣息息相關。這份獨特性（札記本上的用詞）深受塔胡讚賞，他那些頌揚讚美之詞的其中一句，甚至以驚嘆句收尾：「終於！」這是到目前為止，旅人筆記中唯一帶上個人情感的地方。這些筆記的意義與嚴肅性，著實難以判斷。塔胡寫到由於旅館內出現了一隻死老鼠，結果害得收銀員把帳算錯；但接著他的文風轉為模糊晦澀，有別以往。寫道：「問題：如何才不浪費時間？答案：去感受時間的長度，感受每一分每一秒。方式：去牙醫診所的候診室，挑把難坐的椅子，在那裡待上個幾天；週日下午，在自家陽臺上打發時間；去聽幾場用自己不懂的語言進行的演講；選一條最遠最不方便的火車路線，一路站到底；去排各種表演的票，最後不買，等等。」但緊接著這些跳躍思緒及離題段落之後，他開始鉅細靡遺地描寫我們小城的電車：方正吊籃型的車體、難以言喻的顏色、一貫的骯髒，最後以一句「真是了不起」作結，但這句結語，完全無法解釋為何前頭寫了那些。

不管如何，塔胡對老鼠事件的記錄如下：

「今天，對面的小老頭兒一臉困惑失落。一隻貓都沒了。確實，貓都不見了，全被路上出現的大量死老鼠給吸引，興奮異常。依我看，貓是絕對不會吃死老鼠的，我記得我自己養的貓都非常討厭死老鼠。話雖說如此，但牠們現在應該也是在各個地窖裡興奮亂竄著，而小老頭兒就顯得些許失落了。他頭髮沒以前梳得服貼整齊，人也不如以往精神挺拔，看起來憂心忡忡的。他等了好一會兒，才進屋去。進屋前，還對著空空如也的街道，吐了一次口水。

「今天城裡有班電車被迫停駛，因為不知哪裡跑來一隻死老鼠。在兩三位婦女下車後，大家把死老鼠丟了，電車才又恢復行駛。

「旅館的夜班警衛是個值得信賴的人，他跟我說他覺得這些老鼠會帶來大難，『當老鼠棄船而逃時……』我回他說，對，船隻確實有此一說；但用在城市上，可沒證實過有此說法。但他仍堅信不移，我問他覺得會是什麼樣的大難降臨我們頭上。他說他不知道，災難是無法預測的，但若是發生大地震他也不會太意外。我承認有此可能，他問我會不會擔心。

「『我唯一在意的事，』我回他說，『是找到內心的平靜。』

「他完全理解我的意思。

「旅館的餐廳裡來了一家子，看起來很有意思。父親個子高瘦，一身黑衣，硬挺的衣領。他的頭顱中禿，一左一右兩側各一撮灰髮。一雙小眼睛圓圓的，眼神嚴厲，鼻子細長，一張嘴水平展開，整個人看起來像是一隻很有教養的貓頭鷹。他總是第一個走到餐廳門口，再退到一旁讓太太先行進入。太太個頭瘦小如黑鼠，身後緊跟著一個小男孩和一個小女孩，打扮得像表演雜耍的狗。走到餐桌旁，他等太太先就座才坐下，接著才輪到兩隻貴賓犬爬上他們的高腳椅上。他對妻兒一律用敬語「您」。對妻子說話，音聲柔美禮貌，言詞卻尖酸刻薄；對他兩個繼承人則語帶權威，不容反駁。

「『妮可，您這樣真是極度討人厭！』

「小女孩聽了都快哭了。事情本該如此。

「今天早上，小男孩聽到老鼠事件興奮異常，很想在吃飯時說上幾句。

「『菲利普，餐桌上不要談論老鼠。以後不許您再提起這個詞。』

「『您父親說得有理。』黑鼠說道。

「兩隻貴賓狗埋頭猛吃他們的狗食，貓頭鷹只是簡單點個頭致謝，沒再發話。

「儘管他們這個好樣的，但城裡大家對老鼠事件可是議論紛紛。報紙也加入討論陣營。以往主題五花八門的地方專欄如今全部砲口一致對準市府：『我們的市府官員們難道沒有察覺到這些囓齒動物的腐屍可能會帶來什麼危險嗎？』旅館經理更是三句不離此事，這也是因為他被惹火了。他簡直難以想像一間體面尊榮的旅館，居然會在電梯裡面發現老鼠。為了安慰他，我跟他說：『反正現在到處都是這樣。』

「『就是這樣才慘！』他回我：『我們現在竟然變得跟大家一樣了。』

「先前就是他跟我提到這令大夥開始擔憂的驚人熱病的最早幾個病例。他的一位女房務員現在也染上了。

「『不過這保證是不會傳染的。』他急忙強調。

「我跟他說我不在乎。

「『喔！我懂。您跟我一樣，都是宿命論者。』

「我從來沒這樣說，況且我也不是宿命論者。我這麼跟他說……」

就是從這個時候開始，塔胡的札記本開始較為詳細地談起這原因不詳、但已讓群眾惶惶不安的熱病。除了提到隨著老鼠消失，那小老頭子終於又找回他的小貓們，並耐心校準自己的口水射擊，塔胡還補充說當時已經出現了十幾個病例，其中絕大多數都因此喪命。

最後，我們可以把塔胡對李爾醫生的描述放進來作為補充資料。按照敘述者判斷，這描述確實相當忠實。

「看起來約莫三十五歲，中等身材，肩膀厚實，國字臉，深色雙眸中眼神正直，但下巴突出，鼻子大而勻稱，一頭極短的黑髮，彎彎的厚唇幾乎總是抿著。膚色黝黑，毛髮黑亮，總是穿著深色但很適合他的衣服，讓他看起來有點像西西里島上的農民。

「他走路很快，走下人行道時，速度也不放慢；過馬路走上對街的人行道時，三次裡有兩次他會微微用跳的。開車時心不在焉，常常都轉彎了，但方向燈還亮著。從來不戴帽子，看起來一副消息靈通，好像什麼都知道的樣子。

塔胡記錄的數字是正確的，關於這點，李爾是知道一些內情的。將門房的屍體隔離後，他打給李察詢問鼠蹊部熱病的現況。

「我實在搞不懂。」李察說：「兩件死亡病例，一位在四十八小時內過世，另一位三天內歸天。三天內死亡的這位病人，那天早上我離開的時候，他病情好轉，整個人都好起來了。」

「如果還有其他病例，請通知我。」李爾說。

他繼續打了幾個電話給其他醫生，發現才幾天內就有二十幾件類似病例，幾乎所有病患都撐不過。他請身為歐蘭醫師公會理事長的李察要隔離新的病患。

「這我沒辦法。」李察說：「這得省政府下令才行。況且，您從哪裡看出來這可能會傳染？」

「沒有，但這些症狀很令人擔憂。」

但是李察認為自己「沒有資格」做這樣的決定。他唯一能做的就是跟省長報告此事。

但就在談論之際，開始變天了。門房死的隔天，大霧遮天，城裡下起傾盆驟雨。一場陣雨過後，空氣中悶熱窒息。大海失去了它原有的湛藍，霧氣濛濛的天空映出了一片亮鐵銀白的大海，刺痛著雙眼。今年春天的潮濕襖熱讓人不禁期待起夏日的乾烈酷熱。如蝸牛殼般蜿蜒而建，幾乎不面海的高原小城，籠罩著一種鬱悶昏沉。在這粗糙灰泥的長牆之中，在這些滿是灰塵的櫥窗街道上，在這幾列髒黃色的電車上，我們彷彿被這天空給囚禁住了。只有李爾的老病號，倒是很感謝這天氣，讓他的哮喘不再發作。

「都快被烤熟了。」他說：「大熱天對支氣管是挺好的。」

確實是快被烤昏了，就像是發燒一樣。整座城都在發高燒，至少李爾醫生心中一直有這感覺。那天，他到費德爾博大道去協助柯塔自殺案的調查，他感覺到整座城市都在發燙，燙得不像話，他想這發燒的感覺應該是因為他自己內心的躁動不安讓小城燙了起來，他覺得自己得趕快把這雜亂如麻的思緒，重新整理一下。

他到的時候，警局局長還沒到。格藍在樓梯間等，他們決定先到格藍家，把大門敞開。這位市府雇員的家是一房一廳格局，只有簡單的家具。一塊白色木架上放著兩三本字典，還有一塊黑板，上面的字沒擦乾淨，還看得見上頭寫著：「花徑」。據格藍說，柯塔昨晚睡得很好，但早上起來抱怨著頭痛無法思考。格藍看起來疲憊而煩躁，不停來回踱步，桌上擺著一個厚厚的檔案夾，裡面塞滿了手稿，他把檔案夾不停地開了又闔上，闔了又開。

他跟醫生說其實他跟柯塔不熟，但猜想他應該有點小錢。柯塔是個怪人。好長一段時間，他們之間的互動僅止於樓梯間打個招呼而已。

「我只跟他說過兩次話。幾天前，我不小心在樓梯間打翻了一盒我要帶回家用的粉筆。盒子裡有紅色和藍色的粉筆。這時候，柯塔剛好走到樓梯間，他幫我撿起粉筆，並問我這些不同顏色的粉筆是做什麼用的。」

格藍跟醫生解釋他想重新複習拉丁文。高中畢業後，他都忘得差不多了。

「對。」他跟醫生說：「人們跟我保證說，學好拉丁文可以對法文字的意涵有更深入的理解。」

他把拉丁文的單字謄在黑板上，會隨著動詞變化而變格的部分用藍色，不會變化的部分用紅色。

「我不確定柯塔是否聽懂我的意思，但他好像很有興趣，還跟我要了一根紅粉筆。我有點驚訝，但畢竟不過就……我當然是完全沒料到這根粉筆會在他的計畫中派上用場。」

李爾問他第二次談話的內容為何，而警局局長在祕書陪同下，兩人已經抵達。局長想先聽聽格藍的說詞。醫生注意到格藍一直用「絕望者」稱呼柯塔，中間還一度說出「必死的決心」。後來他們討論著他的自殺動機，格藍此時用字遣詞極度挑剔龜毛，最後他們終於決定用「為情所苦」。局長問柯塔在態度上是否曾露出任何蛛絲馬跡讓人看出他所謂的「決心」。

「他昨天來敲我的門，」格藍說：「跟我借火柴。我把我那一盒給他，他邊道歉邊對我說鄰居間……接著，他跟我保證一定會還我。我跟他說他可以留著。」

局長問他柯塔當時是否有任何異樣。

「讓我覺得奇怪的是他好像想聊天，但我手上正忙著工作。」

格藍轉向李爾，神情尷尬地補上一句：

「是私人工作。」

局長想看看病人，李爾認為最好先讓柯塔有個心理準備。當他走進房間時，柯塔只穿著灰色法蘭絨睡衣坐在床上，一臉焦慮地望向房門。

「警察來了，對嗎？」

「對。」李爾說：「您別激動，只是兩三句例行問話，就沒事了。」

但柯塔回說這些都沒啥大用，而且他不喜歡警察。李爾露出些許不耐。

「我也不喜歡警察，但只要快速而且好好正確回答他們的問題，之後就一勞永逸了。」

柯塔不再作聲，醫生轉身朝門口走，小個兒這時叫住他，伸手抓住了站在床邊的醫生的手，說道：

「總不會要逮捕一個病人吧，不會動一個才剛上吊過的人吧，醫生？」

李爾端詳了他一會兒，最後安慰他說從來就沒有提到逮捕這檔事，而且有他在，他會保護他的患者。柯塔似乎放下了心中大石，李爾去請局長進屋來。

警察把格藍的證詞念給柯塔聽，問他能否對他此舉的動機加以說明。他完全不看局長，就只說了：「為情所苦，說的很好。」局長逼著柯塔問，會不會再來一次。柯塔激動地說當然不會，他只希望大家別再來找他麻煩了。

「我提醒您，」局長語帶微慍：「現在，是您在找大家麻煩。」

但李爾做了個手勢，大家就此打住。

「您以為我吃飽撐著！」局長走出去時嘆了口氣：「自從這熱病出現，我們可是很多事要忙。」

他問醫生，事情到底多嚴重，李爾回說他也不知道。

「都怪這天氣，就這麼簡單。」局長下了個結論。

是天氣的錯，這點毫無疑問。隨著一天中時間分分秒秒過去，愈到傍晚，就愈覺得觸手所及的一切都黏答答的；李爾感覺到內心的憂慮也隨著每次出診日益加深。當晚，老病患的鄰居按著他的鼠蹊部，胡言囈語中嘔吐不止。他的淋巴結腫得比門房的還大很多，其中一個淋巴結已經開始化膿，很快就會整個爛開，像一顆壞掉的水果那樣。李爾回到家，打電話給省府藥品庫存組。目前，他的醫療筆記上只寫著：「無」，但其他地方也開始通知他發現了類似病例。膿腫是一定要切開處理的，手術刀在腫脹的淋巴結上畫個十字，裡面流出帶血濃液；病患血流疼痛，感覺四肢被拉扯、撕裂彷彿四馬分屍；腹部及大腿同時出現黑色斑點，其中一個淋巴結不再化膿，但卻又重新腫大起來。絕大部分的病患都撐不過，在一片惡臭燻天中死亡。

原本爭相報導老鼠事件的媒體，忽然全都安靜下來，因為老鼠死在大街上，而人們死在房間內，但報章雜誌只報導大街上的事。省市政府都開始覺得事有蹊翹。每位醫生都只有零星的兩三個病例，所以誰也不會想到要採取行動。但其實只要有人願意去把所有病例加總起來，就會發現這數字著實驚人。才短短幾天，死亡病例成倍數上升，只要對這詭異怪病持續關注的人，都能明顯看出這是一場真正的傳染病。就在此時，一位比李爾年長許多的同業——卡斯特，決定來找他。

「您肯定……」他跟李爾說：「知道這是什麼吧？」

「我在等化驗結果。」

「我很確定，這就是那病，無需等化驗結果。我曾在中國執業，二十幾年前也在巴黎見過幾個病例，只不過大家當時不敢直接說出病名。輿論是神聖的，不能引起群眾恐慌，絕對不能引起恐慌。而且就如另一位同業所說：『不可能！大家都知道這病早已在西方絕跡了。』對，大家都知道，除了那些死者。這事，李爾，您跟我一樣清楚。」

李爾沉思著。他望向診間的窗外，看著那山石嶙峋的懸崖峭壁，在遠方展臂環抱著一彎海灣。微藍的天色開始黯了下來，隨著時間愈近傍晚，光線也愈顯柔和。

「是的，卡斯特。」他說：「簡直難以置信，但似乎真的就是瘟疫。」

卡斯特起身，走向門口。

「您知道其他人會怎麼回應的。」老醫生說：「『這病早已在溫帶國家消聲匿跡多年了。』」

「消聲匿跡，這能代表什麼呢？」李爾聳了聳肩。

「沒錯。別忘了，差不多二十年前的巴黎，都還發現這病。」

「好吧，但願這回的疫情不會比當時嚴重。但真的是令人難以置信。」

這是第一次有人說出了「瘟疫」一詞。故事發展至此，貝納．李爾站在窗後陷入沉思。我們就讓敘述者來說明為何醫生如此不確定與訝異，因為他的反應與城裡大多數的市民幾乎是大同小異。災難其實是件稀鬆平常的事，但是大難臨頭時，大家卻難以置信。世界上的瘟疫跟戰爭一樣多；然而，戰爭與瘟疫都讓人冷不防地中鏢。李爾醫生跟其他市民一樣，對這場疾病的爆發，所料未及；所以我們可以理解他何以如此遲疑。我們可以想像他為何一方面很擔憂，但同時又深具信心；因為當戰事爆發時，人們會說：「不會打太久的，這實在太蠢了。」也許戰爭的確是太愚蠢了，但儘管如此，這並無法阻止戰事綿延。蠢事總是拖得特別久，如果大家別光想到自己，就會很快發現到這點。但在這一點上，我們的市民跟大家是一樣的；他們只會想到自己，換句話說，他們是人本主義者。他們不相信災難，因為災難不適用於人類。人們說災難是不真實的，是一場惡夢，一場總會過去的惡夢。但事實並非如此，惡夢並未消失，而是一場接著一場，結果消失的是人類，尤其是那些認為不會有事的人本主義者，率先陣亡，因為他們全無防備。我們的市民並非比其他人更罪有應得，只是他們忘了保持謙卑，如此而已。而且他們以為他們還有勝算，也就是說他們以為飛來橫禍是不可能的。他們繼續做著他們的生意，繼續規畫著旅行，繼續高談闊論著。他們哪有心思去想到這場將未來、旅行遨遊及高談闊論盡皆抹煞的瘟疫呢？他們自以為自由，但只要災難尚存，沒有人能擁有真正的自由。

即使李爾醫生當著朋友的面承認，最近出現少數零星的病患在毫無預警之下死於瘟疫，對他而言，這個危險還是非常不真實。其實醫生只是在想像疼痛時，想像力比較豐富一點而已。醫生看著窗外一切如常的城市，面對未來前景堪憂，醫生幾乎沒有察覺到此時身上極其細微的一股噁心厭倦。他試圖在腦海中彙整他對這疾病所知的一切，一串串數字在他記憶中載浮載沉，歷史上三十幾起大規模的瘟疫，造成了將近一億人的死亡。但一億具死人又代表什麼呢？打過仗的，也不見得清楚死人是怎麼一回事。既然唯有親眼看著死亡發生，死亡才有重量的，那麼歷史上這一億具屍體，也不過就是想像中的一縷輕煙罷了。醫生憶起君士坦丁堡的那場瘟疫，根據普羅科皮爾斯[2]的記載，當時一天內就死了一萬人。一萬人就相當於一個大戲院可容納觀眾數的五倍，所以我們可以在五個戲院散場之時，把觀眾都聚集起來，帶到城中的廣場上，讓他們成堆死去，這樣才能對這一萬具屍體有點概念，至少在這堆無名屍骨上，我們還有幾張熟識的臉孔。但這當然是無法付諸實行的，況且又有誰能認得一萬張臉孔呢？此外，像普羅科皮爾斯這種人不會算數是眾所皆知的事。七十年前的廣州，瘟疫在波及人類之前就先造成四萬隻老鼠暴斃。但在一八七一年，並沒有方法可計算出老鼠數量，只能大概估算，所以錯誤在所難免。但如果一隻老鼠身長三十公分，那四萬隻頭尾相接，就會是……

2 普羅科皮爾斯（Procopius Caesarensis, 500-565）拜占庭歷史學家，其著作為東羅馬帝國查士丁尼大帝（Justinien）時期的重要史料。他曾描述在查士丁尼大帝統治下的東羅馬帝國所爆發的一場大瘟疫，根據他的紀錄，疫情始於西元五四一年的埃及，隔年春天蔓延至君士坦丁堡，隨後擴大至整個地中海地區。

醫生愈想愈遠，但他不應該這樣胡思亂想，他對自己感到有些生氣不耐。幾個單獨的病例並不會爆發為一個傳染病，只需採取預防措施，謹慎對待即可。當前重要的是去掌握目前所知的症狀：僵硬、虛脫、雙眼發紅、嘴巴發臭、頭痛、鼠蹊部淋巴腺炎、口渴難耐、囈語、身體出現斑點、內部的撕裂感，而最後會……醫生的筆記上記錄了這一連串的症狀，最後寫了一句，就以這一句作結：「脈搏漸弱，細如游絲，只消一個極細微的小動作，死亡驟然而至。」對，在這些症狀出現後，生命懸於一線，四分之三的病人（這是確切的數字），會有些耐不住而做出那幾乎無法察覺的微小動作，加速死亡的到來。

醫生依然凝視著窗外，窗戶外是一片春天清澈的天空；而窗戶內，瘟疫一詞仍迴盪在屋裡。這詞不僅代表著科學上的定義，更蘊含著一系列不可思議的畫面，與這灰暗土黃的小城格格不入。此刻的小城，開始緩緩熱鬧起來，嘈雜但不喧囂，總之是幸福快樂的，如果幸福快樂與乏味沉悶是可以並存的話。如此平和而冷漠無感的一份寧靜，幾乎不費吹灰之力就輕而易舉抹去歷史上那些久遠的瘟疫景象：受瘟疫侵襲而飛鳥絕跡的雅典城；中國城市裡滿是垂死之人，無聲無息奄奄待斃；馬賽的苦役將洞裡堆滿流膿死屍[3]；普羅旺斯邊上築起了阻擋瘟疫狂風之長城[4]；雅法[5]城與醜陋可憎的乞丐；君士坦丁堡的醫院中席地而鋪、潮濕發爛的病床；黑死病肆虐期間，醫生帶著鳥嘴面具狂歡[6]；鐵鉤拖行著染病之人；米蘭墓地裡，生者盡情交歡；駭人的倫敦，馬車上滿是死屍；夜以繼日，隨時隨處，人們不停地悲鳴哀啼，呼喊聲不絕於耳。不，這一切不足以抹煞這一天的祥和景象。窗戶外，突然之間傳來噹噹聲，不見電車但聞其音；這噹一聲，轉瞬間便將慘酷與痛苦一一駁回。唯有大海，在彷彿黯淡棋盤般的屋舍盡頭，證明著這世界的惶惶不安與永不止息。李爾醫生望著海灣，想到盧克萊斯[7]描述的焚屍柴堆。受瘟疫襲擊的雅典人，在海邊堆起柴堆焚屍。他們利用夜晚將屍體運送至海灘上，但海灘不夠大，生者為了替自己所愛的人爭一塊火葬之地，不惜拿起火把，血腥互鬥，也不願遺棄屍體。可以想像在那靜謐黝暗的大海前，柴堆之火散發著紅光；夜裡火把鬥毆，火光劈啪作響，毒臭濃煙竄上凝神照看一切的天際。這場景恐怕也會發生……。

思緒紛飛，令人頭暈目眩，然而這暈眩在理性面前，是站不住腳的。我們確實說出了「瘟

3 一七二〇年間，大聖安東尼號商船（Grand-Saint-Antoine）載著大批棉花與布料，途經瘟疫蔓延的 Levant 地區，最後抵達馬賽港。最初隔離措施並未確實落實，數天內城裡便爆發了大規模的疫情，服刑的苦役被徵召去協助掩埋數量龐大的死屍。

4 一七二〇馬賽大瘟疫期間，法國為了阻止疫情蔓延，在普羅旺斯近郊地區建造了一堵兩米高的石造鼠疫牆（Mur de La peste），並派守衛嚴守。現在普羅旺斯地區仍留有多處遺址。

5 拿破崙占領埃及後，接著進攻土耳其奧圖曼帝國控制下的敘利亞，攻下了雅法城，當時城裡爆發大規模的瘟疫，法軍亦損兵折將，難逃一劫。

6 十七世紀的歐洲，瘟疫肆虐，醫生們為避免接觸傳染，穿著特製服裝，鳥嘴面具，因此常被稱作鳥嘴醫生。這服裝最早由路易十三的御用醫生查理·德羅門（Charles de Lorme）所發明，連帽長袍、腿套、皮靴、手套、寬緣帽以及鳥嘴面具。面具上有兩孔，可裝上防護眼鏡；另有小孔以便呼吸；而面具內塞有香料和草藥，隔絕有毒空氣。手持木棍，用以撥開病人的被單或衣物、避免直接接觸。直至今日，威尼斯一年一度的面具嘉年華盛會中，鳥嘴面具仍深受歡迎。

7 盧克萊斯（Titus Lucretius Carus 98BC-55BC），古羅馬時期的哲學家與詩人。其重要著作《物性論》詩集（De rerum natura），全書六冊，是根據伊比鳩魯的哲學思想來闡述這個世界。

疫」這詞，而此刻瘟疫也確實丟出震撼彈，擊倒一兩個犧牲者；但是，瘟疫是可以終止的。我們只需要實實在在地面對業已成真的事實，驅散無謂的陰霾，採取適當的措施。接著，瘟疫就會終止，因為瘟疫無法靠想像產生，或說人們的想像是錯誤的。如果瘟疫就此打住，這也是最可能發生的情況，那一切都會沒事。如果不是這樣，我們也會知道瘟疫是怎麼一回事，了解是否有辦法先制住它，然後戰勝它。

醫生打開窗戶，城市的喧囂聲瞬時間湧入。嘰嘰復嘰嘰的電鋸聲，簡短而重複地從鄰近的工作室裡傳了上來。李爾晃了一下身子，這日常生活中的工作場景，這才是真真實實的。其他的，不過懸於一線、繫於微小動作上，虛懸不真，無法斷論。眼前最重要的就是做好自己分內的工作。

李爾想到這兒時，有人來通報喬瑟夫．格藍來找他。格藍在市府工作，雖然工作內容相當繁雜，但他定期受派到戶政處的統計部門支援，也因此他統計過死亡人數的總和。生性熱心的他答應親自送一份統計結果來給李爾。

李爾請格藍與他鄰居柯塔進門來，市府雇員的手裡揮舞著一張紙。

「醫生，數字攀升了。」他說：「四十八小時內十一人死亡。」

李爾跟柯塔打了聲招呼，並問他最近如何。格藍說柯塔堅持要來謝謝醫生，並為自己造成的困擾致歉。李爾只是盯著統計表看：

「好吧。」李爾說：「或許該下定決心說出病名了。目前為止，我們一直都在原地踏步。你們跟我一起來，我得去一趟實驗室。」

「好，好。」格藍隨著醫生走下樓梯，說著：「既然該直呼其名，那這病名是什麼呢？」

「我不能跟您說，況且說了對您也沒有幫助。」

「您瞧，」雇員微笑地說：「沒那麼容易吧。」

他們朝著閱兵廣場走去，一路上柯塔不發一語。街道上人漸漸多了起來，黑夜當前，我們這兒短暫的黃昏已然褪去。遠方依舊清亮的地平線那兒，第一批星辰出現天際。才過一會兒，路燈一一點亮，整座天空變得黯淡墨黑，人們講話的聲音似乎也高了一度。

走到閱兵廣場的角落時，格藍說：「對不起，我得先去搭電車了。我的夜晚時間很寶貴。

套句我家鄉的話：『今日事，今日畢。』」

李爾注意到格藍講話有個癖好，非常喜歡引用他家鄉——蒙特利馬的諺語，再加幾句不知哪裡來的陳腔爛詞，諸如『夢幻時光』或『魔幻光線』」

「啊，可不是嘛。」柯塔說：「晚餐過後就沒法把他拉出家門了。」

李爾問格藍是不是在忙市府的工作。格藍回說不是，是私人的工作。

「喔！」李爾沒話找話：「那有進展嗎？」

「我已經進行了好幾年了，當然是有些進展；可是從另一個角度來看，進展算是非常有限。」

「但簡單來說，是什麼樣的工作？」醫生停下腳步問道。

格藍一邊支支吾吾地回答，一邊把頭上的圓帽仔細往下拉，確實戴妥。李爾依稀聽出似乎是關於一位名人的崛起；但格藍已離他們遠去，踩著急促的小碎步走在馬恩大道的無花果樹下，一路往上頭走去。到了實驗室門口，柯塔跟醫生說這次來找他是想請他給些建議。李爾在口袋裡揉著那張統計表，他請柯塔直接來門診找他；但突然又改變心意，說他隔天會到柯塔家附近那區，傍晚可順道去看他。

道別柯塔後，醫生發現自己仍惦記著格藍。他想像他被捲入瘟疫中，但不是眼前這場肯定不會太嚴重的瘟疫，而是歷史上的某次大規模瘟疫。「他這種人總能在大難之中全身而退。」

他記起曾經讀到瘟疫會放過那些羸弱的身軀，而特別去擊垮那些體魄強健者。想著想著，醫生覺得這雇員身上帶著一抹神祕感。

乍看之下，喬瑟夫．格藍確實看起來就是個市府小職員的模樣，不多不少。個子高瘦，衣服總買大一號，以為可以穿比較久，結果整個人泅游在過大的衣服裡。如果他下排牙齒大部分都還乖乖站在牙齦上，上排的早已掉光。當他揚起上嘴唇微笑，就露出一張黑壓壓的大嘴。如果在這幅畫像上，加上如修士般那種緊貼牆面、無聲無息溜進門後的姿態，加上一股地窖燻煙的氣味以及各種微不足道的表情，我們不得不承認對他唯一能有的想像就是坐在辦公桌前，認真地確認市立公共澡堂的票價，或是幫年輕的公文擬稿員整理一些清理家庭垃圾新稅制的相關資料。即使不認識他的人，都會覺得他這輩子似乎就是來做這些不起眼但又不可或缺的市府臨時雇員工作，一天領個六十二法郎三十生丁。

他工作履歷上的「專長及證照」一欄就是這樣寫著。二十二年前取得學士學位，沒錢再升學的他就接下了目前這份工作，他說他們讓他以為很快就會轉為正式職員，只要花一點時間來證明他可以處理我們市府行政中一些複雜棘手的任務，之後，一定會有正職的缺。他們向他保證會給他一個公文擬稿員的職務，讓他生活寬裕。當然，野心並不是驅策喬瑟夫．格藍的動力，他帶著感傷的笑容保證自己絕不是受到野心驅使，而是因為他想要有一份正正當當的工作，讓自己生活無虞，然後就可以毫無遺憾地盡情投入自己喜歡的事。這點讓他非常心動。如果他當初接受了這份工作，就是基於一些崇高的理由，如果可以的話，也可說是為了忠於一份理想。

這種暫時的臨時工狀態持續了許多年。這段時間生活物價飆漲，而格藍的薪水，雖然跟著大家調過幾次，實在是微乎其微。他跟李爾抱怨過，但似乎沒人注意到這事。這點就是格藍特別的地方，或至少是他其中一個特別之處。其實就算不太確定自己的權益，他還是可以去爭取，或至少請主管兌現當時的諾言。但是，雇用他的主管很早就死了，且歸根究柢，雇員自己也記不清楚當時承諾的確切內容。最後還有一點，其實也是最大問題所在，就是格藍不知道該如何啟齒。

誠如李爾的觀察，這點就是我們這位市民的最佳寫照。也就是這點，讓他無法把內心的申訴付諸信件，也無法因應情勢採取行動。據他說，他特別難以說出「權益」這詞，他不太確定自己究竟有何權益；也很難說出「承諾」一詞，這樣好像在討債，感覺非常放肆，這跟他眼前的卑微的職務頗為不搭。另一方面，他拒絕使用「仁慈」、「請求」、「感激」等字眼，覺得有損個人自尊。就這樣，因為找不到合適的字眼，我們這位市民繼續做著他那卑微的工作，一做就做到這把年紀。此外，根據他跟李爾醫生說的，他後來發現他的生活夠用；反正，他只要量入而出，有多少花多少，生活就不成問題了。他因此體認到市長——我們城裡的一位大企業家，最常說的一句話果真沒錯。市長堅決地強調說，總而言之（他特別強調這四個字，他全部的推論皆奠基於此），所以總而言之呢，從來也沒見過有人餓死。不管怎麼說，喬瑟夫・格藍這種近乎苦行的生活，終究也是讓他免除了所有物質匱乏的憂慮。他就繼續這麼尋覓著合適的字眼。

從某個角度來看，他的生活可說是足為典範。他是那種無論在我們城裡或其他地方都很少見的人，總是勇於展露自己的真心與良善。他鮮少談論自己，但已足可看出他善良的本性與依戀的個性。這些特質，在今日的社會裡，大家都不敢表現出來。他從不羞於坦承對妹妹和外甥們的喜愛，他每兩年就到法國去探望他在世上唯一的家人。他承認一想起自己年紀輕輕時便過世的父母，讓他備感悲悽。他也不諱言對住家附近某個鐘的喜愛勝過一切，約莫傍晚五點左右，鐘聲就會悠然響起。但是僅僅要描述如此簡單的情感，連用一個字，他都絞盡腦汁。結果，不知如何表達成了他最大的苦惱。「醫生啊！」他說：「我很想學會好好表達自己。」他每次遇到醫生，都會跟他提起這個困擾。

那晚，醫生看著格藍離開時，突然理解到格藍之前提的：他一定是在寫一本書之類的。一路走到實驗室，這些念頭讓李爾感到安心。他知道很蠢，但他就是無法相信瘟疫會選中一個還找得到培養高尚癖好且如此謙虛的公務員的地方。更精準地說，他無法想像這些癖好在瘟疫之中有立足之地。所以他判斷實際上，瘟疫是無法在我們市民中蔓延起來的。

翌日，在眾人頗不以為然的堅持下，李爾終於接到省府衛生委員會的開會通知。
「大眾確實開始擔憂，」李察坦承：「而且閒言閒語更誇大這一切，省長指示：『要做就快，但不要驚動他人。』不過他堅信這是虛驚一場。」
貝納．李爾開車載著卡斯特一起到省政府。
「您知道，」卡斯特跟他說：「省裡沒有血清？」
「我知道。我打到庫存組問過。主任非常吃驚，說血清必須從巴黎調。」
「希望不會等太久。」
「我已經發去電報。」李爾回說。
省長很和氣，但有點神經緊繃。
「各位，我們開始吧。」他說：「我先報告目前的狀況？」
李爾認為不需要，醫生們都知情，問題只是得決定該採取何種措施。
「問題是，」老卡斯特突然冒出來說：「這到底是不是瘟疫？」
兩三個醫生驚呼出聲，其他幾位則看來面露猶豫之色。至於省長，則是整個人跳了起來，本能地轉頭看向大門，好像在確認這駭人聽聞的字眼確實被門擋下，沒在門外走廊上餘音迴盪。李察說依他之見，不該過度驚慌。我們眼前只能說這是一種會引發鼠蹊併發症的熱病，假設性的說法不管是在科學或在生活層面上，都是非常危險的。老卡斯特靜靜咀嚼著他發黃的鬍鬚，他抬起淺色的雙眸，望向李爾。接著他轉過頭來，以和善的目光望向其他與會者，他向大家說他非常清楚這就是瘟疫，但如果要官方正式宣布，接下來當然就得採取極為嚴厲的措施。他很清楚這其實正是讓他的同業們退縮不前的原因，所以為了讓他們安心，他很願意承認這不是瘟疫。省長神情激動地聲明說，這無論如何都不是一個好的推論方式。

「重點不在，」卡斯特說：「這推論方式好不好，而是這樣的推論方式讓大家重新去思考。」

李爾始終一言不發，大家便問他的意見。

「帶著傷寒症狀的高燒，同時伴隨著鼠蹊部淋巴腺炎和嘔吐症狀。我把這些淋巴腺腫瘤切開後，送去化驗，實驗室認為驗出的是鼠疫的頑強桿菌。但是還要補充說明的是這些細菌出現了一些變種，跟典型的鼠疫桿菌有些出入。」

李察強調既然如此，大家便可抱持遲疑的態度。幾天前已開始一連串的化驗，至少等到數據結果出爐再說。

「當一個細菌，」李爾靜默片刻後說道：「只消短短三天就讓脾臟腫脹四倍大，讓腸系膜淋巴結腫到如柳橙大小，像粥那麼濃稠，這就不容我們再遲疑了。感染區域正持續在擴大，依照目前疫情蔓延的速度，如果未能及時阻止，不出兩個月，疫情很可能會殺掉城市一半的人口。所以，你們要稱它為瘟疫或是擴張型熱病，這並不重要，唯一重要的是要阻止它殺掉一半的人口。」

李察認為無須過分悲觀，再者，他幾位病患的家屬都未被傳染，所以目前無法證實這是傳染病。

「可是有其他人死了，」李爾提醒大家：「而且所謂傳染也不是百分之百的，不然，就數學公式算起來，成長速度是無限的，而人類滅絕的速度也是令人驚駭的。重點不在於不要過於悲觀，而是要採取預防措施。」

然而李察想做個總結，提醒大家別忘了如果這個病沒有自己消失的話，那要阻止這場疫情，就必須依法採取嚴格的防治措施；但要採取防治措施，官方必須承認這確實是瘟疫，但是針對這點，我們無法百分百確定，所以應再三思。

「問題不在於，」李爾繼續堅持說道：「法令規定的防治法是否嚴格，而是為了避免一半的人口死亡，這防治法是否必要。其他的部分，都是行政流程，而我們的制度也設有省長來負責解決這些問題。」

「說得沒錯。」省長說：「但我需要你們正式確認這確實是瘟疫傳染病。」

「就算我們不承認，」李爾說：「它還是可能殺掉城裡一半的人口。」

李察有些激動，打斷對方。

「事實上我們這位同業已經認定這就是瘟疫，他所描述的病徵就足以證明。」

李爾說他並沒有描述病徵，他只是描述他所看到的。他看到的就是膿腫，斑點、囈語高燒、四十八小時內致命。李察先生是否能夠保證這場疫情不需要嚴格的防治措施就會自己終止，您願意擔起這個責任嗎？

李察猶豫片刻，看著李爾：

「說真的，告訴我您是怎麼想的，您確定這就是瘟疫嗎？」

「您問錯問題了。我們不是在玩文字遊戲，是在跟時間賽跑。」

「您的想法應該是，」省長說：「就算不是瘟疫，也應該實施瘟疫期間的預防措施。」

「如果我真得有個想法，那確實就是這個想法。」

醫生們商議之後，李察最後終於說：

「我們得挑起重責大任，把這疾病當作是瘟疫來處理。」

這樣的說法受到熱烈贊同。

「親愛的同業朋友，您也同意嗎？」李察問道。

「採用什麼說法，我不在意。」李爾說：「只是我們不應該當作半座城的人口沒有生命之虞在處理，因為威脅確實存在。」

就在現場一片激憤聲中，李爾離開了。沒多久後，在充滿油炸味及尿騷味的城郊，有位婦女鼠蹊部血跡斑斑，她轉過頭來看著李爾死命呼求著。

會議隔天，熱病情勢又微微向上竄升，甚至登上報紙版面，但只是輕描淡寫，稍稍做了點暗示。總之，接下來的那一天，李爾看到省府迅速在城裡最偏僻角落所張貼的白色小公告。從公告上，我們很難證實當局已經開始正視疫情。公告上防治措施並不嚴格，看來似乎是為免造成大眾恐慌的權衡之計。公文開頭提到歐蘭城裡確實發現幾起惡性熱病，目前尚無法確認是否具傳染性。這幾起病例病徵不明顯，不足為憂，相信市民一定能冷靜面對。然而，大家都知道一切需謹慎為上，所以省長決定採取預防措施。市民應該確實理解並執行這些預防措施，這些措施主旨就是要遏止傳染病的一切威脅。也因此，省長深信每位市民都能竭盡個人力量，全力配合。

公告上接著列出整體環境的相關防疫措施，其中包括在下水道灌入有毒氣體的科學滅鼠法，以及密切監視食物及用水的衛生。公告建議居民要將居家環境維持的一塵不染，最後還請身上有跳蚤的人都到市立醫療站報到。此外，所有經醫生確診的病例，其家屬必須通報相關單位並將病患送到醫院的特殊病房接受隔離治療。這些特殊病房的設備就是為了讓病人能在最短的時間內接受適當治療，並得到最大的痊癒機會。幾條附加條文規定需強制消毒病患的房間以及運輸工具。其餘的部分就只是建議病患身邊的親友得接受健康監測。

看著公告的李爾醫生突然掉頭就走，繼續往診所走去。喬瑟夫·格藍已經在那兒等著他，遠遠見到醫生，又再次舉起雙臂。

「對。」李爾說：「我知道，數字又往上攀升了。」

前一天，城裡有十幾位病患死亡。醫生跟格藍說也許晚上又會碰面，因為他要去看柯塔。

「您應該去的。」格藍說：「我覺得他最近變了，他看到您應該會很開心。」

「變怎麼樣？」

「他變得很有禮貌。」

「他以前沒有嗎？」

格藍猶豫片刻。他不能說柯塔以前沒有禮貌，這樣說用詞不精準。他以前是個外表粗野像頭野豬，個性安靜又封閉的人。房間、一間小餐館及一些頗為神祕的外出，這就是柯塔全部的生活。他正式的身分是酒商。不時，會有兩三位男子來找他，應該是他的客戶。晚上，他偶爾會到住家對面的電影院看電影，格藍甚至注意到他似乎特別喜歡看警匪片。但不論何時，這位酒商總是獨來獨往，處在防衛警戒的狀態。

據格藍所說，這一切都變了。

「我不知該怎麼說，但您知道嗎？我覺得他試圖贏得大家的心，他想攏絡所有人。他常常來找我聊天，邀我一起出去，我有時不知如何拒絕。再說，我其實對這個人有點好奇，畢竟我救了他的一命。」

從他企圖自殺，就再也沒人來找過柯塔。不管是在路上還是在那些店家，他試圖博取每個人的同情。從沒有人如此溫柔對雜貨店老闆說話，也從沒有人如此興致盎然傾聽香菸店老闆娘高談闊論。

「香菸店這老闆娘，」格藍點出：「真的是個蛇蠍女子。我跟柯塔說，但他回我說我錯怪她了，其實她有善良的一面，只是我們要懂得去發掘。」

柯塔帶格藍去了兩三次城裡的高級咖啡館及餐館。他最近開始常常在這些地方混。

「這裡很舒服。」他說：「而且這裡的人都非常親切。」

格藍注意到工作人員對柯塔特別好，他觀察後發現是因為柯塔小費給的特別闊氣。柯塔似乎對於別人待他是否親切和善特別敏感。有一天，旅館領班陪他走出去，還幫他穿上大衣。柯塔跟格藍說：

「他是個好孩子，他可以作證。」

「作證啥？」

柯塔想了一會。

「嗯，證明……我不是個壞人。」

總而言之，他處於情緒波動中。有一天雜貨店老闆態度比較沒那麼親切，他回家後整個暴怒。

「他跟別人一夥去了，這混帳東西。」他重複咒罵著。

「別人，誰？」

「所有其他人。」

格藍在香菸店老闆娘那兒，還親眼看到令人匪夷所思的一幕。當大家聊得興高采烈之際，老闆娘講起阿爾及爾最近鬧得沸沸揚揚的一樁逮捕案。有個小店員在海灘上殺了一個阿拉伯人的事件。

「如果我們把這些人渣都關進牢裡，」老闆娘說，「善良的小老百姓就可以太平過日子了。」

但她被柯塔突如其來的激烈反應給打斷了，柯塔連句抱歉都沒有，一個箭步奪門而出。格藍跟老闆娘看傻了眼，呆呆看著他逃離。

後來，格藍跟李爾提到柯塔個性上的其他轉變。柯塔向來都是持自由經濟派論調，他最常掛在嘴邊的一句話便足以證明：「弱肉強食是必然的。」但最近他都只買歐蘭市言論保守的報紙，而且讓人忍不住覺得他有點故意在公眾場合讀這份報紙，故意張揚賣弄。類似的事情也發生在他可以下床活動後沒幾天，格藍要到郵局一趟，他請格藍幫他匯一百法郎給他遠方的妹妹。他每個月都會匯錢給妹妹。但就在格藍準備出門時，柯塔說：

「麻煩匯兩百給她，給她一個驚喜。她以為我從來不會想到她；但事實上，我是非常愛她的。」

後來格藍跟他還有過一次奇怪的對話。柯塔對於格藍每晚全心投入的那小工作非常好奇，還逼著他回答一些問題。

「嗯，」柯塔說：「您在寫一本書。」

「算是吧。不過也沒那麼單純！」

「喔！」柯塔大聲嚷嚷說：「我也想和您一樣。」

格藍一臉驚訝，柯塔含含糊糊地說，當個藝術家很多事情都會比較好辦。

「為何？」格藍問。

「因為藝術家比其他人擁有更多權利，這是眾所皆知的。大家也對他們比較寬容。」

「其實啊，」張貼公告的那天早上，李爾跟格藍說：「他只不過是跟很多人一樣，被老鼠事件搞昏了頭罷了，又或是他怕染上熱病。」

格藍回答說：

「醫生，我可不這麼認為，如果您想聽聽我的想法的話……」

滅鼠車從他們所在的窗下轟轟轟地經過，排氣管聲音大到聽不見對方說話，李爾等車子過去才再隨口問問雇員有何想法。雇員神情嚴肅地看著他說：

「柯塔這人心裡有鬼。」

醫生聳了聳肩。就如警局局長說的，我們還有別的事要忙呢。

下午時分，李爾跟卡斯特開了會。血清還沒到。

「而且，」李爾問：「血清會有用嗎？這次的桿菌很詭異。」

「喔！」卡斯特說：「我不這麼認為。這些小生物看起來總有些與眾不同之處，但其實追根究柢，牠們都是一樣的。」

「至少這是您的假設。但實際狀況，我們完全無法得知。」

「當然啦，這是我的假設，不過大家都只能假設，無法確知。」

醫生每次想到瘟疫就會感到一陣暈眩。一整天下來，這暈眩感愈來愈強烈，最後，他承認自己其實是感到害怕。他走進了兩家高朋滿座的咖啡館，他跟柯塔一樣，也需要感受到人的溫暖。李爾覺得這種行為很愚蠢，不過這也提醒了他答應過酒商要去看他。

那天晚上，醫生去柯塔家找他。走進屋內時，他看到柯塔杵在飯廳的餐桌前，桌上攤著一本偵探小說。但夜幕低垂，黑暗開始瀰漫整個屋內，這麼暗他應該是無法看書。醫生進門前，柯塔想必正坐在黑暗中想事情。李爾問他好不好？柯塔一邊坐下，一邊嘀嘀咕咕說他很好，但如果他能確定大家都不會再來關心他，他會更好。李爾讓他知道人是無法離群索居的。

「喔！不是這個意思。我是指那些說是來關心，其實是來找麻煩的。」

李爾不發一語。

「但我沒有這種問題。請放心。是我正在讀的這本小說裡頭有個可憐的傢伙，某天早上突然就被逮捕了。其實警方一直在關切他，但他渾然不知。大家在辦公室裡對他議論紛紛，他的名字也被登錄在案，您覺得這樣公平嗎？您覺得我們有權對一個人這樣做嗎？」

「看情況。」李爾說：「從某個角度來說，我們確實無權如此。但這些都不重要，您不應該一直關在家裡，要出去走走。」

柯塔感覺有點激動，說他一直往外跑。如果需要的話，這一帶的人都可以替他作證。他交友廣闊，甚至離開這一區，都還有他的熟人在。

「您認識建築師李葛先生嗎？他是我朋友。」

夜色吞噬了整個屋子，市郊大街上開始熱鬧起來。當路燈亮起的那一剎那，外頭傳來一陣模糊難辨的歡呼聲迎接此刻的到來，眾人都鬆了口氣。李爾走到陽臺上，柯塔尾隨而至。今夜就如我們城裡的每一晚，一陣微風拂過附近這一帶，風中傳來呢喃細語及烤肉香。歡樂芳香的自由氣息，慢慢地盈滿整條街，喧囂的年輕一代紛紛湧上大街。夜裡，不見船首，但聞船鳴；大海低語，遠遠傳來；人群紛紛出籠，流入大街上。這原是李爾所熟悉也喜愛的時刻，但今天的他知道了太多內情，此刻讓人備感沉重。

「我們可以開燈嗎？」他問柯塔。

燈亮起來後，小個男子雙眼閃爍地看著醫生：

「醫生，如果我病倒的話，您會讓我去您的醫院門診就醫嗎？」

「為何不？」

柯塔問是否有人在醫院或診所接受治療時，還是遭到逮捕。李爾回答說這情形確實發生過，但一切端視病人的狀況而定。

「我呢，」柯塔說：「我信任您。」

然後他問醫生是否願意載他進城。

城中心的街道上已經沒那麼擁擠，燈光也較為稀少，孩子們還在自家門前玩耍著。柯塔請醫生停車，剛好停在一群孩子前面。他們尖聲喊叫，一起玩著跳房子。其中一個孩子，一頭黑髮梳得服服貼貼，分線清清楚楚，但滿臉髒兮兮，用他淺色雙眼，大剌剌盯著李爾看。醫生把頭撇開，移開視線。站在人行道上的柯塔跟醫生握手道別。酒商用他沙啞的聲音費力說著話，中間還兩三次回頭看了看背後。

「大家都在談流行疫情，醫生，這是真的嗎？」

「大家就是愛交頭接耳地八卦，這很自然。」李爾說。

「您說得對。等哪天死了十來個人，就傳成世界末日降臨。我們不需要這種危言聳聽。」

引擎已經呼呼轉動著，李爾手握變速桿，他轉頭再看了一眼那孩子，孩子始終目不轉睛盯著他瞧，表情平靜而嚴肅。突然之間，一百八十度轉變，對他露齒燦然一笑。

「那我們需要的是什麼？」醫生一邊問，一邊也對孩子報以微笑。

突然之間柯塔緊緊抓住車門，在逃離前用充滿淚水與憤怒的聲音，大聲嘶吼著：

「地震。一場空前絕後的大地震！」

然而地震並沒有發生。隔天，李爾在城裡四處奔波，一整天都在跟病患家屬會談或是與病患討論，李爾過去從沒有感到自己這職業如此沉重。到目前為止，病患都讓他非常省事，因為他們全然信任醫生。這是有史以來頭一遭，他感覺到病患有所猶豫保留，帶著一種不信任的驚愕，整個蜷縮在自己疾病的深處。這是一種他還無法習慣的對抗。約莫晚上十點，他來到了今天最後一個病患家。李爾將車停在哮喘老病號的家門口，久久無法起身離座；他緩緩望著這條昏暗巷道，仰望著黑夜中繁星閃爍，忽明忽滅。

哮喘老病號坐在床上，看來呼吸順暢許多，他數著鍋子裡的鷹嘴豆數量，一邊把豆子倒入另一個鍋子中。他面露喜色歡迎醫生。

「結果呢？醫生，是霍亂嗎？」

「您哪聽來的？」

「報紙啊，廣播也這麼說。」

「不是，這不是霍亂。」

「不管怎麼說，」老人很興奮說道：「這些大頭們，可是說得繪聲繪影的！」

「一句都別信。」醫生說。

他幫老人做完檢查後，現在坐在這簡陋的飯廳中央。對，他感到害怕。他知道第二天早上在這同一個郊區，會有十幾個淋巴腺發炎而縮成一團的病人等著他。切開腫瘤只能減輕兩三位病人的症狀，對大部分病患而言，只有送醫一途，他也很清楚醫院對窮人來說代表著什麼。「我不希望我丈夫變成他們的白老鼠。」某位病患的妻子這麼對醫生說。但他不會變成白老鼠，他是去送死，如此而已。頒布的防疫措施遠遠不足，這點是顯而易見的；至於所謂的「特殊規格」的防疫病房，他也知道，不過就是匆匆徵收的兩棟病房大樓，將原病患移至他處，再把大樓窗櫺封死，四周拉起防疫警戒線罷了。如果疫情沒有自己終止，也不會是行政單位想像出來的措施可以抵擋得住。

然而，當晚的官方公報對疫情仍樂觀以待。隔天，瀚思通訊社宣布面對省府公布的防疫措施，市民都以平常心接受，目前已有三十幾起病例通報。卡斯特打電話給李爾：

「那兩棟共有幾個床位？」

「八十。」

「城裡一定不止三十位病患吧？」

「有些病患很害怕，還有其他更多數的病患是還來不及害怕。」

「葬禮過程是否有防疫人員在場監控？」

「沒有。我打給李察跟他說，必須有一套完善防疫措施，不能只是空口說白話。我們必須建立起一堵完備的防疫屏障，否則等於什麼都沒做。」

「他怎麼說？」

「他回我他無權決定。我覺得疫情會持續升溫。」

確實，兩棟防疫大樓在短短三天內就全滿了。李察聽說政府準備徵收一所學校來進行消毒，將它改為臨時醫院之用。而李爾等待血清到來的同時，繼續切開淋巴腺腫治療病患；卡斯特回頭讀那些古老典籍，成天窩在圖書館研讀。

「老鼠是死於瘟疫或極度類似的疾病。」他下此結論：「這些死老鼠身上數以萬計的跳蚤四處散播感染源，如果我們無法即時遏止，疫情蔓延速度將快速倍增。」

李爾不發一語。

時序至此，天氣日趨穩定。陽光把最後幾場驟雨的積水一一曬乾。湛藍明媚的天空中，黃光閃耀瀰漫天際，逐漸回暖之際，傳來飛機聲轟隆轟隆，這時節的一切景象，都讓人感到如此安心。然而，短短四天內，熱病呈現四大躍進：死亡人數由十六位、二十四位、二十八位、攀升到三十二位。到了第四天，某幼稚園內的臨時醫院正式啟用，開始接收新的感染病患。在此之前，我們的市民還能一直以戲謔玩笑的方式來掩飾內心的擔憂；但現在路上望去，大家看來似乎更為消沉、更加靜默。

李爾決定打電話給省長。

「目前的防疫措施是不夠的。」

「我手上有目前的數據，」省長說：「確實，這數據令人擔憂。」

「不只是令人擔憂，這下是清清楚楚了。」

「我來請中央政府下令。」

李爾當著卡斯特的面掛上電話。

「下令！而且他們還要有點想像力才行。」

「那血清呢？」

「這禮拜會到。」

省府透過李察轉達，請李爾整理一份相關報告，以便寄往殖民地首都請中央指揮中心頒布行政命令。李爾將熱病的臨床症狀及數據資料一併附於報告內。同一天，死亡人數來到四十幾位。省長如他所說，決定自行宣布防疫措施自翌日起升級處理。強制大眾主動通報以及隔離的部分都維持不變；感染患者的住所需全面封閉並消毒；周遭親友需接受四十天的隔離檢疫期觀察；葬禮由市府稍晚擬定規定統一辦理。次日，血清由飛機運達，數量足以應付目前就診人數，但疫情若進一步擴大，血清將供不應求。李爾發了電報，得到的回覆是血清的安全庫存量已用罄，業已著手製作新的血清。

在此同時，從鄰近郊區運來了上千朵玫瑰，春天就隨著百花降臨大小市場。人行道旁花販籃中的玫瑰慢慢凋零，濃甜香氣洋溢滿城。表面上看起來，一切如舊。尖峰時段的電車，仍是擁擠滿載，而離峰時段則依舊空蕩無人、骯骯髒髒；塔胡繼續觀察著小老頭，小老頭繼續對著貓咪吐口水；格藍入夜就回家進行他那神祕任務；柯塔一直在原地打轉、無所事事；預審法官歐同先生繼續開車載著他那一家子動物跑來跑去；哮喘老病號繼續倒著他的豆子；偶爾還會遇上記者藍伯，神情輕鬆又一臉興致盎然。入夜後，同一群人湧上街頭，電影院前總是大排長龍。而且，疫情似乎退燒了，這幾天，死亡人數僅十幾人。但是，一夕之間，數字又往上急速竄升。死亡人數再度衝破三十的那天，貝納．李爾看著省長遞給他的官方快報，省長說：「他們這回怕了。」上頭寫著：「宣布瘟疫爆發，封城。」

第二部

從此刻起，我們可以說瘟疫成了我們所有人的事。截至今日，儘管這些特殊事件讓大家感到訝異與擔憂，但每位市民仍盡可能照常工作過日子。原本日子也應該會這樣繼續下去，但一旦宣布封城，市民就突然意識到所有人包括敘述者在內，都上了同一艘船，必須同舟共濟一同解決。也因此，例如與愛人別離這種原本非常個人的情感，在一開始的幾週，突然變成了整個民族的共同情感，同時夾雜著這漫長放逐之路所帶來的恐懼與傷痛。

城門一關，最明顯的後果之一就是突然拆散了毫無心理準備的一對對母子、夫妻與戀人，幾天前他們還以為這只是短暫別離，在火車站月臺上相擁吻別，叮嚀兩三件瑣事，非常確定幾天或幾週後可再相見，大家深深陷入人類那種天真愚蠢的信心之中，幾乎沒把別離當一回事，回頭馬上又投入原有的繁忙生活當中；不料就此相隔天涯，無法相見亦無法聯繫。由於省府下令前的幾個小時，城門就關上了；當然也不可能有所謂的個案處理。我們可以說這疾病突如其來地攻城掠地，第一個影響就是強迫我們的市民抹煞掉他的個人情感。法令生效的那天早上，省府辦公室湧入大批申請民眾，電話同樣的也是響個不停。每個人的故事都一樣精采，但都一樣的行不通。事實上，大家需要幾天的時間去理解到我們目前的情況，是沒有任何轉圜餘地的。而那些「通融」「優待」「例外」等字眼，也變得毫無意義了。

即使是最簡單的書信解愁都被拒絕。一方面是因為歐蘭城確實已經切斷了與全國各地平常的聯繫方式；另一方面，也是因為新的法令嚴格禁止一切書信往返，以免書信成為傳染途徑。

一開始還有幾位特權人士，透過城門站崗的守衛來傳遞消息出城。但這都還是在疫情初期的階段，守衛認為出於好心幫個忙是再自然不過的；但過了一段時日，同一批守衛已經意識到事態嚴重，他們便拒絕承擔起這個他們完全無法預見後果的責任。城市間的長途電話原本是開通的，但公共電話亭與電信系統整個被塞爆，接連幾天都無法打通，後來就嚴格規定長途電話僅供如婚喪大事、生娃報喜等所謂的緊急聯絡之用。也因此電報就成了我們唯一的管道。透過思想、情感、肉體而彼此連結起來的人們，被迫只能在這短短十個字的電報中，找尋昔日美好時光的蛛絲馬跡。受電報格式所限，能說的也就那些，很快就沒靈感了，多年來的朝夕相處或痛徹心扉的熾熱狂戀都只能簡化為週期性的電報往返，千篇一律的文字，如：「我很好，想你，愛你。」

然而，我們之中有些人仍執意要執筆寫信，想盡各種辦法與外界通信，但最終都是一場空。也許有幾個方法似乎成功了，但我們其實也無從得知，因為也不會收到任何回覆。就這樣持續了好幾個禮拜，我們一直寫著同樣的一封信，重複著同樣的呼喚，以至於到了最後，這些原本自心中湧出的熱切字語也變得空洞，失去意義。所以我們就只是機械性抄寫著，試圖透過這些死掉的字句，讓對方一瞥自己的困難處境。到最後，相較於這貧乏執拗的獨白與枯燥徒勞的面壁對白，傳統的電報似乎略勝一籌。

過了幾天，事實攤在眼前，那就是沒有任何人可以離開這座城市。此時，大家便想那可否讓疫情爆發前出城的人回來呢？省府考慮數日，給了肯定的答覆；但省府特別指出一旦回來就絕不可能出城。如果可以讓他們自由進城，是不可能讓他們再自由出城的。結果還是有幾個家庭，但真的是極為少數，他們輕忽事情的嚴重性，只考慮到自己想見親人的渴望，而忘了該有的謹慎，請親人要把握機會回城來。但很快的，這些坐困於瘟疫之城的囚犯們理解到此舉會讓親人遭受到多大的危險，他們也就甘願承受離別之苦。在疫情最嚴峻的時候，我們只看到一個例子，是人類情感戰勝了死狀淒慘的恐懼。但並非如我們想像的是一對熱戀情侶，熾熱的愛撲向彼此，讓他們忘卻了苦痛，而是老醫生卡斯特與他的妻子，一對結婚多年的老夫老妻。疫情爆發的前幾天，卡斯特夫人搭車去了鄰近城市。他們甚至算不上是一對琴瑟和鳴的典範，這點敘述者是知道一些內情的，而且非常有可能的是，這對夫妻其實到目前為止對這段婚姻並不滿意。但這突如其來的別離且相見遙遙無期，讓他們意識到彼此無法離開對方生活。突然看清了這事實後，瘟疫便不算什麼了。

這是個特例，對大部分被迫別離的人而言，別離唯有在疫情終結的那一天才可能終止，這點是無庸置疑的。對我們所有人來說，生命中的情感突然換了個新面貌，而之前我們還自以為很了解（先前提過歐蘭人的情感很單純）。男友與丈夫們原本對伴侶有著絕對的信任，此時突然變得善嫉；花花公子轉瞬間變得忠誠可靠；兒子先前幾乎未曾正眼瞧過同住的母親，而此刻母親的容顏卻縈繞不去，只要想起臉上的一道皺紋就牽動起滿心的擔憂與懊悔。這別離，乍然而至、無懈可擊亦無可見之未來，攻得大夥狼狽不堪，無力回擊相思之苦，咫尺天涯，化為日日的思念。事實上，我們承受雙重痛苦，一是我們自己的痛苦，二是我們想像離去的兒子、妻子或女友所感受到的痛苦。

如果在其他情況下，我們的市民可以讓生活變得更加活躍忙碌來忘卻別離之苦；但此時瘟疫肆虐，市民只能在這死氣沉沉的小城中閒晃打轉，日復一日地沉溺於令人沮喪的昔日回憶之中。他們漫無目的的漫步城中，往往總是走回同樣的路徑。在這麼小的城裡，這些路多半也就是往日與現在缺席的那位一同散步的路徑。

也因此，瘟疫給我們市民第一個帶來的就是放逐。敘述者深信他可以代表所有人來寫下他的感受，因為他跟所有市民共同經歷了這段時期。確實，就是這種放逐的感覺，我們內心一直感受到的這份空洞之感、這份明確的情緒流洩、這種既渴望時光倒轉又恨不得讓時間加速前進的癡心妄想，以及記憶那灼熱無比的飛箭。如果有那麼幾次，我們任由想像力奔馳，我們滿心歡喜地等待門鈴響起，家人歸來；或等著樓梯間響起那熟悉的腳步聲；如果在這些時刻，我們願意忘掉火車早已停駛，就在旅人的夜間快車到站時，設法待在家裡等著他歸來，然而這些想像的小把戲都是無法持久的。我們終究會發現火車始終沒有進站，我們也就會理解到此次別離註定會長長久久，而我們必須試著與時間妥協。總之從此刻起，我們又認命地重回囚犯生活，活在往日回憶中，即使我們之中有幾位曾試圖想像未來，但他們也很快就放棄了。尤其當他們嘗到自己信任的想像力所帶來的傷痛時，他們更是避之惟恐不及。

特別值得一提的是，所有市民很快就放棄原有預估的習慣，不再預估此次別離將持續多久時間，即使在公共場合也隻字不提。為什麼呢？因為當最悲觀的一批人預估別離將持續，譬如說，六個月之久，而當大家提前吞下這接下來數個月的苦澀，勉力鼓起勇氣來迎接挑戰，撐住最後僅存的一點力氣來面對漫漫長日的苦痛時，然而偶爾，一位巧遇的友人、報紙上一個消息、一剎那的懷疑，或意外的洞見，讓他們想到沒有任何理由顯示疫情不會持續超過六個月、一年，或者是更久。

此時，他們的勇氣、鬥志與毅力，瞬間潰堤瓦解，似乎永遠無法再爬出這個深淵。也因此他們強迫自己不再妄想解脫之日，不再奢望未來，他們也就此永遠地垂眉低目。但是，這份謹慎、這種與苦痛耍弄心機、棄甲拒戰的方式，當然是得不到好結果的。就在他們極盡全力避免這潰堤瓦解到來的同時，他們也放棄了可經常透過想像未來的重逢畫面來忘卻瘟疫的機會。他們就此擱淺於深淵及峰頂的半路上，算不上活著，倒像個飄蕩的遊魂，游離在漫無方向的日子及貧乏枯燥的回憶之中。唯有接受在這塊苦痛大地上向下扎根，才能活出力量。

也因此他們感受到所有遭受囚禁及放逐的人，他們那份深切的苦，就是活在一個毫無用處的回憶之中。他們不斷追憶的前塵往事，最後只留下一股懊悔的滋味。他們之前未能把握當下與所愛的他或她一同去做的事，此刻殷殷企盼著他們的歸來，多麼希望能夠改變過去，彌補缺憾；所以眼前身陷囹圄的日子裡，不論何時，甚至在有些算得上開心的時刻，他們都想像缺席的那位並肩而行，一同參與。然而，這一切都無以慰藉。對當下的生活失去了耐心，視過去為仇敵，而未來又如此遙不可及，我們真像是受司法審判或被人類仇恨所打入大牢的囚犯。逃離這難受假期的唯一方法，就是想像火車再度啟動，讓火車進站的噹噹鈴響，填滿停滯不前的時時刻刻，但這噹噹鈴響卻是永遠地啞然無聲。

倘若這算是一種放逐，大多數的人都是在自家中放逐。雖說敘述者只經歷過一般人的放逐，但他也不該忘了像藍伯記者這樣的一群人。由於瘟疫爆發而意外滯留於此的旅人，他們不僅僅遠離了無法團圓的人，同時也遠離了他們自己的家鄉，對他們而言，這別離之苦，倍加難忍。在整體的放逐中，他們的感受最為強烈，如果時間同時帶給他們與眾人焦慮不安，他們則多了份空間之苦，永不停歇地撞向阻隔於客居瘟疫城與那逝去的故土之間的那一道道牆。在這漫天灰塵的小城中看到一群人成天閒晃遊盪，無聲地呼喚著只有他們才知道的夜晚時光及故鄉的早晨，大概就是他們這群人吧。難以捉摸的徵兆及令人迷惑的訊息滋養、加劇他們的苦痛，譬如燕子飛逝、夕照露水、陽光偶然棄於荒涼小街上的那一道道詭異的光。外頭這世界總有辦法拯救一切，但他們閉目不見，執拗地潛入內心那過於真實的幻想世界，竭盡所有力氣追憶著幾個畫面：閃耀某種光芒的那片土地、兩三個小丘、最愛的那棵樹，以及幾位女子的臉龐，構成了他們心中無可取代的氛圍。

最後特別來談一談戀人，他們是最有意思的一群，也或許是敘述者最有資格說上幾句話的。戀人心中仍盤據著其他種種焦慮，其中又以內疚感為最。目前的處境確實能讓他們以一種熱切的客觀來檢視他們的情感，而在這種情況下，極少有人會無法看清自身的缺失。首先，他們發覺到自己難以準確說出眼前缺席的這位平日都在做些什麼，又有些什麼習慣動作。他們萬般懊悔忽略了另一半的作息，他們自責未曾認真了解過，還佯裝相信愛一個人時，熟知另一半的時間作息並非一切喜悅的來源。從此刻起，他們回溯這段愛情的種種回憶，檢視所有未盡完美之處。平時，不管是有意識還是無意識地，其實我們大家都知道沒有任何一個愛情是不能再更上一層樓的，然而，我們大家卻頗為心安理得就接受了反正我們的愛情就是這麼平庸；但回憶則是比較嚴苛的。外面這場苦難，以凌厲之姿席捲全城，撲向我們而來，不僅給我們帶來無理到令人憤恨不平的苦痛，還煽動我們自加責難，最後甘願沉淪於這苦痛大海。這就是這場疾病的伎倆之一，轉移注意力，混淆重點。

如此一來，每個人只得接受過一天算一天的生活，獨自面對蒼天。這番自我棄守，長久下來可磨練心性，但最先的改變卻是令眾人耽溺於毫不重要的枝微末節上。譬如說，一些市民深受天氣陰晴之左右。看著他們，感覺這似乎是他們第一次直接感受到天氣的變化。只要一縷金光灑落，他們便喜形於色；而下雨的日子，他們的臉龐及思緒則烏雲罩頂。幾週前，他們尚可擺脫情緒隨天氣起舞的弱點，及對天氣這無理的卑躬屈膝，因為當時的他們，並非獨自面對這世界，某種程度而言，他們的生活伴侶就站在他們的宇宙之前一同守護。但現在，他們儼然只能聽任天空任性的擺布，也就是說，他們莫名地感到悲苦、莫名地滿心期待。

在這絕對的孤獨之中，終究沒有人能期望鄰人伸出援手，唯有各人自掃門前雪。如果有人偶然想吐露真言或訴說情感，不管對方給什麼樣的回覆，大多都會令他感到受傷。他這才意識到自己跟對方講的是不同的語言，他所表達的是經過數日漫長的反覆思索及痛苦糾結的心底話，而他想傳達的影像也是在等待與熱情之火上文火淬鍊而成的；但對方想像的卻是流於俗套的樣板化情感，市面上販售的那種濫情庸俗的苦澀，制式俗套的憂愁。不管對方心存善意還是敵意，所得到的答覆都不會令人滿意，必須放棄這條路。對於那些無法忍受沉默的人，既然對方無法交心對談，他們只能委曲求全，接受這套市售的樣板語言，交淺言淺或用社會版、日報那類的樣板語言。於是，最真切的苦痛也只能透過陳腔爛調的對話來表達，唯有付出這種代價之後，瘟疫之囚才能博得門房的同情或激起聽眾們的興趣。

然而最重要的一點是，不管這焦慮不安有多痛苦、也不管這心靈空虛卻沉重到難以負荷，這些放逐者在瘟疫初期可說是最幸運的一群。因為當眾人開始陷入恐慌的這當下，他們整個心思都懸在他們等待的那人身上，在一片愁苦聲中，愛情中那份自私保護了他們。如果他們想到瘟疫，都只是怕瘟疫可能讓他們與愛人永遠分離。因此他們身處疫情風暴之中，卻帶有一種頗有幫助的脫節疏離，旁人還當他們是冷靜。絕望讓他們遠離了恐慌，他們的不幸也有好的一面。譬如說，若有人突然染病離世，幾乎都是猝不及防。長時間與幽靈進行著心靈交談的他，一夕之間被拉走，毫無過渡的就直接被丟入地底下最厚實的寂靜之中，殺得他措手不及，全然無法反應。

就在市民試圖適應著這從天而降的放逐之際，瘟疫在城門上布署了崗哨，讓航向歐蘭的船隻改道駛離。自封城後，沒有任何一輛車進到城內，從這天開始，所有車輛彷彿都在城裡兜著圈子。對那些由大街上遠眺港口的人來說，港口也變了樣。昔日的繁華熱鬧讓此港成為海岸線上數一數二的大港，轉瞬間變得沉寂蕭條。港邊還停著幾艘遭隔離檢疫的船隻，但碼頭上的大型吊車閒置不動、推車翻倒一側，一堆堆的貨袋或圓桶孤零零堆放著，這一切都見證著商業也因瘟疫而亡。

即使看到了這些非比尋常的景象，我們的市民似乎還是很難理解到底出什麼事。眾人共同感受到別離之苦或害怕，但是大家每天的日子還是照常過，沒有人真正去接受疫情的到來。大多數人都只感覺到疫情打亂了原來的生活步調或影響了自身利益，為此感到厭煩或生氣，但這都不是針對瘟疫所產生的情緒。舉例來說，他們第一個反應是指責行政單位。媒體也跟著眾人同聲指責（不能將防疫措施稍微放寬嗎？），面對這些批評，省長的回覆相當令人意外。直至今日，不管是報紙還是瀚思通訊社都不曾收到關於此疾病的任何官方數據，但現在省長每天提供官方數據給瀚思通訊社，並請他們每週公布一次。

然而，大眾對公布的數據一開始也沒什麼反應。事實上，瘟疫第三週一共有三百零二起死亡病例，大家對這數字是沒有什麼概念的。一方面，並非所有病患都死於瘟疫；再者，無人知曉城裡平時每週有多少人死亡。小城人口二十萬人，大家不知道這樣的死亡比例是否正常。這樣的細節是從來沒有人去留心的，即使數據其實是很重要的訊息，但大家缺少比較的基準點。唯有時間拉長，大家發現死亡人數不斷攀升，輿論才意識到事實真相。第五周的死亡人數是三百二十一位，第六週來到了三百四十五位。數字一路攀升至少還是有點說服力，但數據不夠駭人，不足以讓市民真正警覺。擔心之餘他們還是覺得這起意外事件雖然麻煩，但畢竟只是暫時的。

他們也就繼續在路上遛達，繼續去露天咖啡座消磨時間。整體而言，他們並不膽怯，他們彼此相互打趣多於互吐苦水，一副欣然接受這顯然只是一時的不便。大夥的面子也算是保住了。然而快到月底時，約莫就是祈禱週期間，我們稍後會提到這祈禱週。此時，幾個重大的轉變改變了城市的風貌。首先，省長針對車輛行駛與糧食供給制定了相關措施。糧食每日限量供應而汽油則採配給制，甚至還規定了節電措施。唯有必需品可透過陸路及航空運抵歐蘭城。於是，路上交通慢慢減少，最後路上幾乎看不到一輛車，精品店一夕之間全都關門大吉，其他商店櫥窗內也掛出售罄告示牌，但店門口大排長龍的顧客，仍不願離去。

歐蘭城因此呈現出奇特的樣貌，路上行人明顯變多，即使在往常人潮稀少的時段，很多人因為商店或公司關門，變得無所事事，全都湧上大街小巷，塞滿各個咖啡館。目前，他們還未失業，只是休假。這樣一來，譬如在接近下午三點的時候，歐蘭城在一片蔚藍天空下讓人有種全城歡慶的錯覺。城裡管制交通，關閉商店，以便進行大型的公開活動，還吸引了全城居民湧入街頭來參加慶典。

電影院當然是趁這全面休假的時機，好好大撈一筆；但影片流通管道也因交通阻斷而被切斷，過了兩週，戲院間只好互相換片，但再撐一段時日，也只能重複放映著同樣的影片，而票房絲毫不受影響。

至於咖啡館，因為葡萄酒與烈酒是此城的首要貿易品，城內所幸囤積了大量存貨，可供客人享用。說句實話，大家其實喝得很兇。大眾平時就認為酒精可防傳染病，加上這回有家咖啡館貼出「好酒能殺菌」的標語，更是讓輿論一面倒。每天接近凌晨兩點時，總有為數不少的酒鬼被咖啡館趕了出來，擠滿街頭，喧嚷出一片樂觀氣氛。

某種程度來說，這些轉變來得太突然又太不可思議，以至於我們無法接受這樣是正常，無法認為這會持久。結果我們就繼續把自己的個人情感擺在第一位。

封城兩天後，李爾醫生從醫院出來遇到柯塔。他看著醫生，一臉春風得意。李爾恭喜他氣色看起來不錯。

「是啊！我感覺非常好。」這矮個兒男子說：「醫生，您說說看。這要命的瘟疫，感覺開始變嚴重了。」

醫生承認確實如此。柯塔眉飛色舞繼續說道：。

「現在，疫情可沒理由突然停下來，接下來一定會搞得天翻地覆的。」

他們並肩走了一會。柯塔提到他家附近的一個胖雜貨店老闆，囤積了一堆食品，打算哄抬價格出售。當他們把他送去醫院時，在他床下發現了一堆罐頭。「他最後死在醫院。瘟疫，可是一毛不拔，別想從它那賺錢。」柯塔有一堆這樣真真假假的疫情小故事可說。舉例，聽說市中心的某個清晨，有位男子出現瘟疫的種種症狀，高燒譫妄下衝到外頭，遇到的第一位女子，他就撲上前緊緊抱住她，並高喊著他染上了瘟疫。

「沒錯！」柯塔指出道，語氣愉悅，跟他說話的內容頗為不搭。他斷言，「我們全都會變成瘋子，肯定錯不了。」

同樣的，就在同一天下午，喬瑟夫．格藍終於也跟李爾醫生說了些心底話。他瞥見了桌上李爾太太的照片後，看著醫生。李爾說他太太正在城外養病，格藍說：「從某個方面來看，這是運氣很好。」醫生說或許是運氣好吧，但現在就只希望太太早點痊癒。

「嗯，」格藍說：「我懂。」

李爾認識格藍這麼久，這是頭一回聽他講這麼多話，雖然他講話時用字遣詞還是斟酌半天，但他幾乎都能順利找到適當字眼，彷彿長久以來他腦子裡就一直在思索著他現在講的這些話。

他很年輕就成家了，娶了一個附近的窮女孩。當初就是為了要結婚，他學業中輟便找了份工作。他跟珍妮兩人都從未離開過他們住的那一帶。他去她家登門拜訪時，珍妮的父母老愛拿這沉默又呆頭呆腦的求婚者開玩笑。父親是位鐵路工人，放假的時候，我們看到他總是坐在靠窗邊角落，若有所思地看著街上動靜，一雙大手平放在腿上。母親總是忙著家事，珍妮在一旁幫忙。珍妮身材是如此嬌小，格藍每次看她過馬路都心驚膽戰的，因為車子跟她比起來巨大無比。某一天，兩人在聖誕飾品店前，珍妮看著櫥窗，心醉神迷，她往後靠在格藍懷裡，說：「真是美極了！」他握住她的手，兩人的婚事就這麼定了。

據格藍所說，接下來的故事就非常簡單，所有人都一樣：結婚、又相愛一段時間、工作。我們是如此地忙於工作，以至於忘了好好愛對方。因為主管的承諾沒有兌現，珍妮也找了份工作。說到這裡，得有點想像力才能理解格藍想說什麼。疲累讓一切順理成章，他也就自我放棄，愈來愈沉默寡言，未能讓妻子感受到他的愛。男人忙著工作，生活困苦，看不見出口的未來，相對無言的夜晚，這樣的氛圍是無法激起熱情的。珍妮很可能很痛苦，然而她沒有離開，有時候我們可能長期受著苦卻不自知。這樣過了好幾年，後來，她就走了。當然，她不是一個人走的。「我曾經愛過你，但我現在累了……離開你，我並不快樂；但是一個人不需要等到快樂才能重新開始。」她的信大致上就寫了這些。

後來就輪到喬瑟夫．格藍痛苦了。就像李爾說的，他其實可以從頭來過。但，他整個失去了信心。

而且，他一直忘不了她。他真想給她寫封信，為自己辯解。「但是這個很難。」他說：「我一直想寫這封信。只要我們彼此有愛，無需語言也能互相了解；但人並非永遠相愛。其實後來曾經一度我該說些話留住她，但是我什麼都沒說。」格藍拿起格子紋狀似手帕的東西來擤鼻涕，接著擦乾鬍子。李爾看著他。

「醫生，不好意思。」老人說：「該怎麼說呢？我信任您，什麼都可以對您說。結果，我就講到整個太感傷了。」

格藍顯然完全沒把瘟疫放在心上。

當晚，李爾發了封電報給妻子，告訴她封城了，但他沒事，請她好好照顧自己，還說他很想念她。

封城後三週，李爾看到醫院門口有個年輕男子等著他。

「我想，」年輕人說：「您應該記得我吧。」

李爾覺得似曾相識，但又有點猶豫。

「疫情爆發前，我來找過您。」對方說：「跟您請教關於阿拉伯人的生活條件。我叫雷蒙．藍伯。」

「喔！對！」李爾說：「您現在就有個好題材可報導了。」

對方看起來很焦慮。他說不是這件事，他是來請李爾醫生幫個忙的。

「我很抱歉，」他接著說：「但我在這城裡誰也不認識，而很不幸的，我報社的特派員又是個蠢蛋。」

李爾要到市中心醫療站去交代一些事情，所以他提議兩人一同走到那裡。他們穿過黑人區的小巷小弄，往下走；夜幕即將落下，但以往此時吵鬧喧譁的小城，現在卻出乎意外地寂靜荒涼。天色依舊金黃燦爛，遠處傳來陣陣軍號聲響，只不過證明著士兵們還裝出一副照表操課的樣子。他們沿著陡峭的街道走著，穿梭在摩爾人湛藍紅紫的屋舍之中，藍伯神情激動地訴說著他把妻子留在巴黎，其實不能說是他妻子，但也差不多。城門一關上，他就馬上給她發了封電報。他一開始以為這只是個暫時狀況，所以他原先只是想給她發個信。他在歐蘭的同事都說愛莫能助，郵局把他打發走，省府的一位祕書還嘲笑了他。他排了兩個小時的隊，才終於把電報發出去，上頭寫著：「一切都好。盼能很快相見。」

但早上起床時，藍伯突然有個念頭，其實他根本不能確定這事會持續多久，所以他決定要離開此地。他（藉職務之便）透過關係，找到了省長辦公室主任，他跟主任說他在歐蘭無親無故，他不需要待在這。他只是碰巧來到此地，所以讓他離開是很公平的。即使出城後，他得接受四十天的隔離檢疫也沒關係。主任說他非常能理解，但情況緊急，無法破例。他再看看有沒有其他法子，不過總之目前情況嚴峻，他們也無法做任何決定。

「但，老天啊，」藍伯說：「我不過是外地來的過客啊。」

「確實。但總之就是希望疫情不會拖太久。」

他最後試著安撫藍伯，提醒他其實他可在歐蘭城裡找到報導的好題材。且仔細想想，所有事情都有好的一面。藍伯聳了聳肩不置可否。兩人走到了市中心時：

「醫生，這很蠢，您能懂嗎？我不是生來做報導的，我來到這世上可能是為了來跟一位女子共同生活的。這樣難道不正常嗎？」

李爾說這聽起來是非常合理的。市中心的大街上，不像以往人群熙攘，幾位路人急著趕回遠方的家，大家臉上都沒有笑容。李爾心想這應該是聽到當天瀚思通訊社發布的消息所致，等到過了二十四小時後，大家又會重新燃起希望。但當天才剛聽到的數據，大家都還記憶猶新。

「其實，」藍伯出人意料地開始訴說：「我跟她認識並不久，但我們很合得來。」

李爾沒說半句話。

「對不起，我不該對您說這些。」藍伯接著說：「我只是想問您可否幫我開張證明，證明我沒有染上這該死的病。我想這可派上用場。」

李爾點點頭。一個小男孩一不小心整個人撞上他的腿，他輕輕扶起男孩。兩人繼續往前走，走到閱兵廣場。無花果樹與棕櫚樹的枝葉一動不動地垂落空中，上頭蒙上一層塵土，看起來灰濛濛的；群樹圍繞著中央一尊髒兮兮的共和女神像，也是個灰頭土臉。他們駐足雕像下，李爾用腳踢踢地板，左右腳輪流用力跺著，雙腳都沾滿白色灰泥。他看著藍伯：毛氈帽往後戴，領帶下的襯衫領口扣子沒扣，滿臉鬍渣，看上去一臉執拗賭氣。

「我真的能體會您的情況，這點請放心。」李爾終於開口說：「但您的推論並不正確，我無法幫您開證明。我不知道您是否染病，即使您現在未染上，但我也無法保證從您走出我診所，一直到走進省府辦公室的路上會不會被感染。而且就算……」

「就算？」藍伯說。

「就算我幫您開這證明，也幫不上您。」

「為什麼？」

「因為像您這樣的例子，在這小城裡有數千個，但我們無法讓他們離開此地。」

「但如果他們並未染上瘟疫？」

「光這理由是不夠的。我很清楚這整件事很愚蠢，但是所有人都被捲進來了，我們只能接受這事實。」

「但我不是歐蘭人啊！」

「很不幸的，從現在起，您就是這裡的人。跟所有人一樣。」

對方激動不已：

「我向您保證，這是人道問題。也許您無法想像兩個契合的人被迫分離代表什麼。」

李爾遲疑半晌後，說出他想他懂。他衷心希望藍伯能與妻子重聚，亦願所有相愛之人皆能聚首，但眼前有省府法令、政府法條、瘟疫肆虐，此時，他的角色就是盡忠職守。

「不，」藍伯語帶怨恨忿忿地回說：「您不會懂的。您說的話是出於單純的理性思考，您活在一個抽象的世界裡。」

醫生抬頭望向雕像，說他不確定他是否用著理性的語言，但他只是實話實說，兩者不見得相同。記者調整了一下領帶。

「所以這就代表我得另外想法子？」他語帶挑釁地接著說：「但我一定會離開此地。」

醫生繼續說著他能體會他的心情，但這不關他的事。

「有，跟您有關。」藍伯突然拉高音量：「我之所以來找您，是因為別人告訴我，您在這次種種決策之中扮演著重要角色。所以我想您可以至少幫忙破例一次，來減少一些您之前所造成的影響。但您毫不在乎，您誰都不在乎，您完全沒考慮到被迫別離的那些人。」

李爾承認某種程度來說確實是如此，他不想要把這些人考慮進去。

「喔，我知道了。」藍伯說：「您再來就會端出這是公共事務，但是眾人福祉是由個人幸福所構成的。」

「其實啊，」醫生彷彿如夢初醒，「這是原因之一，還有其他的，請勿論斷是非。但您不該生氣，因為如果您能全身而退，我會由衷替您感到高興。只是礙於職責所在，有些事我恕難從命。」

對方不耐地搖搖頭。

「對，我不該生氣。而且我已經耽誤您很多時間。」

李爾請他後續有什麼進展知會他，並請他別懷恨在心。他想肯定有什麼方案可以讓他們取得共識。

藍伯頓時五味雜陳，面露茫然。

靜默片刻後，他說道：「對，我相信。儘管我滿心不願且您又說了那些話，但確實，我相信這是可能的。」

他猶豫片刻，說：

「但是我無法認同您的做法。」

他壓下帽簷，快步離去。李爾看他進了尚．塔胡下榻的旅館中。

佇立片刻後，醫生搖搖頭。記者迫不及待奔向幸福是應該的，但他這樣指控他，對嗎？「您活在一個抽象的世界裡。」他連日來在醫院裡忙著，瘟疫胃口倍增，一週平均吞噬近五百人，這難道是抽象的世界嗎？確實，苦難之中有一部分的抽象與不真實感。但當抽象開始殺戮戰場，我們就得正面迎戰。而李爾只知道這可不是最容易的部分。譬如說他得負責三家臨時醫院（現在已有三家），這並不容易。他將緊鄰診療室的那一間改為接收室，在地上挖出一個水窪，注滿消毒水，水中央用磚砌了個小島。病患先被帶到島上，快速脫掉衣服，衣服順勢落入水中；身體洗淨、擦乾後，穿上醫院的粗布衣；李爾就接手問診，然後將病患帶到病房去。學校操場被迫改為病房，總共放置了五百張床，幾乎無空床。每天早上李爾親自接收病患，為病患注射疫苗、進行淋巴腺腫瘤切開術之後，他會再確認一下目前的統計數據，下午回去繼續問診。到了晚上才有時間再出診，回到家中都已深夜了。前一晚，他母親把李爾太太的電報拿給他的時候，發現醫生的雙手在顫抖。

「是。」他說道：「但只要堅持下去，就比較不會緊張了。」

他身強體壯且相當耐操，其實他尚未感到疲累，但像出診這種工作卻令他愈來愈難以忍受。如果確診為瘟疫高燒，就必須盡快隔離病患；而所謂的抽象與困難，便於焉到來，因為病患家屬知道這一走，若非痊癒便是死亡才得相見。塔胡下榻旅館的一位女房務員染上了這病，她母親──羅雷太太，說：「可憐可憐我們吧！醫生！」這意謂著什麼呢？他當然很同情，但這樣對誰都沒好處，他必須打電話給防疫中心。很快的，救護車的叮叮噹噹響徹街頭巷尾，一開始鄰居還會開窗探頭瞧瞧；後來他們都急急關上窗戶。接著就開始一連串的抵死不從、哭天搶地、好說歹說，總之就是抽象。高燒與焦慮讓這些住家公寓熾熱迫人，上演著一幕幕瘋狂戲碼。但病患終究被帶走了，而李爾也可以離開了。

頭幾次，他一打完電話，未等救護車到來，隨即趕往其他病患家。結果家屬就關上大門，寧可同瘟疫單打獨鬥，也不願與家人分別，因為現在大家都知道這一別的後果。嘶吼、命令、警力支援，到後來變成軍隊支援，病患就這樣被強行帶走。頭幾週，李爾不得不待到救護車抵達，後來，每位醫生巡迴出診皆有義警陪同，李爾便可逕自趕往下一位病患家。不過一開始的時候，每天晚上就像今晚一般，他走進羅雷太太家，一間裝飾著扇子與人造花的小公寓，母親前來開門，臉上勉強擠出微笑迎接醫生。

「希望不是大家說的那種熱病。」

醫生掀起被單、襯衫，一言不發地看著肚子與大腿上的紅斑，腫脹的淋巴結。母親看著女兒的兩腿之間，失聲驚呼，無法自制。每晚，母親們面對已現所有死亡徵兆的肚子，聲嘶力竭地呼嚎，景象呈現一抹抽象。每晚無數隻手緊緊抓住李爾的雙臂，無用的話語，忙不迭送上的保證與淚水，每晚救護車的警鈴聲引發與一切苦痛同樣無益的恐慌。一長串大同小異的夜晚，李爾也只能等著一長串一成不變的戲碼，永無止境地不斷上演。對，瘟疫跟抽象一樣的單調重複。唯一可能起變化的是李爾自己。那天晚上，他佇立於共和女神像腳邊，他覺察到自己的轉變。他目不轉睛看著藍伯沒入的旅館大門，只意識到一種難搞的冷漠感開始填滿他的內心。

經過筋疲力竭的數週，度過無數薄暮時分，全城湧上街頭，漫無目的兀自打轉；此時，李爾了解到他再也無須抗拒憐憫了，因為當憐憫顯得毫無用處之際，大家便對它生厭。在這些壓力沉重的日子裡，一顆心慢慢地自我封閉起來，這是李爾唯一的出口。他知道接下來工作會容易許多，因此感到很開心。當他深夜兩點走進家門，母親看到兒子兩眼空洞無神，不覺悲從中來，但令母親感到悲傷的這份麻木抽離，正是李爾唯一的慰藉。想要對抗抽象，就必須先變得跟它有點神似才行。但藍伯如何能體會到這點呢？對藍伯而言，抽象就是阻礙他奔向幸福的絆腳石。其實，李爾心裡很清楚，在某種程度上來說，記者說得沒錯。但他也知道當抽象比幸福強大時，我們就必須且也只能好好正視它。這應該就是藍伯所遭遇的情況，醫生在他後來的內心告白中，才得知全貌。醫生因而可在一個新的層面上，去觀察這場介於個人幸福與瘟疫的抽象概念之間的陰鬱惡鬥，在這段漫長的時日裡，這場對抗便構成了小城的日常。

但是某些人眼中的抽象，卻是其他人眼中的真相。瘟疫爆發一個月後，情況更加令人擔憂，一方面因為疫情更加嚴峻，二方面潘尼魯神父月底舉辦了一場慷慨激昂的布道也影響甚深。老米榭染病初期，這位耶穌會神父曾伸出援手。潘尼魯神父是碑銘學方面的專家，經常與歐蘭地理學會合作在其公報上發表文章，因此已經十分出名，但他同時也發表了一系列關於現代個人主義的演說，這使他擁有了更廣大的聽眾群。他在演說中自詡為嚴格基督宗教[1]派的熱情捍衛者，不管是對現代自由放蕩派或幾世紀前的蒙昧主義都加以針砭。他也藉此布道機會，毫不猶豫地把殘酷的真相直接攤在聽眾面前，因而聲名遠播。

接近月底時，歐蘭的教會高層決定舉行為期一週的集體祈禱，用他們自己的方式來對抗瘟疫。這些展現民眾虔誠的各項活動將在週日落幕，當天舉行一場莊嚴的大彌撒，祈求瘟疫患者聖洛克[2]的庇佑。我們請到潘尼魯神父來主持這場彌撒，近兩週以來，神父放下讓他在教會中贏得崇高地位的聖奧古斯丁及非洲教會的相關研究工作，天性熱情激昂的他，毅然決然接下上頭指派的這個任務。在布道日到來之前，城裡早就對此議論紛紛，這布道也以其獨特的方式，

1 基督宗教為廣義基督教，為信仰耶穌基督的一神教。其下分為羅馬公教及東正教，而羅馬公教又分為天主教及新教。中文裡的基督教常專指新教。

2 聖洛克（Saint Roch），於一三四五—一三五〇年間生於法國蒙貝里耶（Montpellier），於一三七八年歿於義大利佛哥拉（Voghera）。經歷過歷史上幾次瘟疫蔓延，學醫的他照顧了無數的瘟疫患者，最後自己染上瘟疫，但為了不傳染給當地居民，獨自走入林中，打算在那裡靜靜死去。林中他暫居的小屋旁，泉水奇蹟地自然湧出，且有條狗每日從主人家偷麵包給他送來。狗的主人是位貴族，發現後，跟蹤狗的足跡而來到了林中，最後成為了聖洛克的門徒。

為這段時期的歷史寫下重要一頁。

祈禱週的參與人數相當踴躍。其實歐蘭人平時並非特別虔誠，譬如週日早上的彌撒可能常常得面對海水浴這強大的競爭對手，也不是歐蘭人最近突然蒙神寵召，改信基督了。而是一方面封城及港口被列為禁地後，海水浴就沒得泡了；另一方面市民處在一個相當特別的心理狀態，雖然他們的內心並未接受眼前席捲而來的驚人事件，他們卻也清楚感覺到有些事情已經變了。然而很多人還是盼望這疫情能很快結束，他們與家人都能逃過一劫。所以這些人尚未覺得他們必須得做些什麼。他們認為瘟疫不過就是個討人厭的訪客，怎麼來的就該怎麼離去。他們感到恐懼，但尚未絕望，因為瘟疫尚未變成他們生活的全部，尚未讓他們忘記了之前原有的生活。總之，他們處在一種等待的狀態中。瘟疫讓民眾對宗教及諸多其他問題的看法，起了特別的轉變，是一種既非冷漠亦非熱情，可說是一種「客觀」，這詞頗為適切。舉例來說，有位信徒當著李爾醫生的面說：「反正，參加也沒壞處。」絕大多數參加祈禱週的民眾都會同意這種想法。塔胡在札記本上寫下，在同樣情況下，中國人會在瘟神面前大搖鈴鼓，而我們完全無法得知鈴鼓是否較防疫措施來得有效。他末了只是再加一句，想知道答案就必須先了解瘟神是否真的存在，然而我們對此一無所知，也就無從置喙了。

不管如何，信徒湧入小城的教堂裡，一整個禮拜都幾乎座無虛席。前面幾天，很多民眾還只是待在門廊前方那種滿棕櫚樹及石榴樹的大片庭園裡，聆聽著那一波波的祝聖與禱告，流洩至大街小巷。慢慢地有人起個頭，大家就決定跟著一起走入教堂，羞怯地輕聲齊唱，融入眾人一片應答輪唱的聖詩聲中。星期天，為數可觀的群眾湧入教堂中殿，把人都擠到教堂前面的廣場及最後幾階的臺階上頭去。從前一天開始天空便烏雲密布，此時大雨滂沱，站在外面的人都打起傘來。潘尼魯神父在浮盪著焚香與濕布氣味的教堂裡，步上講道臺。

他中等身材、體態健壯，當他倚著講道臺時，一雙大手緊緊握住木質邊緣，我們只看到一團黝黑厚實的龐然大物，上頭點綴著兩片臉頰，臉上掛著一副薄鋼鏡框眼鏡，眼鏡下臉色紅潤。他的聲音宏亮熱情，傳送千里，當他慷慨激昂，字字斬釘截鐵，劈頭就這一句：「弟兄們，你們大難臨頭。弟兄們，你們罪有應得。」教堂內頓時一陣騷動，漫向外頭的門外廣場上。

若依邏輯分析，接下來的幾句似乎接不上這戲劇性的開場白。神父繼續講下去後，市民才理解到他精妙的演說技巧。神父開門見山，一語道破整場布道的主旨，彷彿一記當頭棒喝。潘尼魯馬上接著引用《出埃及記》中關於埃及爆發瘟疫的段落，神父說：「歷史上首次出現這類災難，是為了打擊上帝的敵人，法老王抵抗上帝的旨意，上帝便降下瘟疫，讓他下跪俯首。有史以來，上帝降災讓那些傲慢的盲目者懾服於其足下。你們好好想一想，下跪臣服吧。」

外頭的雨愈下愈大，最後這一句迴盪在一片寂靜無聲之中，隨著雨水敲打在窗上的霹靂啪啦聲響，更顯意義深遠。神父語調激昂動人，幾位聽眾在遲疑片刻後，慢慢滑下椅子跪在禱告凳上。其他人以為得跟著做，身旁一個接著一個悄然無聲地跪下，其間只聽到幾張椅子喀啦作響，很快地全部聽眾都跪了下來。潘尼魯重新直起身子，深深吸了幾口氣，語調愈來愈激昂慷慨。「如果今天瘟疫照看著你們，那就代表省思的時刻到了。義人無需畏懼，但惡人則該顫抖。在這宇宙大穀倉中，無情的連枷將鞭打人類這塊麥田，直至麥粒與麥桿分開。麥桿多於麥粒，受召喚者多於被選上的子民，但這不幸並非上帝所願。這世界已經與邪惡同行太久了，已經仰賴上帝的仁慈太久了。認為只要懺悔，便可諸事做盡。只要懺悔，便可洗滌一切罪惡，我們又再度感到無比強大。只要時辰到了，我們一定會誠心懺悔以取得救贖。而在那之前，最容易的就是放縱自己，隨性而為，其他的就寄望於上帝的寬恕。你們要知道，事情無法再這樣繼續下去了。長久以來，上帝以其慈悲的容顏看顧著城裡的人們，但祂厭倦了等待，在不斷的企盼中，一再失望，祂從此轉過身去，不再眷顧世人。失去了上帝指引的光，我們就此墮入瘟疫長久的黑夜之中！」

教堂大殿中，有人抖了抖身體，有如感到不耐的馬兒。短暫停歇之後，神父語氣又更為低沉地接著說：「《黃金傳奇》[3]中記載著安伯托國王統治下的倫巴底地區，當時義大利經歷著一場嚴重瘟疫，倖存人數勉強足夠來埋葬亡者。這場瘟疫在羅馬及帕維亞兩地肆虐。此時，出現了一個良善天使，命令帶著狩獵長矛的邪惡天使去敲打各個屋舍，每個屋舍被敲打幾下，就會搬出多少具死屍。」

潘尼魯此刻將短短的雙臂伸向廣場方向，彷彿指出飄動的煙雨簾幕後藏著什麼似的。他鏗鏘有力地說著：「弟兄們，今日在我們街道上正展開一場同樣的致命狩獵。你們看，這瘟疫天使，如路西法般俊美、同邪惡本身一樣的狡黠，天使這就聳立於你們屋頂之上，右手高舉著紅色長矛，左手指向你們其中一個房舍。這一刻，也許他正指向您家大門，長矛同時敲上您家木頭上；也可能這一刻，瘟疫已進入您家，坐在您房裡，等著您歸來。瘟疫就守在那，耐心且專注，堅定如世界的秩序。要知道，瘟疫天使伸向你們的那隻手，世間所有的力量，即使是自命不凡的人類科學都無法讓你們逃過此劫難。你們將在苦痛的血腥打穀場被無情打落，然後隨著麥桿一同被丟棄。」

這時，神父重提打麥連枷的慘烈景象，這回他描寫得更加豐富生動。他讓大家想像一根巨大的木鞭在城市上方迴旋，隨機胡亂擊打，木鞭上沾滿血跡，終至灑下斑斑血跡及人類苦痛，「播種，是為了準備將來收割真理。」

長篇大論後，潘尼魯停了下來。頭髮散落到前額上，雙手激動地撼動整個講道臺，身子也跟著激昂地抖動。他接著說，音調低沉，但指控歷歷：「是的，省思的時刻到了。你們以為只消週日上上教堂，其他日子就可自由逍遙；你們以為幾回的屈膝下跪就足以抹煞無知的罪惡行徑。但上帝不是不冷不熱型的，祂可無法接受這種半溫不熱的虔誠。這種久久一次的探訪無法

3《黃金傳奇》是一部西元一二六一到一二六六年間的拉丁文著作，由道明會暨義大利熱那亞大主教 Jacques de Voragine（一二三〇—一二九八）所著，記錄了當時約一百五十位聖人與殉道者的故事。

滿足上帝如飢似渴的愛，祂想要有更長的時間可以看到你們，這是祂愛你們的方式。其實，這也是愛的唯一方式。祂遲遲等不到你們的到來，深感厭倦，因而降下災難，就像人類有史以來，災難降臨在所有的罪惡之城。如同該隱和他兒子們、大洪水之前的那些人、所多瑪和蛾摩拉的居民、法老王及雅各以及所有受詛咒的人一樣，你們現在知道了何謂罪行。自從這座城將你們與災難一同關在城牆內，你們也跟這些人一樣，對於人類及萬物都有全新的看法。你們現在終於了解到，一切必須回歸本源。」

這時，一陣濕潤的風灌入教堂中殿，蠟燭的燭火被吹得彎了腰、滋滋作響。濃濃蠟盡餘韻、咳嗽噴嚏聲音，傳上講道臺，此時，潘尼魯神父以令人讚賞的精妙言詞繼續布道，語調平穩地說：「我知道，你們很多人都在想我到底想要說什麼？我想指引你們走上真理之道，儘管我剛說了這麼許多，我想教你們如何感到喜悅。現在已不是光靠一隻友愛的手或幾個建議就可以把你們推向良善之路的時代。今日，真理是道命令。那紅色長矛為你們指出救贖之路，將你們推上救贖之路。弟兄們，上帝的慈愛就在此處示現，所有事物之中皆有善與惡、憤怒與憐憫、瘟疫與救贖。這戕害你們的災難同時讓你們有所體悟，為你們指出一條明路。

「很久之前，阿比西尼亞[4]的基督徒理解到瘟疫肆虐是神的旨意，而且這是一條通往永生的有效方法。沒染上的人用患者的床單裹住自己，確保終得一死。當然這種激進的救贖之道或許不值得稱道，它是一種令人惋惜的操之過急，近乎驕慢。我們不該比上帝更焦急，上帝一舉定下了世間的秩序，所有企圖加速這恆常秩序的人，皆成異端。然而，這例子至少有個寓意。那些心智較為清明者領悟到重點是要看到所有痛苦的深處，都存在著這完美的永恆之光。這微光照亮通向解脫的昏暗小徑，示現著神永遠都能萬無一失地化惡為善。今日亦然，穿越過死亡、恐懼、喧囂之路，它引領我們邁向本然的寧靜，找回生命的起源。親愛的弟兄們，我想帶給大家的就是這無盡的慰藉，讓大家從這離開時，帶走的不只是責難之語，還有這撫慰言詞。」

潘尼魯的布道似乎到此結束。外頭，雨已停歇，混著水氣與陽光的天際，灑落一廣場清新的光。街上傳來人聲鼎沸、車聲雜沓、城市逐漸甦醒的各式音聲妙語。聽眾悄悄地收拾東西，發出細微的窸窣聲。然而，神父又開口說道，他已經說明了瘟疫的神聖起源與懲罰特質，這也就夠了。他不想再滔滔雄辯作結論，涉及如此悲劇性的主題，這樣做或許是有失分寸的。且他認為大家應該都聽得很清楚了，他只是再提醒大家，當馬賽爆發大瘟疫時，編年史學家馬修．馬雷曾抱怨被拋下地獄，活在無助、無望之中。錯！馬修．馬雷瞎了眼！神父反而認為，他從未像今天這般如此深刻地感受到神給予大家救贖與基督教的希望。不管這些時日多可怖，也不管垂死者如何呼喊，即使希望渺茫但他仍熱切地企盼我們能用基督教唯一的語言，就是愛，向上天祈求。至於其他的，上帝自有安排。

4 阿比西尼亞帝國建於西元一二七〇年，非洲東部的一個國家，是今日東非國家衣索比亞的前身。

這次的布道對市民產生什麼影響，其實很難說。預審法官歐同先生向李爾醫生宣稱他認為神父此次講道內容「實在是無可駁斥」。但並非所有人的意見都如法官這樣毫無保留。只不過這場布道讓原本還只是一知半解的某些人，更清楚感受到自己因為某種不明罪行而被打入難以想像的囚禁之中。因此部分市民接受了這幽禁生活，繼續過著他們的小日子；而其他人現在則是一心一意想逃離這牢籠。

最初，大家接受這與外界隔絕的日子，就像他們接受其他影響幾個日常習慣的短暫不便一般。但是在夏天已開始燒得吱吱發響的穹蒼之下，他們猛然意識到自己彷彿遭收押監禁，依稀感覺到這隔絕幽居威脅著他們整個生命，於是當夜幕落下，清涼的空氣喚醒了他們的活力，讓他們不時做出驚人之舉。

姑且不論是否純屬巧合，但打從這星期天起，城裡瀰漫著一股相當深沉的恐懼，令人不禁懷疑我們的市民開始真正意識到他們所處的現狀了。從這個角度來看，城裡的氛圍起了些微變化。但實際上，問題是在於：究竟是氛圍改變了，還是人心？

布道後數日，李爾與格藍一同往郊區走去，路上李爾評論著此次布道，黑夜中突然撞上前面一位左右蹣跚但無意前行的男子。就在這一刻，愈來愈晚亮起的街燈突然點上。兩人身後的那盞街燈霎時亮晃晃地照向男子，他無聲咧笑著，兩眼緊閉，在那張蒼白臉龐上，他咧開嘴無聲狂笑著，豆大汗珠滑了下來。他們從他旁邊走過。

「是瘋子。」格藍說。

李爾剛拉起格藍的手臂要把他帶開，卻發覺到格藍全身緊張地發抖。

「要不了多久，城內就只剩下瘋子了。」李爾說。

由於疲累之故，他感到口乾舌燥。

「我們去喝點東西。」

他們走進一家小咖啡館，店內只靠著吧臺上一盞小燈照明，咖啡館內空氣濃濁厚實、微微泛紅，客人都莫名壓低音量，輕聲低語。格藍出乎醫生意料，在吧臺前點了杯烈酒，一飲而盡，還說這酒很烈，接著他說想出去走走。到了外頭，李爾覺得夜裡充滿著各種嗚咽低吟。街燈上方，天穹黑幕的某個角落傳來模糊的咻咻聲，提醒他那根隱形連枷孜孜不倦地攪動著這片灼熱空氣。

「幸好，幸好。」格藍說。

李爾心想著格藍他想說什麼呢？

「幸好，」他說，「我有我的工作。」

「對。」李爾說：「這是個好處。」

李爾決定不去聽這咻咻聲，他轉而問格藍工作是否滿意。

「嗯，我想我進行得很順利。」

「還要很久嗎？」

格藍感覺一陣振奮，酒精的熱度使他說話熱情了起來。

「我不知道。但問題不在那。醫生，這不是問題。」

昏暗之中，李爾猜想他揮舞著雙臂，似乎在想如何解釋，而轉瞬間妙語如珠。

「醫生，您知道嗎？我希望總編收到我手稿的那一天，在他讀完後，會起立對其他同事說：『諸位，請脫帽致敬』」

這突如其來的宣言讓李爾大吃一驚，他依稀感覺到身旁的同伴做了個脫帽的動作，把手靠近頭部，而後將手臂平伸。高高的天際上，詭異的咻咻聲似乎又重新響起，這回更為嘹亮有力。

「當然。」格藍說：「一定要寫到無懈可擊才行。」

儘管李爾對文學界的作風不是那麼熟悉，但他總覺得事情應該也不會這麼單純，譬如說辦公室的編輯們應該沒戴著帽子。但所有事情都是很難說的，李爾寧可沉默以對。而瘟疫那神祕之音，即使他不想聽，依然陣陣傳入耳際。慢慢走近了格藍家附近，這裡地勢居高臨下，微風吹拂，兩人精神為之一振，同時也洗除了城市裡的所有喧囂。格藍仍然滔滔不絕，而李爾並未全部聽懂，他只聽到那本著作目前已經寫了很多頁，但作者為求至善至美所付出的努力，讓他備受折磨。「接連好幾個晚上，甚至好幾個禮拜，就只為了一個字……而且有時候，不過就是個連結詞。」此時，格藍停了下來，拉住醫生外套的扣子；幾個字從那張牙齒殘缺不全的嘴裡，踉踉蹌蹌跌了出來。

「醫生，您要知道。嚴格來說，要區分「但是」和「而且」，算是容易的；但要在「而且」和「然後」中間做個抉擇，就有些難度了。如果還要區分「然後」與「接著」，就難上加難了。但最難的肯定是句子裡到底該不該加上「和」這連接詞。

「嗯。」李爾說：「我了解。」

他說完又繼續往前走，格藍有些尷尬，快步追上他。

「對不起，」格藍嘟噥地說：「我不知道我今晚是怎麼了。」

李爾輕輕拍了拍他的肩膀，說他很感興趣，也很希望能幫上忙。格藍看來心安許多。走到家門口，格藍猶豫了一會後跟醫生提議可以上來坐坐。李爾同意了。

格藍請醫生在飯廳桌前坐下來，那張桌上鋪滿一張張手稿，寫滿蠅頭小字及密密麻麻的塗改痕跡。

「對，就是這個。」格藍回應醫生徵詢的眼神。「您想喝點什麼嗎？我有些紅酒。」

李爾說不用，他看著手稿。

「別看。」格藍說：「這是開頭第一句。真是傷透腦筋，想破頭。」

他也注視著這疊手稿，一隻手忍不住拿起其中一張，拿近未裝燈罩的燈泡前，讓光透過整張紙。那張手中的紙顫抖不已，李爾注意到雇員的額頭都冒汗了。

「坐下來，」他說：「念給我聽。」

對方看著他，露出感激的微笑。

「好。」他說：「我很希望您能聽聽。」

他停頓了一會，但視線始終停在那張手稿上，然後他坐了下來。在此同時，李爾聽到城裡那模糊混雜的嗡鳴聲，似乎回應著連枷咻咻的作響。就在這當下，他對於腳底下綿延開來的這城市、對它所造就的這封閉世界、對夜裡被它悶住的鬼哭神號，有了無比清晰的覺察。格藍的聲音低吟迴盪：「五月份一個美麗的清晨，一位優雅的女騎士，騎上了一匹俊美的栗色牝馬，穿梭於布洛涅森林那繁花夾道的小徑間。」隨後陷入另一陣沉默，受苦之城那模糊難辨的喧囂聲隨之響起。格藍放下手稿，目不轉睛繼續盯著手稿。過了一會兒，他抬起眼睛：

「您覺得如何？」

李爾回說這開頭讓他很想讀下去。但對方激動地說醫生這看法並不正確。他一掌拍向成疊手稿。

「這只不過是個粗略草圖，等我能完美描繪出腦海中的那幅圖像，等我的文句能合上騎馬散步的節奏時，一二三，一二三，其餘就容易了。而且描繪得足以亂真時，光這開頭幾句就可能讓人說出：『脫帽致敬！』」

但現在離完美可還有一大段路要走呢，他絕不同意把句子就這樣一字不改地丟給印刷廠。

因為即使他偶爾對這句子也感到頗為滿意，但他知道它還不夠貼近真實。同時，從某種程度上來說，它的語氣平順到有點陳腔爛調，雖不能說真的八股，但也是有幾份相似。至少當我們聽到窗戶下方幾個男子奔跑而過的聲音時，他是這麼說著的。李爾站起身來。

「您等著看我會怎麼寫吧。」格藍望向窗邊，說：「等這一切都過去以後。」

但急促的腳步聲再度響起，李爾已經走下樓去。當他來到街上，兩個男子從他面前經過。他們看來是往城門方向去的。酷熱與瘟疫夾攻之下，有些市民因而失去了理智，轉而訴諸暴力，他們試圖騙過城門守衛的警戒，逃出城外。

其他像藍伯的這些人，他們也想逃離這日益緊繃的恐懼氛圍，即使他們未必更為成功，但卻更為頑強也更為機伶。藍伯一開始就持續著他的官方拜會，據他所言，他一向認為只要堅持下去，勝利一定是屬於你的。而且從某種觀點來看，隨機應變本來就是他這行的看家本領。所以他想辦法去拜訪了非常多人，包括眾多公務人員，平時我們從不會去質疑這些人的能力。但在這節骨眼上，這些能力都無用武之地。大多都是些對銀行、出口業務、柑桔類、酒類買賣等相關產業的專家，他們有著非常精確且有條理的見解；對訴訟及保險問題也擁有無庸置疑的學識，更別提他們輝煌傲人的學歷以及十足的誠意。其實最讓人驚訝的是，他們大家都有絕對的誠意。但針對瘟疫，他們幾乎是一無所知。

然而每次見到他們時，只要一有機會，藍伯就會為自己辯護。他最終的理由都是說他在這不過是個異鄉人，所以，他的個案該以特例來處理。針對這點，對方通常表示完全同意；但他們一般也會接著說但很多人都跟他一樣，所以其實他的情況並非如他所想的那麼特別。藍伯會說，但這並無法改變他說的確實有理，他們說行政人員可不這麼認為，這會造成行政作業的困難，而且他們拒絕通融，因為這很可能會變成眾人嫌惡的所謂開先例。根據藍伯給李爾醫生的分類，這類的人屬於官腔官調型；除了他們之外，還有所謂天花亂墜型，他們向申請人保證一切都很快會過去的，當你問他們申請是否過關時，他們總會給一堆建議，安慰藍伯說一切都只是一時的不便；還有達官顯要型，他們請來訪者拿筆簡述自己個案，他們之後再將最後裁決告知；畫錯重點型，會送些住宿折價券或提供便宜的食宿地點；條理分明型，會讓你填好表格，然後建檔；無能為力型，他們雙手一攤；心煩意亂型，他們轉移目光；最後還有因循守舊型，這類為數最眾，他們會跟藍伯說到其他處室試試或想想別的法子。

記者就這樣疲於奔命地到處拜訪。由於他成天坐在那仿皮漆布的長凳上等待，望著面前貼著的大幅海報，海報上要不就推銷著可抵稅的國家公債，要不鼓勵著大家加入殖民軍團；也由於他不斷穿梭於各個辦公室，看盡裡面那一張張有如歸檔小抽屜及檔案架那樣一目了然的臉孔，因此讓他對何謂市府，何謂省府有了正確的了解。這有個好處，就如藍伯語帶哀怨地跟李爾說的，就是能為他掩蓋真實的情況，他幾乎完全不知道瘟疫目前的進展，而且這樣也讓日子過得比較快。就目前全城的情況而言，每過一天，就是讓每個人，前提是你沒死的話，能愈來愈接近這場試煉的終點。李爾不得不承認事實確實如此，但這種說法也過於籠統。

藍伯曾經一度燃起希望。他收到省府寄來的一張空白表單，要求他確實填妥身分資料、家庭狀況、過去和現在的財務狀況，及所謂的履歷。他覺得這像是針對可能被遣返歸國的外地人所進行的調查。某辦公室裡問到的一些模糊資訊似乎印證著他的直覺是對的。但他最後聯繫上寄出這表格的單位，他們說彙整這些資料只是「以防萬一」。

「以防什麼萬一？」藍伯問。

他們說萬一他染上瘟疫病逝，就可以一方面通知他家人；二方面知道醫療費用是得由市府負擔還是他家人可前來支付。當然，這證明他與等著他的情人並未切斷聯繫，而這社會也持續關注著他們。但這並無法安慰他。這當中最引人注意，而藍伯也因此發現到在災難當頭之際，辦公室還可一如往常維持同樣的工作方式，跟瘟疫爆發前沒兩樣，而且上級對此完全不知情。唯一的理由是辦公室的運作一向如此。

接下來的日子，對藍伯而言，既是最容易也是最難度過的時光，那是一段麻木遲鈍的時期。他跑遍所有處室、試過各種方法、但一切都走上死胡同。他因此漫無目的遊盪在一家家咖啡館中。一早，他坐在露天咖啡座，面前點上一杯溫啤酒，或是讀讀報紙，希望能找到疫情即將結束的蛛絲馬跡，或是看著路上行人的臉龐，但看那一臉的憂傷，卻讓他嫌惡地轉過頭去。等到把對街商店招牌及早已缺貨的開胃酒大廠的廣告看板看上百次後，他起身離開，信步走在城裡那些泛著黃色調的街道上。他獨自漫步於各個咖啡館間，從咖啡館再走到餐廳，夜晚也就來臨了。有天晚上，李爾看到他在咖啡館前猶豫半天，最後下定決心走了進去，坐進最裡面的位子。差不多該是咖啡館點燈的時候了，但因上頭下令，大家就盡量延後開燈時間。暮色如鉛灰的潮水湧入咖啡館，落日餘暉的粉紅霞光映在一片片玻璃上，大理石的桌面在初落的夜幕下微微發光。在這空無一人的咖啡館中，藍伯彷彿遊魂，李爾心想藍伯棄械投降的時刻到了；而這時刻同樣也是城內所有囚犯他們自我放棄的時刻，必須做點什麼來加速他們的解脫之路。李爾轉身離去。

藍伯在火車站也徘徊甚久，雖然月臺已然封閉，但可由外面直接進入的候車室仍是對外開放的。炎熱的日子裡，乞丐有時候會窩在這裡，因為這裡既遮蔭又清涼。藍伯來這看看舊時的時刻表、禁止吐痰的告示牌及乘客須知。然後，他就在陰暗的候車室裡，挑一個角落位置坐了下來。那老舊的鑄鐵火爐已冷卻了好幾個月，周遭地上滿是舊時灑水器留下的8字水漬痕跡。牆上幾張海報宣傳著邦多及坎城那自由快樂的生活，藍伯此時體會到了匱乏到極點時那種可怖的自由。根據他跟李爾說的，他最無法承受的影像是巴黎的風景，古老石垣流水潺潺的景致、皇家宮殿前的鴿群、巴黎北站、萬神殿附近杳無人煙的區域，以及其他景點，他都不知道自己原是如此深愛著巴黎，這些景致在藍伯腦海中縈繞不去，讓他什麼都做不了。李爾單純地認為他把巴黎的影像跟情人的影像畫上等號，而當藍伯跟他說他喜歡在清晨四點醒來思念故鄉的那天，醫生很自然地從自己的經驗中去理解，他想是藍伯喜歡回憶他留在巴黎的那個女子。確實，四點，是他可以擁她入懷的時刻。清晨四點，我們通常什麼都沒做，就是在睡覺。即使夜裡背叛了對方，此時也都睡下了。這讓人很安心，因為不安的一顆心最大的欲望就是能永遠佔有他所愛的那個人，而當他不在身邊時，能將對方丟入無夢的沉睡中，直至團圓之日。

布道會過後不久，天氣轉熱，時節已近六月末。週日布道時下了場遲來的雨；次日，夏日驟至，豔陽於天空及屋舍上方璀璨綻放。首先吹起一陣焚風，持續了一天，將屋舍的土牆岩壁都吹乾了。太陽持續高掛，一整天那不曾間斷的熱浪與光海一波波襲來，淹沒了整個城市。除了拱廊街道與公寓內，城裡到處都是一片白花花的強光反射，刺眼欲盲。陽光亦步亦趨緊跟著市民不放，只要他們一停下腳步，陽光無情襲來。暑熱初至，死亡人數也隨著溫度呈現直線攀升，每一週約莫七百人，一股深沉的沮喪籠罩全城。郊區一帶，在那平坦街道與櫛比鱗次的平頂樓房之間，往昔的熱鬧不再。這一帶的人平時都在門口坐上一整天，而現在各個大門深鎖，百葉窗拉下，不知是為了防瘟疫還是躲太陽。其中幾家傳出了呻吟聲，以往這種情況下，我們總會看到幾個好奇的人站在路上留神傾聽。但經歷了這長久的警戒後，每個人似乎都變得鐵石心腸，不管是經過還是自家附近迴響起這呻吟聲，大夥充耳不聞，把這種呻吟視為是人類自然的語言。

城門上的幾場鬥毆，讓守衛不得不用槍，因而引發城內一股暗潮洶湧的躁動不安。城門上肯定有人受傷了，但受熱浪及恐懼的影響，一切都被誇大了，城裡謠傳死了人。不管如何，無庸置疑的是眾人的不滿情緒日益高漲，當局深怕發生最壞的情況，因而認真研擬如果當前受困於瘟疫的民眾上街暴動時，該如何應對。報章雜誌公布了政府法令，再度重申嚴禁出城的禁令，違者將處以牢刑。巡邏隊在城裡穿梭，無人而熾熱的街道上，經常先傳來石板路上躂躂的馬蹄聲，接著就看到騎兵隊從那一排排門窗緊閉的屋舍間穿梭而過。巡邏隊的身影消失後，受威脅的小城又再度陷入沉重而充滿猜疑的寂靜之中。槍聲不時響起，那是最近奉命撲殺貓狗的武裝特殊小組在執行任務，因為貓狗可能會傳播跳蚤。冷硬的槍聲更增添小城中的肅殺氣氛。

在這片炎熱死寂之中，對於我們市民那顆驚恐不安的心而言，一切都被放大了。他們第一次察覺到天空的顏色與大地的氣味隨著四季遞移而轉變。他們理解到炎熱會加劇疫情擴散而感到驚恐，但眼看漫漫夏日就此展開。向晚的天際，城市上空成群雨燕呢喃，此刻聽來備感微細纖弱，六月的落日將我們的地平線推向更遠的他方，而低迷的雨燕呢喃已無法呼應這絢爛的晚霞。運送至市場的鮮花不再是含苞待放，而是已然盛開。經過一早的叫賣，布滿灰塵的人行道上，撒落一地掉落的花瓣。那曾恣意揮灑於百花輪番綻放的一季春天，如今疲態百露，日漸昏沉睡去，慢慢被瘟疫與暑熱的雙重負荷給壓垮了。對所有市民而言，這夏日天空以及遭灰塵及擔憂給泛白了的街道，與城裡日益增加的上百位死亡病例，都具有同樣的威脅性。炎炎烈日，還有那令人昏睡和帶著度假氣息的時刻，都不再讓人想投入大海的懷抱去戲水玩耍或盡情尋歡作樂。在這封閉而死寂的城中，這些時刻反而顯得空洞，失去了往昔歡樂季節的古銅光澤，瘟疫的烈日一把抹去了所有的色彩，驅逐了一切歡笑。

這便是這疾病帶來的重大改變之一。以往所有市民都興高采烈迎接夏天的到來，城市向大海敞開大門，將青春活力傾瀉於海灘上。但反觀這個夏天，鄰近海岸成為禁地，身體再也無權享樂。如此一來還能做些什麼呢？這裡還是塔胡最忠實地描繪了當時景象，他當然是隨時關心著疫情進展，還記錄了疫情一個重大轉折點，那就是當廣播不再公告每週死了幾百人，而是改為公布每日的死亡人數為九十二、一零七、一百二十人。「報章雜誌與政府高層跟瘟疫鬥智，他們自以為略勝一籌，因為一百三十這數字是比九百一十少很多。」他也提及疫情那些令人難過或令人驚訝的一面，譬如有一次他走在空無一人、百葉窗緊閉的一帶，一位女子突然打開他頭上的一扇窗戶，大喊了兩聲，旋即關上木窗，房間又陷入一片漆黑。他也記錄了藥房裡薄荷錠都銷售一空，因為很多人都會含薄荷錠來預防感染。

他也持續觀察著幾位他特別喜愛的人物。我們發現戲弄貓咪的小老頭也經歷了一段悲慘時光。某日早上，幾聲槍聲冷冷地響起後，塔胡寫著幾顆小鉛彈噴出後，殺了大部分的貓，也嚇跑了其他的，其他貓兒紛紛離開這條街。同一天，小老頭一如往常在同一個時間走上陽臺，但一臉驚訝，俯身察看，如雷達般掃過街頭街尾，最後也只能認命等待，一隻手輕快地敲著陽臺上的欄杆，繼續等著，然後撕了些碎紙片兒，隨後進屋去，又走出來，這樣等了一會後，他突然消失了，氣沖沖把身後的落地窗猛力一關。接下來幾天，同一幕不斷上演，但是我們可以看到小老頭臉上的憂傷與惶恐日益加深。一週後，塔胡怎麼也等不到每天上演的場景，窗戶執拗地緊緊關上，關住小老頭那一屋無可厚非的哀愁。「瘟疫期間，嚴禁對貓吐口水」，他在札記本上下此結論。

另一方面，塔胡每天晚上回去時，總會在大廳遇上旅館那位陰鬱的夜班警衛，在大廳來回踱步。警衛不斷提醒所有人，這一切他早就預言過。塔胡說他確實說過災難會降臨，但他也提醒他當初說的可是地震。老警衛回他：「如果真是地震就好了！一陣天搖地動，然後一切就都結束了。數一下死了多少人，多少人生還，一切就搞定了。但這場要命的瘟疫，即使身體沒染上，心裡也給染上了。」

旅館經理感到同樣的沮喪。封城後，旅客因無法離城，所以全都留在旅館裡，但隨著疫情延燒，慢慢地很多人都選擇去借住朋友家。當初讓旅館全滿的理由，而今卻讓客房全空下來了，因為再也沒有新的遊客進城。塔胡是少數留下來的房客之一，而經理也不放過任何可以提醒塔胡的機會，跟他說要不是基於對最後幾位房客的尊重，他老早就關門歇業了。他常常請塔胡推估一下疫情還會持續多久：「聽說，」塔胡說：「冷天氣不利疫情的發展。」經理一臉驚慌地說：「先生，可是這裡從來都不會很冷。不管怎麼說，大概還得撐上好幾個月。」而且他相信疫情過後很長一段時間，遊客都不會再來歐蘭城了。這場瘟疫真的把觀光業給毀了。

暫別一段時間後，歐同先生又重新回到旅館餐廳來用餐。這回貓頭鷹男子後頭只跟著兩隻雜耍表演狗。打聽之下，原來太太先前去照顧病中的母親，而母親下葬後，她現在正在進行隔離檢疫。

「我不喜歡他們來。」經理跟塔胡說：「不管隔離與否，她都有染病的嫌疑，所以他們家人也一樣。」

塔胡提醒經理說，如果從這角度來看，那大家都有染病的嫌疑。但經理堅持己見，且斬釘截鐵地說：

「不，先生。您跟我都沒有嫌疑；但他們都有。」

但歐同先生可不會為這點小事而改變，這回瘟疫算是白費力氣了。他用同樣的方式走進餐廳，坐在他孩子對面，對他們說著同樣優雅卻毒辣的話語。只有那小男孩變了，他跟女孩一樣身著黑衣，但有點彎腰駝背，感覺像是父親的小縮影。夜班警衛並不喜歡歐同先生，他跟塔胡說道：

「啊，這傢伙，他死的時候也會穿戴整齊。這樣省得特別打理，就可以直接進棺材了。」

塔胡對潘尼魯神父也有記錄，評論如下：「我可以理解這份熱切的心。在災難開始與結束的時候，大夥常常都會口若懸河，滔滔大論。首先，這是因為大家習氣尚存；再者，則是因為舊有的習慣又回來了。唯有苦難當頭之際，我們才會適應這事實真相，也就是沉默，等著看吧。」

塔胡最後記下他跟李爾醫生有過一次長談，他只記得兩人相談甚歡，同時他順手寫上李爾母親的雙眸為淡棕色，並詭異地宣稱如此善良的眼神定能戰勝瘟疫。末了對李爾的老哮喘病患寫了很長的篇幅。

跟醫生長談後，他跟醫生一起去看了哮喘老病號。老人看到塔胡，搓著雙手，一臉冷笑。他坐在床上，背靠著枕頭，眼前擺著兩鍋豆子：「喔，多了一位。」他看到塔胡時這麼說：「世界真的反了，醫生比病人多。疫情快速蔓延，對吧？神父說的有理，大家是罪有應得。」隔天，塔胡沒先通知就又跑去。

如果塔胡的札記本可信的話，哮喘老病號是個縫紉用品商，五十歲那年覺得自己工作夠了，決定從此臥床不起，但其實他的哮喘是完全不妨礙他起身活動的。靠著一份微薄的固定收入過日子，快活地活到現在也七十五歲了。他無法忍受看到手表指針滴滴答答的，所以整個家裡找不到一支手表。「手表這玩意兒，」他說：「又貴又愚蠢。」他用兩個鍋子來計算時間，對他而言就只需要知道吃飯時間，其他都不重要。他早上起來時，其中一鍋的豆子是滿的，他就開始把一顆顆豆子，動作專注且規律地移到另一個鍋子。他就這樣用鍋子來找出一天的作息時間。「每完成十五鍋，」他說：「就是我該吃飯的時間了。再簡單不過。」

據他太太所說，他很早就透露出這志向的端倪。確實，什麼都提不起他的興趣：不管是工作、朋友、泡咖啡館、音樂、女人、溜躂出遊，他通通沒興趣。他從未出過城，唯一一次因為家族的事得跑一趟阿爾及爾，才一出城，他就在歐蘭的下一站下車了，完全無法走更遠，馬上又搭上下一班火車回城來。

塔胡對他這隱士般的生活深感震驚，老人粗略解釋了一下，他說根據宗教的說法，人生前半段是走上坡，後半段是走下坡；而在生命的下坡路段，每天的日子已不再屬於你，隨時可能被收回，而你卻什麼都做不了，所以最好也就什麼都別做。他不怕自我矛盾，不一會兒他跟塔胡說上帝肯定不存在，否則的話，就不需要神父了。不過從他接著談到的事情上，塔胡理解到他這論調跟他那堂區經常募款惹惱了他有著密切關係。但札記本裡對這位老人的描繪最後寫了一句老人常對塔胡提起的衷心祈願：但願能長命百歲。

「他是聖人嗎？」塔胡心想。他寫下：「是吧。如果所謂的神聖是指一連串習慣的整體展現。」

但在此同時，塔胡著手描繪一幅相當細緻的瘟疫城一日浮世繪，讓大家對那年夏天市民在做些什麼，過著什麼樣的生活，有個清楚的概念。「除了酒鬼外，沒有人笑。」塔胡說：「但酒鬼是笑得太多了。」接著他寫下：

「一大清早，微風吹過那依然空蕩蕩的小城。這個時刻，彷彿是介於夜裡病逝者與白晝垂死者之間，瘟疫似乎暫時偃旗息鼓，趁機喘息。所有的商店都還關著門，但有幾家掛著「受疫情影響，暫停營業」的告示牌，代表著他們等會兒不會同其他店家一起開門。幾個睡眼惺忪的賣報小販還未開嗓叫賣，而是背靠街角，彷彿還在夢遊一般將報紙伸向路燈。等會兒，當最早的幾班電車把他們叫醒，他們就會分散到城市各個角落，手上揮著印有『瘟疫』這醒目標題的報紙。『瘟疫會持續到秋天嗎？』B教授回：『不會。疫情第九十四天的死亡人數統計，共一百二十四位。』

「儘管紙張不足的問題日趨嚴峻，一些報章期刊被迫減頁，一份新報還是發行上市了，《疫情郵報》。『旨在提供市民最新資訊，以絕對公正客觀的角度來報導疫情的擴大或趨緩；針對疫情未來的發展，提供最具權威的專業分析；對於那些準備對抗疫情的人，不管是否知名，都給予版面上的支持；給予全體居民精神上的支持，負責傳達當局的各種指示。總結一句，就是集結一切正面的力量來有效對抗此時向我們襲來的疫情。』但事實上，這份報紙很快就變成專門刊登一些保證有效的防疫新藥廣告。

「早上六點左右，小販便開始兜售起報紙，先是對那群早在開店一小時前就來排隊的人兜售，接著向從郊區擠電車來到市區的人們兜售。電車成為唯一的交通工具，不管是階梯上還是車後欄杆都擠滿了人，行進困難。但很古怪的是所有乘客都盡可能背對他人，以避免互相傳染。車一到站，大批男男女女傾瀉而下，急急遠離他人，恢復獨處。電車上常見因情緒不穩而爆發口角衝突，這時期情緒緊繃已是常態。

「早晨幾班電車駛過之後，小城漸漸甦醒，幾家小餐酒館早早開了門，但吧臺上堆滿各式告示牌：『咖啡缺貨』『請自備糖』等等。接下來，商店也開門營業，街道整個熱鬧了起來。這時候，太陽爬上高空，炎熱的溫度漸漸將七月的天空染上一抹沉重的鉛灰色。那些無所事事的人們此時就會大膽上街到處遛躂，他們大多似乎一心想藉著炫耀他們的奢華富貴來驅除瘟疫這邪魔。每天十一點左右在各個主要大道上，年輕男女炫麗登場，在他們身上我們可以看到在這巨大苦難之中，人們愈是縱情享受生命。如果疫情日益蔓延，道德感也日益鬆綁。不久之後米蘭墳墓旁的縱情狂歡將再度重現。

「到了中午，餐廳一轉眼就全滿，門口很快就站著一群群沒位子的客人。因為熱過了頭，天空開始失去它的光亮。大遮陽棚的陰涼處下，餐廳候位的客人就站在豔陽下那爆熱欲裂的路面旁耐心等候帶位。餐廳爆滿也是因為這解決了很多人的採買問題，但他們擔憂會被傳染是沒變的，所以他們花很多時間慢慢擦拭他們的餐具。前不久，一些餐廳還貼出：『本餐廳餐具皆經煮沸消毒。』但他們漸漸也不再打廣告，因為客人一定會上門，而且出手相當闊氣，先點些高級或據說高級的葡萄酒，然後點上其他最昂貴的菜色，接著豪氣地揮霍無度。某餐廳聽說還上演過驚恐場面，因為有個客人突然臉色蒼白，身體不適，起身後搖搖晃晃地衝出門外。

「下午兩點左右，城裡的人潮慢慢散去。此時，寂靜、灰塵、陽光與瘟疫在街上聚首，熱氣沿著灰撲撲的樓房不斷竄流。這些漫長的桎梏時光最終化為熾熱的夜晚，融入這人口稠密且喧鬧的小城之中。出現高溫的頭幾天，不知為何，夜裡有時悄無一人；但現在，清涼的夜讓人放鬆，甚至帶來一絲希望，大家都湧上街頭，忘情地高談闊論、互相爭執、彼此調情；在這七月染紅的天際下，滿是情侶、充滿喧譁的小城，迷航於喘息的夜海之中。每天晚上有個蒙神寵召的老人，戴著氈帽，結個大花領結，穿梭於各條大道的人群裡，不斷喊著：『神是偉大的，來到祂身邊吧。』但眾人毫無回應，反而更急急奔向一個他們也不甚了解或他們認為比神更為緊急的事物上。剛開始的時候，他們以為這疫情就跟一般疾病沒兩樣，這時宗教還可派得上用場；但當他們發現情況嚴重，他們就憶念起享樂。白天裡寫在臉上的所有憂慮，都在漫天灰塵的熾熱黃昏下，化為恐慌的興奮、笨拙的自由，讓整城的民眾沸騰狂野了起來。

「至於我，我也跟他們一樣。那又怎樣！對於像我這種人而言，死亡根本不算什麼，不過是證明他們是對的罷了。」

塔胡札記本上提到的那次會面，是他自己跟醫生提出要求的。李爾在家等著塔胡來訪的那個晚上，他看著他母親安靜地坐在飯廳角落一張椅子上。每當她忙完一天的家事，她就坐在這角落上，雙手交疊地放在膝蓋上，就這麼等待著。李爾甚至不確定她等的人就是他，然而一看到醫生回來，母親臉上表情起了些許變化。那忙碌的一生把她磨得沉默寡言，此時臉上突然亮了起來，旋即又陷入沉默之中。那天晚上，她看著窗外已然冷清的街道，夜晚照明也縮減了三分之二，每隔一段距離，才有一盞微弱的燈照向這漆黑之城，亮起點點微光。

「疫情期間都會縮減夜間照明嗎？」李爾老太太說。

「應該是。」

「希望疫情不會延燒到冬天，不然真的太淒涼了。」

「確實。」李爾說。

他注意到母親看著他的臉。他知道連日來的擔憂和過勞讓他臉頰削瘦了不少。

「今天不太順利嗎？」李爾老太太問。

「喔，跟平常一樣。」

跟平常一樣！就是說巴黎剛寄來的這批血清感覺沒有第一批來得有效，死亡人數又往上跳了。而防疫的疫苗數量一直不夠，只能讓病患家屬打，如果要全面施打就得要大量生產。大多的鼠蹊部淋巴腺腫不再流膿，彷彿腺腫硬化的季節已經降臨，病患因此備受折磨。打從前一天開始，城裡出現了兩例新型鼠疫，鼠疫轉成肺炎型。當天在一場會議上，精疲力竭的醫生們請求早已六神無主的省府即時應變，省府因此頒布新的防疫措施，以避免肺鼠疫經由口腔傳染途徑散播開來。

他看著母親那雙棕色眼眸，這美麗的眼神讓他回想起往日母親關愛下的溫柔歲月。

「母親，你會害怕嗎？」

「到我這把年紀，已經沒什麼好怕了。」

「白天那麼長，我又整天不在家。」

「只要知道你會回來，我不在乎等待。你不在的時候，我就想想你正在做什麼。有消息嗎？」

「有，若依照上一通電報來看，一切順利。但我想她這麼寫是為了讓我放心。」

門鈴響起。醫生跟母親微笑示意，接著去開門。塔胡站在昏暗的樓梯間，看起來像隻大灰熊。李爾請訪客坐在書桌前，他自己則站在沙發後，中間隔著這兒唯一的光源，就是桌上的那盞檯燈。

塔胡開門見山地說：「我知道對您，我不需要拐彎抹角。」

李爾默默地點點頭。

「再過兩個禮拜或一個月，您將會完全無用武之地，因為所有事情前仆後繼湧來，讓您無法應付。」

「確實。」李爾說。

「衛生單位的編制不當，造成您人手不足，時間也不夠用。」

李爾再次承認這是實情。

「我聽說省府打算強迫身強體魄的健康市民加入民眾服務隊，來協助一般救護。」

「您消息很靈通。不過如今民怨四起，所以省府目前還在考慮。」

「為何不組織志工隊？」

「有啊，但報名人數少得可憐。」

「他們透過官方管道隨便宣傳一下，壓根不覺得這法子可行。他們缺乏的是想像力。他們無法面對如此浩劫，他們想得到的方法只能勉強應付一下鼻炎之類的疾病。如果一直任由他們這樣繼續下去，他們一個個都會完蛋，然後大家就跟他們一起完蛋。」

「非常可能。」李爾說：「我必須說，他們還想過找囚犯來幫忙一些我所謂的浩大工程。」

「我覺得沒坐牢的自由人比較好。」

「我也覺得。但又是為什麼呢？」

「我非常討厭死刑。」

李爾看著塔胡。

「所以呢？」他說。

「所以我打算組織衛生志工隊，您是否願意交給我負責，暫且先把政府擺到一邊，反正他們也早已分身乏術。我還算交遊廣闊，這些朋友將成為組織的核心人物，當然，我也會參與。」

「當然好。」李爾說：「您想也知道我樂意之至。我們需要幫忙，尤其是醫護方面的工作。我會負責說服省府，他們反正也沒有其他選擇。但是……」

李爾想了想。

「但這份工作可能會有生命危險，這點您很清楚。無論如何我都得先提醒您，您真的想清楚了嗎？」

塔胡用他那灰色雙眸看著他。

「醫生，您怎麼看潘尼魯的布道？」

問題問得很自然，李爾也就答得很自然。

「我在醫院待太久了，沒法接受這集體懲罰的說法。但您也知道，基督徒偶爾嘴上這麼說說，但從未真正這麼想過。他們並沒有表面上看起來的那麼糟。」

「但您也同意潘尼魯所言，認為瘟疫還是有好處，它讓人看清真相，強迫我們去思考。」

醫生不耐地搖搖頭。

「世上所有疾病皆然。世間苦痛的所有特質，瘟疫也都有。這或可讓一些人磨練心智因而成長，然而一旦我們看到瘟疫所帶來的不幸與痛苦時，只有瘋子、盲人或懦夫才會屈服於瘟疫。」

李爾僅僅微乎其微地抬高一點音量，塔胡就做了個手勢，彷彿請他放鬆。他笑了。

「好。」李爾聳了聳肩說道。「但您還沒回答我的問題，您真的認真想過了嗎？」

塔胡在單人沙發上喬了喬位置，整個人舒適坐妥，將頭前伸，落入亮光處。

「醫生，您相信上帝嗎？」

問題問得很自然，但這回李爾遲疑了片刻。

「不信，但這又代表什麼呢？我在黑夜之中摸索前進，我試圖看清這一切。但我早不覺得這有什麼特別的了。」

「這就是您與潘尼魯的不同之處，不是嗎？」

「我不認為。潘尼魯是個做學問的人，他沒見過太多死亡，所以他以真相之名滔滔不絕，但隨便一位鄉下神父，只要他治療過堂區信徒，聽過臨終者最後的喘息，他就會跟我有一樣的想法。先解決苦難之後，再去證明這苦難的卓越之處。」

李爾起身，臉龐落入陰暗之中。

「算了，既然您不願意回答，」他說：「就別談了。」

塔胡面露微笑，坐在沙發裡一動不動。

「我可以用一個問題來回答您嗎？」

這回換醫生面露微笑。

「您還真喜歡故弄玄虛。」他說：「洗耳恭聽。」

「好。」塔胡說：「您既不信上帝，又為何如此地犧牲奉獻？您的答案可能可讓我找到我的答案。」

李爾繼續留在陰暗之中，說他已經回答過了。如果他相信一個全能的上帝，那他就不再治療病患，而是將他們直接交給上帝。但這世上沒有人相信這種上帝的存在，就連自以為相信的潘尼魯也不例外，因為並沒有人將自己完完全全地交給上帝。至少就這一點，李爾自認為是走在真理的道路上，對抗天地萬物苦樂交雜的本然面貌。

「喔！」塔胡說：「這就是您對您職業的看法嗎？」

「差不多。」醫生回到光亮處，如此回答。

塔胡輕輕吹著口哨，醫生看著他。

「是的。」他說：「您會認為這需要傲氣，但我也就那麼一點傲氣撐著，真的。我既不知道前方有什麼難題，也不知道未來會如何轉變。眼前有病患，就是要醫好他們，接下來，他們會去思索，而我也是。但當務之急是要把他們醫好。我只是盡我所能來保護他們，如此罷了。」

「對抗誰？」

李爾轉向窗外，看著遠方地平線上那片較為深邃黝黑的水氣凝結，猜測那兒大抵就是大海。他只感到一陣疲憊，同時內心又很掙扎，突然一股非理性的衝動，想對眼前這位特立獨行但於他彷彿親如手足的人，多傾吐一些心事。

「我不知道。塔胡，我跟您保證，我真的不知道。當初進這一行時，我完全沒有概念，只因為我需要工作，這份工作跟其他工作沒兩樣，是一份年輕人會選擇的職業之一。也可能還因為像我這種工人家庭出身的小孩，要當上醫生又特別困難。但這職業必須面對死亡，您知道有人拒絕死亡嗎？您是否聽過女人臨死前高喊：『不要！』我聽過。而我發覺到我無法習慣死亡這事，我當時還很年輕，自以為對這世界的整個運作憤慨不滿。後來我變得比較謙遜，但還是無法習慣面對死亡。我知道的就這麼多了。但無論如何……」

李爾突然打住，重新坐下。他感到口乾舌燥。

「無論如何怎麼樣？」塔胡輕聲地問。

「無論如何……」醫生接著說，但又面露猶豫，凝視著塔胡。「像您這樣的人應該可以理解，對吧？這世界的秩序既然是由死亡來主宰，那我們不信上帝，而是每個人竭盡全力地來對抗死亡，也不要抬頭遙望天上那沉默不語的祂，這對上帝而言或許是比較好的吧。」

「是，」塔胡附和道：「我可以理解。但只不過您的勝利永遠都只是暫時的罷了。」

李爾神色憂鬱。

「是永遠，沒錯，我知道。但也不能因此就放棄奮鬥。」

「當然，這不是個好理由。但我可以想像這場瘟疫對您而言代表著什麼。」

「是。」李爾說：「永不止息的失敗。」

塔胡盯著醫生看了片刻，起身步伐沉重地走向門口。李爾隨後跟上，他走到他身旁時，塔胡似乎朝著自己的腳邊看，他跟醫生說：

「醫生，誰教會您這些的？」

對方不加思索回答。

「苦難。」

李爾打開診間的門，他在走廊上跟塔胡說，他也要下樓去，他要去郊區看一位病患。塔胡提議一同前往，醫生答應。兩人在走廊盡頭遇見李爾老太太，醫生便向母親介紹塔胡。

「一個朋友。」他說道。

李爾老太太說：「喔，很開心認識您。」

當她離開時，塔胡還回頭看著她。醫生按下樓梯間的定時開關，但燈就是不亮，樓梯間整個黑漆漆一片。醫生心想該不會又是新的節能措施，但誰也不知道。近來好一段時間，不管是城裡還是住家大樓，東西都不太靈光。也可能單純就是門房或一般市民對一切都漫不經心。但醫生沒時間多想，塔胡的聲音在他身後響起。

「最後再說一句話，醫生，就算您聽來荒謬也無所謂：您說得完全正確。」

李爾在黑暗中兀自聳肩。

「我真的不知道。但您，您又知道什麼了？」

「喔，」對方淡然自若地說：「我幾乎什麼都知道。」

醫生停下腳步，跟在後頭的塔胡一腳沒踩實，連忙按住李爾肩膀重新站穩。

「您認為您了知生命的一切？」醫生問。

黑暗之中傳來他的回答，語氣同樣一派淡然。

「是的。」

當他們走上街道，他們發現夜已深，約莫十一點左右。小城悄然無聲，但聞沙沙細響。遠處響起救護車的警鈴聲。他們坐上李爾的車，李爾發動引擎。

「您明天得來一趟醫院。」他說：「來注射預防疫苗。但在您蹚入這趟渾水之前，最後再跟您說一聲，您有三分之一的活命機會。」

「這數字是沒有意義的。醫生，這點您跟我一樣清楚。百年前造成波斯某城所有居民死亡的那場大瘟疫，當時唯一倖存的就是那位謹守崗位不斷清洗死者屍體的人。」

「他只是保住了他那三分之一的機會，如此而已。」李爾聲音頓時低沉，他說：「但確實，就這件事，我們還有很多要學的。」

他們開到郊區，車燈照亮了人跡寥寥的街道，最後車子停了下來。李爾站在車前問塔胡要不要一起上來，塔胡說好。天空微光照亮著他們的臉龐，李爾突然展露友誼的笑容：

「塔胡，您倒是說說。」他問：「是什麼讓您決定插手管這事的？」

「我不知道，也許是我的道德感吧。」

「哪種道德感？」

「理解。」

塔胡轉身走入屋內，李爾一直到走進哮喘老病號家前，都沒再看見塔胡臉上的表情。

隔天塔胡馬上就投入工作，組織了第一個小組，接下來還會有很多其他小組接續成立。

敘述者並無意過度強調這些衛生小組的重要性，從他的角度來看，今日大多數的市民確實都會過度誇大衛生小組的角色，但敘述者卻認為倘若過度重視善行，最終是間接且強有力的彰顯惡行。因為這樣一來會讓人覺得因為善行是如此稀有，因而才彌足珍貴；而惡意與冷漠才是人類行為中更為常見的驅動力。這種觀念，敘述者不敢苟同。世間的惡絕大多數皆源自於無知，但缺乏知見的善意可能跟惡意具有同樣破壞力。人性其實善多於惡，但問題不在於此。而是由於人類或多或少的無知，而造就我們所謂的美德或惡行，最讓人絕望的惡行便是自以為無所不知的無知，且以此之名進行殺戮。謀殺者的靈魂是盲目的，若無法盡其可能的洞悉一切，是不可能有真正的善與美好的愛。

因此我們在面對這幾個多虧塔胡的付出而成立的衛生小組時，應該感到滿意，一種客觀而適度的滿意。也因此敘述者不會過度讚美塔胡主動幫忙的這份心意或這英雄式的行徑。在敘述者眼中，英雄主義也不該被過度吹捧。不過他也會繼續他史學家的任務，持續記錄著全體市民在瘟疫肆虐下那顆痛苦欲裂又嚴格挑剔的心。

那些投身衛生小組的人也沒那麼了不起，因為他們知道這是唯一能做的事，反倒是不去做才真是令人感到不可思議。這些衛生小組讓市民更深入地了解瘟疫，而且說服了一部分人既然瘟疫已然降臨，若要對抗它，那該做的事就得全力去做。正因為瘟疫成為了少數幾位的肩上重擔，它才顯出它的真正面貌，也就是這是眾人之事。

這樣很好。但一位小學老師教導學生二加二等於四，我們並不會為此而稱讚他，而是可能會稱讚他選了個崇高的職業。所以塔胡跟其他人選擇去證明二加二等於四，而非一旁袖手旁觀，這點是值得嘉許的；但他們這良善的發心，小學老師也有，其他所有跟小學老師同具善願的人也都有。這算是人類的榮耀吧，因為其實這樣的人比我們想像的多很多，至少敘述者是如此堅信的。敘述者也很清楚大家可能會反駁他說，這些人是冒著生命危險。但歷史上總會出現這種時刻，便是膽敢說出二加二等於四的人慘遭死刑懲罰，小學老師對此心裡有數。所以問題不在於這樣的推論方式最終將導出何種獎賞或懲罰，而是在於二加二，到底是不是等於四。對於那些冒著生命危險的市民，他們需要決定的是，他們到底是不是身處瘟疫風暴之中，而他們是否應該起身對抗。

城內諸多新道德論者認為一切反抗皆是枉然，僅能跪地求饒。塔胡、李爾及他們的朋友是可以對此加以辯駁，但其實結論都是一樣的，而他們自始至終也都非常清楚，那就是：必須起身反抗，而非跪地求饒。重點在於如何能盡可能地讓所有人免於死別之苦，而唯一的方法就是起身對抗瘟疫。這並不是個特別值得獎賞的事實，它只是必然的結果。

因此很自然的，老卡斯特就地用著簡陋應急的器材，滿懷信心、全心全意投入血清製作。他跟李爾都希望這用城內肆虐的在地細菌培養而製作的血清能比外頭運來的血清更為有效，因為這回的細菌跟傳統的鼠疫桿菌有些微出入。卡斯特希望他的第一劑血清能很快問市。

而完全稱不上英雄的格藍現在也擔起衛生小組中類似祕書的工作，這也是再自然不過的了。塔胡所組織的小組，部分人員負責到人口稠密區進行防疫宣導工作，教導大家必要的衛生觀念並清點尚未消毒的閣樓與地窖；另一部分人員則負責協助醫生做居家出診，並確定患者的運輸問題，人手不足時還負責載運患者及亡者。這一切都需要記錄與統計，格藍答應接下這項重擔。

從這點來看，敘述者認為格藍比李爾或塔胡更能代表那種鼓舞著衛生小組的平靜美德。他天性善良，毫不猶豫一口答應。他只要求要幫些瑣碎小事，因為他年紀太大其他的做不來。他可以貢獻自己晚上六點到八點這段時間。李爾甚為感激不斷致謝，這反應倒讓他感到驚訝：「這又不難，瘟疫當前，必須迎擊，這是理所當然的。啊！如果其他一切也都這麼簡單就好了。」然後他又回頭去推敲他腦中的那個句子。有幾次，晚上忙完文書工作，李爾跟格藍一起聊天，後來塔胡也被拉入陣營。很明顯的，格藍感到愈來愈樂於向兩位夥伴傾吐心事。兩位夥伴對格藍瘟疫期間仍孜孜不倦地創作，都聽得津津有味。而他們也在其中找到某種放鬆。

「女騎士怎麼樣了？」塔胡經常這麼問。而格藍的回答總是千篇一律：「在騎馬，在騎馬。」臉上掛著一絲苦笑。有一天晚上，格藍說他決定放棄用「優雅」來形容他的女騎士，改用「苗條」。他說：「這樣比較具體。」另一回，他把修正過的版本念給兩位夥伴聽：「五月一個美麗的清晨，一位苗條的女騎士，騎上了一匹俊美的栗色牝馬，穿梭於布洛涅森林那繁花夾道的小徑間。」

「好多了。」格藍說：「現在整個畫面清晰多了。我比較喜歡『五月一個美麗的清晨』，因為『五月份』讓騎馬的節奏慢了下來。」

接著他對「俊美」一詞頗有意見，他覺得這詞不夠鮮活，他想找個詞是能讓他心中那匹駿馬鮮活地躍然於紙上。「肥美」不適合，雖然夠具象但有些貶意。他曾考慮過「毛色發亮的」，但音節韻律搭不起來。有天晚上，他勝利地高呼找到了：「一匹黑色的栗色牝馬」。黑色可以暗指優雅，這也是他說的。

「這行不通。」李爾說。

「為什麼？」

「栗色就是指顏色，而非品種。」

「哪種顏色？」

「這個嘛，總之就不是黑色！」

格藍情緒似乎大受影響。

「謝謝，幸好有你們在。」他說：「但你們也看到了，真的很困難。」

「那您覺得『耀眼』如何？」塔胡說。格藍看著他，思忖片刻。

「可以喔。」他說：「很好。」

一抹笑容慢慢浮上臉龐。

過了一陣子，他坦承「繁花夾道」這詞讓他很困擾。因為他只去過歐蘭與蒙特利馬，他有幾次請朋友描述一下森林小徑上的花是如何綻放的。但嚴格來說，李爾與塔胡其實都不記得小徑上開了花，但格藍言之鑿鑿倒讓他們動搖了。他很驚訝他們居然無法確定，「只有藝術家才知道如何觀看。」有一次，醫生發現他整個人興奮不已，他把「繁花夾道」改為「滿滿的花」。他搓著雙手，「我們終於可以看得到，聞得到了。各位，脫帽致敬吧！」他得意洋洋地念著：「五月一個美麗的清晨，一位苗條的女騎士，騎上了一匹耀眼的栗色牝馬，穿梭於布洛涅森林的滿滿的花的小徑間。」但他高聲朗讀，發現最後一句三個「的」聽起來很刺耳，格藍念得有點結結巴巴的。他坐了下來，顯得垂頭喪氣。然後他請醫生允許他先離開，他需要想一想。

後來我們得知格藍這段期間在辦公室工作常常心不在焉，這表現令人相當氣惱，市府當時正值人員精簡，事務繁忙，他的單位也深受影響，他主管嚴厲譴責並提醒他，他領薪水就該認真把分內的工作完成。他主管說：「聽說您現在下班後還去衛生小組那裡當志工。這我管不著，但您分內的工作沒做，這就歸我管。在目前這個非常時期，您的首要之務便是把自己分內的工作完成，便是幫上社會大忙了。連這點都做不到，其他更甭談了。」

「他說的有理。」格藍跟醫生說。

「對，他說的對。」醫生也同意。

「但我就是無法專心，我一直在想那個句子該如何收尾。」

他曾想過刪掉「布洛涅」，因為大家都知道是去布洛涅。但另一個問題是，這句子好像強調的是花的小徑，但其實原本要強調的是森林的小徑。他也曾想過改成：「森林那百花綻放的小徑間」，但一大串修飾語硬生生把森林跟小徑分開，這對他簡直如鯁在喉，不除不快。有幾個晚上，格藍確實看起來比李爾還要疲憊。

確實，這爬格子的工作讓他耗盡心神，整個人疲憊不堪，但他還是繼續替衛生小組做著數字加總與統計的工作。每天晚上，他會耐心把資料整理得清清楚楚，還附上曲線圖加以說明，竭盡心力且力求精確地把實際狀況呈現出來。他還常到各大醫院去找李爾，請他幫忙在某辦公室或醫務室騰張桌子給他整理資料，就像在市府辦公室一樣，在瀰漫著消毒水與病菌的濃濁空氣中，他拿起手上的紙晃了晃，好讓墨水快點乾。他努力不去想他的女騎士，而只專心做著該做的事。

是的，倘若人類就是需要找個所謂的英雄典範或榜樣，倘若在這事件中也非得找位英雄典範不可，敘述者提議的正是這位無足輕重、沒沒無聞的英雄，他有的也就是一點善心及一個看似荒謬的理想。正因敘述者這樣的選擇，得以還給真理一個真實面貌，二加二確實等於四，而把英雄主義擺回他該在的次要地位，就排在爭取幸福這高尚需求之後，而絕非之前。同樣的，因敘述者這樣的選擇也為這份紀事報導定了調，這份報導是以善意寫成，而非著眼醜惡情感或低俗灑狗血那種做戲般的慷慨激昂。

至少當李爾醫生在報紙上看到或廣播上聽到外面世界對疫情肆虐的歐蘭城所做的呼籲或鼓勵時，他心裡是這樣想的。這段時間除了透過空運及陸路送抵的救援物資外，每天晚上還有許多憐憫或讚賞的言論，透過廣播或報紙向這座孤城襲來。而每回聽到那如史詩謳歌或頒獎致詞的語調，都讓醫生感到不耐煩。他當然知道這些外界的關切並非虛偽，但它只能透過約定成俗的制式語言來傳達，人們便是藉由這樣的語言來表達他與全人類是一體、是互相聯繫著的。但這樣的制式語言是無法捕捉住格藍每日的小小努力，是無法彰顯瘟疫下格藍這小人物所代表的意義。

子夜時分，業已空無一人的小城裡一片萬籟俱寂，正準備上床小睡幾個小時的醫生，有幾次會在此時打開收音機。陌生而友善的聲音從世界各個角落，穿越千山萬水而來，他們試圖傳達出他們的支持，稍顯生疏笨拙，但確實也說了出口，但這同時卻證明了想要分擔你未能親眼目睹的痛苦，只會產生莫大的無力感。「歐蘭！歐蘭！」聲聲呼喚，橫越汪洋大海，化為虛有；李爾凝神傾聽，亦是一場空。說話者轉而口若懸河，滔滔雄辯傳至耳邊，更加凸顯出格藍與說話者中間存在著根本的差異，造成那道無法跨越的鴻溝。「歐蘭！加油，歐蘭！但是，」醫生心想：「除了愛在一起，死在一起之外，再也別無他法了。他們實在距離太遙遠了。」

而在疫情尚未到達顛峰期之前，災難此刻正凝聚所有力量，準備大舉進逼，終將一舉奪城。此時，唯一還能記錄的就是像藍伯這樣堅持到最後的幾位，寫下他們長久以來絕望卻鍥而不捨地堅持著同樣的努力，只為了能重新找回幸福、只為了捍衛內心某一塊絕不容瘟疫傷害的部分。他們正是用著這種方法來拒絕屈從於這場不斷威脅著他們的瘟疫，雖然這種抗拒顯然不如另一種方法來得有效，但敘述者認為這樣的抗拒仍有其意義存在，縱使帶著幾分傲氣或甚至矛盾不通，但這仍見證我們每個人內心中存在的那份自豪。

藍伯竭力奮戰，拒絕瘟疫將他淹沒吞噬。一旦確知他是不可能透過合法管道離開小城，他便跟李爾說他決定找尋其他門路。這記者首先從咖啡館的服務生下手，他們總是消息特別靈通。但他最初接觸的那幾位，對做這種事可能遭受的嚴厲懲罰簡直如數家珍，甚至有一次，他還被當做是來找麻煩的。直到後來在李爾家遇上柯塔，事情才總算有些進展。那天，記者跟李爾又談論到他先前在政府機關碰上的無數釘子，幾天後，柯塔在路上遇到藍伯，十分直率地同他打招呼，他現在對人都這態度。

「還是一籌莫展？」他說。

「是的。」

「靠這些公務員是沒用的，他們是不會懂的。」

「確實，我想找找其他門路，但好難。」

「喔！」柯塔說：「我懂您的意思。」

他說他有一條管道，見藍伯非常驚訝，便解釋說是因為他長久以來在各大咖啡館走動，所以累積了些人脈，也因此知道有個組織就是專門在幫忙安排這檔事。事實上，則是因為柯塔早已入不敷出，所以投入了走私管制物資的買賣，他轉手賣出的香菸及劣酒價錢不斷攀升，也因此讓他發了筆小財。

「您確定嗎？」藍伯問。

「確定。有人問過我。」

「而您卻沒有把握機會？」

「請別多心。」柯塔一副善良的模樣說：「我沒有把握機會，是因為我並不想離開。我有我的理由。」

他沉默片刻後，又說：

「您不問我是什麼理由？」

「我想這不關我的事。」藍伯說。

「某方面來說，這的確不關您的事。但換個角度來……總之，可以確定的是自從瘟疫爆發後，我整個人快活多了。」

對方聽著他說話，問道：

「如何跟這組織接頭？」

「喔！」柯塔說：「這不太容易，跟我來。」

這時是下午四點，小城在這片悶熱沉重的天空下，慢慢蒸煮著。所有商家的簾子都拉了下來，街上空空蕩蕩的，柯塔與藍伯走在有迴廊的街道上，一路無語地走了很長一段時間。這正是一日之中，瘟疫蟄伏隱身的時刻。這份寧靜、這份色彩褪白與活動歸零的死寂，可能是炎炎夏日所致，也可能是疫情所造成。我們也無法得知此時空氣如此沉悶是源自於疫情的威脅、抑或是灰塵或炙熱所致。必須仔細觀察，細細思索才能覓得瘟疫蹤跡，因為瘟疫只會在相反的跡象中露出馬腳。與瘟疫默契十足的柯塔便向藍伯指出一點，就是平日總會側躺在走廊入口處大口喘息、尋覓著難得清涼的狗兒們，如今都不見蹤跡。

他們沿著棕櫚大道，穿越閱兵廣場，往下走入海軍區。左手邊有家漆成綠色的咖啡館，黃色粗布的遮陽棚斜遮住店面。柯塔跟藍伯一面走進去，一面擦著額頭的汗水。兩人坐在庭院用摺疊椅上，面前有幾張綠色鐵桌。店內空無一人，蒼蠅嗡嗡作響。歪斜不穩的吧臺上擺著一個黃色鳥籠，一隻鸚鵡無精打采地站在棲桿上，全身羽毛往下垂落。牆上掛著幾幅畫著戰爭場景的舊畫，上面布滿汙垢及厚厚的一層蜘蛛網。所有鐵桌上，包括藍伯面前那一張，都有一些乾了的雞屎，他還在納悶這雞屎從哪來的，這時，一隻漂亮大公雞在一陣小小騷動後從一個陰暗角落蹦了出來。

此時溫度似乎又往上爬升了，柯塔脫下外套，啪一聲甩在鐵桌上，從裡面走出一位矮個兒男，一身長圍裙快把他整個人蓋住了。他老遠看到柯塔就打起招呼，一邊朝他們走來，一邊一腳狠狠地踢開公雞，在公雞咯咯叫聲中，他問他們要喝點什麼。柯塔點了杯白酒，說要找一位叫賈西亞的人。矮個兒說已經好幾天沒在咖啡館看到他了。

「您覺得他今晚會來嗎？」

「這……」對方回答：「我又不是他肚裡的蛔蟲。但您知道他出沒的時間吧？」

「知道。不是什麼要緊事，只是要介紹個朋友給他認識。」

服務生把兩隻濕濕的手往圍裙前襟上抹了一抹。

「喔，這位先生也是在做生意的嗎？」

「是。」柯塔說。

矮個兒哼了一聲說：

「那你們晚上再來一趟。我打發小傢伙去通知他。」

走出店時，藍伯問說是什麼生意。

「走私啊，不然呢？他們想辦法把貨運入城門，再高價售出。」

「有同夥嗎？」

「一點都沒錯。」

到了傍晚，遮陽棚已經收起，鸚鵡在籠裡嘰嘰喳喳，鐵桌旁圍滿只穿了件襯衫的男人們，其中一位往後斜戴著草帽，白襯衫敞開，露出焦土色的胸膛，他一看到柯塔進來便站起身。他有張方正黝黑的臉，一雙黑色的小眼睛，牙齒亮白，手上戴著兩三枚戒指，看上去約莫三十歲左右。

「嗨！」他說：「到吧臺喝一杯。」

大家默默地酒過三巡。

「我們出去走走，如何？」賈西亞提議。

他們朝港口走下去，賈西亞問找他做什麼。柯塔說介紹藍伯給他認識並不是真的為了要做買賣，而只是想要「放風」。賈西亞抽著菸走在柯塔前頭，他問了幾個問題，提到藍伯時都用「他」，一副沒看見藍伯就站在那裡似的。

「為什麼？」他說。

「他太太人在法國。」

「喔！」

過了一會又問：

「他做什麼的？」

「記者。」

「記者都很多嘴。」

藍伯一言不發。

「他是我的朋友。」柯塔說。

他們在沉默中往前走，走近碼頭時，大大的柵欄堵住了碼頭入口，但他們朝兼賣炸沙丁魚的小酒吧方向走去，大老遠就聞到炸沙丁魚的香氣。

「不管怎麼說，」賈西亞最後說道：「這事不歸我管，是拉烏爾在管的。我得先找到他人，但這只怕不太容易。」

「喔！」柯塔激動地問：「他躲起來了？」

賈西亞沒有回答。走近小酒吧時，他停下腳步，頭一次轉身看了藍伯。

「後天十一點，上城區的海關營區轉角處。」

他作勢離開，但又回頭看著兩位。

「這得花點錢。」他說。

他平鋪直述地加上這一句。

「當然。」藍伯表示同意。

過了一會，記者向柯塔道謝。

「別謝了。」對方開心地說：「我很高興能幫上忙，而且，您是記者，遲早有一天您也會對我有所回報的。」

第三天，藍伯跟柯塔沿著沒有綠蔭的大路走上上城區，海關營區有一部分已改為醫務室，大門前站了一群人，有些人懷著希望，希望能見上親人一面，但這是不被允許的；有些人則是來此打探消息，然而這些消息隨時都可能過時。但總之一群人聚集於此，就是會人來人往的，賈西亞應該是想到這點，才決定跟藍伯約在這裡。

「真奇怪。」柯塔說：「您會一心想要離開此地。其實，現在這兒發生的事還蠻有意思的。」

「我不覺得。」藍伯回說。

「是沒錯，我們可能會發生不測，但其實在瘟疫爆發之前，光是穿越交通繁忙的十字路口，也是一樣危險的。」

這時候，李爾的車在他們身旁停了下來。塔胡負責開車，李爾在一旁似乎半睡半醒著，他這時提起精神來幫大家引見。

「我們認識。」塔胡說：「我們住在同一家旅館。」

他跟藍伯說可以順路載他進城。

「不用。我們跟別人約在這。」

李爾注視著藍伯。

「是，沒錯。」藍伯說。
「啊！」柯塔大吃一驚：「醫生對這事知情？」
「預審法官來了。」塔胡看著柯塔說。
柯塔臉色一變。歐同先生果然從路的那頭朝他們走過來，步伐有力且有條不紊。經過這幾個人時，他脫下帽子向大家致意。
「法官大人早。」塔胡說。
法官向車上兩人回禮後，看著在車子另一邊的柯塔跟藍伯，嚴肅地點了個頭，塔胡便向法官介紹了旁邊這位閒人和記者。法官望天片刻後興嘆，說這段時日真是頗為淒慘。
「塔胡先生，聽說您投入防疫措施的工作團隊，實在是太令人欽佩了。醫生，您覺得疫情會繼續擴大嗎？」
李爾說但願不會，法官附和地說一定要繼續抱持著希望，天意實在難料。塔胡問他疫情是否增加了他的工作量。
「恰好相反。我們所謂的普通法案件反而減少了，我現在只剩一些新法規的重大違規案件要審。民眾從未如此遵守過舊有法規。」
「那肯定是相形之下，舊有法規似乎好一點。」塔胡說。
法官原本仰望天際出神，此刻頓時收回思緒，冷眼檢視著塔胡。

「這又如何？」他說：「法律條文如何，並不重要，重點在於懲處制度。任誰也無法改變這點，我們只能接受。」

車子發動開走了。

「這位仁兄，」法官離開後，柯塔說道：「真是大家的頭號敵人。」

過了不久，藍伯跟柯塔看到賈西亞走來。賈西亞不動聲色地朝他們走來，沒打招呼，就說了一句「還要等一下。」

他們身邊圍了一群靜靜等候的人，裡頭絕大多是女人，幾乎人人手上都提著一個籃子，她們明知不可能但仍希望能把東西送進去給生病的家人，甚至還奢望家人能吃到她們準備的食物。門口由武裝警衛守著，時不時傳來詭異的尖叫聲穿過隔開營區與大門間的中庭，隨即就會有幾張憂心忡忡的臉孔轉向醫務室。

三人正觀看著眼前這一幕，忽然背後響起一聲簡潔低沉的「早」，三人同時回過頭來。儘管天氣炎熱，拉烏爾仍一身西裝畢挺。身材高大健碩的他穿著一套深色雙排扣西裝，戴著一頂邊緣上翻的氈帽，臉色蒼白，棕色雙眸，抿著一張嘴。拉烏爾說起來話來快而精準：

「我們進城去。」他說：「賈西亞，你不用來。」

賈西亞點了根菸，目送他們離去。藍伯和柯塔配合著走在中間的拉烏爾的步伐。一行人快步前行。

「賈西亞跟我說了。」他說：「這事可行，但要準備一萬法郎。」

藍伯回說沒問題。

「明天。一起午餐。海軍區西班牙小館。」

藍伯說沒問題，拉烏爾握著他的手，頭一回展露笑容。他走後，柯塔抱歉地說他隔天沒空，不過反正接下來也不需要他了。

第二天，當記者走進西班牙小館時，他走過之處，所有人都回頭側目。這間陰暗的石窖小館，坐落在一條被太陽曬得乾乾黃黃的小路下方，平時只有男人光顧，且多是西班牙人。但是當坐在靠裡面一張桌子的拉烏爾跟記者招手，而藍伯也朝他那兒走去，大夥就收起好奇心，回頭繼續吃著盤中的食物。拉烏爾同桌坐了一位高瘦男子，滿臉鬍渣，肩膀寬得出奇，一張長長的馬臉，頭髮稀稀疏疏的。一雙長瘦手臂露在捲起的袖子外，手臂上覆滿粗黑手毛。當拉烏爾介紹藍伯時，他連點了三次頭。拉烏爾沒說出他的名字，都管他叫「我們的朋友」。

「我們的朋友認為他有法子可以幫上您。他會……」

拉烏爾突然打住，因為女服務生過來問藍伯要點些什麼。

「他會幫您牽線去認識我們另外兩個朋友，接著他們會介紹您認識和我們一夥的守衛。但這樣還沒完，之後得等守衛他們決定何時是最佳的出城時機。最簡單的方法就是您到其中一個人家住上幾晚，他家就在城門邊上。但在這之前，我們的朋友得先去聯繫所有環節，等一切安排妥當，您就直接付錢給他。」

那位馬臉朋友又點了一次頭，一邊則不停大口嚼著番茄甜椒沙拉。他說話時帶著一點西班牙口音，他向藍伯提議後天早上八點在大教堂門廊底下碰面。

「還要等兩天。」藍伯結論道。

「這事不好辦。」拉烏爾說：「得聯繫不少人。」

那頭馬又再度頻頻點頭，藍伯只好不情願地接受了。接下來的用餐時間都在努力找話題，但是當藍伯發現這頭馬曾經是足球員時，一切就變得輕鬆了。他自己以前也常踢，大家就聊起了法國足球聯賽盃、英國職業球隊的強項以及W型陣式策略的優點。午餐結束，那頭馬聊到一整個亢奮，熱絡地跟藍伯稱兄道弟，並試圖說服他一個球隊最棒的位置就是中場。「你要知道，」他說：「中場是負責布局，而布局是足球的靈魂所在。」藍伯也同意這看法，儘管他向來都打前鋒。大夥討論得正熱烈，突然被收音機傳來的消息給打斷。收音機原本不斷輕柔地重複播放一些感傷旋律，此時突然宣布前一天有一百三十七人死於瘟疫。在場的人都毫無反應，馬臉男子聳了聳肩，隨即起身，拉烏爾跟藍伯也跟著起身。

離開時，中場熱烈地握住藍伯的手：

「我叫貢扎雷斯。」他說。

藍伯這兩天簡直度日如年，他去找李爾，跟他詳述自己目前的進度。然後陪醫生出診，來到一戶疑似病例的病患家前，他便跟醫生道別，此時走廊上傳來一陣奔跑及說話聲：有人去通知家屬醫生到了。

「我希望塔胡很快就會到。」李爾喃喃地說。

他看起來很疲憊。

「疫情擴散得太快了？」藍伯問。

李爾回說不是，其實統計曲線還趨緩，但對抗瘟疫的方法不夠多。

「我們的設備不足。」他說：「全世界所有的軍隊通常都會用人力來彌補設備上的不足，但我們連人力都不夠。」

「從外面來了一些醫生和醫護人員，不是嗎？」

「是的。」李爾說：「來了十位醫生和上百位人員。聽起來很多，但其實只夠勉強應付目前的狀況，如果疫情繼續擴大，就肯定不夠了。」

李爾豎起耳朵聆聽室內傳來的聲音，對藍伯微微一笑。

「是的，」他說：「您應該趕緊出城去。」

藍伯的臉上登時蒙上一層陰影：

「您知道的。」他低聲地說：「我不是為了這緣故才要離開的。」

李爾說他知道，但藍伯繼續說著：

「我想我並不懦弱，至少大部分的時候不是，我也曾有機會證明過這點。只不過有些念頭讓我實在無法忍受。」

醫生直視著他。

「您會和她團圓的。」他說。

「也許，但我無法忍受這疫情可能會拖一段時間，而她在這段時間裡就變老了。年過三十，人就開始變老，必須及時把握。我不知道您是否能理解。」

李爾喃喃自語說他想他能體會，這時塔胡到了，一臉興奮。

「我剛問了潘尼魯要不要加入我們。」

「結果呢？」醫生問。

「他想了想，說好。」

「太好了。」醫生說：「我很高興他本人比他那篇布道辭好多了。」

「大家都是這樣的，」塔胡說：「只是需要給他們機會而已。」

他面露微笑，跟李爾眨了眨眼。

「我這輩子最會給別人機會了。」

「對不起，我得先走了。」藍伯說。

約好八點的那個週四一到，藍伯提早五分鐘即抵達大教堂的門廊下等候。空氣中還頗有涼意，天空尚且飄著幾朵圓白小雲；但待會高溫飆起，熱氣便會一口吞噬掉天上朵朵白雲，而乾枯的草地卻仍傳來一股潮濕的氣味。東方成群屋瓦後的那輪朝陽，漸漸升起，僅照亮著廣場那金光閃耀的聖女貞德像的頭盔。大鐘敲了八下。藍伯在這無人的門廊下走了幾步，模糊低沉的唱經聲伴隨著地窖與焚香的古老香氣，從裡面一起飄送出來。十幾個小黑影從教堂魚貫而出，碎步跑進城去。藍伯開始等得有些不耐煩。又有另外一批黑影走上大階梯，朝門廊走來。他點了根菸，但突然想起這裡可能不能抽菸。

八點十五分，大教堂的管風琴樂聲輕輕響起，藍伯走進教堂幽暗的拱頂底下，過了片刻才得以看清楚剛才從他面前經過的那群黑影全都擠在中殿裡。他們齊聚在角落一個臨時聖壇前，上頭剛安置了一尊城裡某工作室倉促完成的聖洛克像。那群黑影跪地祈禱，身子似乎蜷縮的更小了，一塊塊有如凝住的影子，迷失在一片灰濛濛之中。這兒一個，那兒一個的飄浮在這薄霧裡，幾乎與霧氣融為一體。而在他們頭頂上，管風琴那變化萬千的樂聲，不斷傳來。

當藍伯走出來的時候，貢扎雷斯已經步下階梯往城裡走。

「我以為你已經走了。」他對記者說：「那也不意外。」

他解釋說他跟朋友們約在這附近，七點五十分，但他等了二十分鐘，都沒有人來。

「一定是有事耽擱了。我們這工作，常有狀況。」

他提議改約隔天同一時間，在陣亡將士紀念碑前。藍伯嘆了口氣，把氈帽往後一推。

「這沒什麼大不了的。」貢扎雷斯笑著說：「想想要花多少心思變換陣式、進攻、傳球，最後才能踢進一分。」

「當然。」藍伯接著說：「可是一局不過一個半小時。」

歐蘭城的陣亡將士紀念碑位在城裡唯一看得到海的地方。盤踞港口之上的懸崖峭壁邊上，有一條類似散步小徑的路，短短一段。翌日，藍伯第一個抵達，他仔細讀著光榮殉國的士兵名單。幾分鐘後，兩位男子走上前來，淡淡地看了他一眼，然後伏在小徑欄杆上，彷彿全神貫注凝視著空蕩而冷清的碼頭。兩人個子一般高，都穿著藍色長褲及海軍藍的短袖針織衫。記者走遠一點，在長椅上坐了下來，悠悠哉哉看著這兩個人，他這才發覺這兩個大概都不滿二十歲。這時候，他看到貢扎雷斯邊道歉邊朝他走了過來。

「這是我的朋友們。」他說著。同藍伯一起走到兩位年輕人那兒，並介紹他們名叫馬賽和路易。正面一瞧，兩人長得很像，藍伯猜想他們應該是兄弟。

「現在大家都認識了，可以來談正事了。」貢扎雷斯說。

不知是馬賽還是路易說兩天後輪到他們守城門一週，得想想哪天最適合行動。他們一共有四個人負責守衛西城門，另外兩位是職業軍人，不能把他們捲進來，因為他們並不可靠，而且那樣也會增加費用。那兩位守衛晚上偶爾會到他們熟識的酒吧後的密室消磨一陣子。因此馬賽或是路易便提議藍伯來他們位在城門邊上的家住幾天，在那裡等候接應。屆時出城是非常容易的，但得快點行動，因為前不久聽說他們打算在城門外設置雙重崗哨。
藍伯表示同意，並拿出最後幾根菸請他們抽。至今未開口的那位問貢扎雷斯費用是否談妥，是否可以先拿訂金。
「不，不需要。」貢扎雷斯說：「是朋友。費用等出發時再跟他拿。」大夥商議下次的碰面時間。貢扎雷斯提議後天到西班牙小館吃晚餐，從那裡可以一起走到守衛家。
「頭一晚，」他對藍伯說：「我會陪你一起住。」
隔天，藍伯上樓回房時，在旅館樓梯間遇到塔胡。
「我要去找李爾。」塔胡跟他說：「要不要一起來？」
藍伯猶豫了一會，說道：「我每次都不確定自己會不會打擾到他。」
「我想不會，他常常跟我提起您。」
記者想了想，說：
「那麼，你們倆晚餐後有空的話，來旅館酒吧找我，即使很晚也無妨。」
「這得看他，也得看瘟疫的情況。」塔胡說。
然而到了晚上十一點，李爾跟塔胡還是走進了這間又小又窄的酒吧裡。三十幾個人擠在裡頭，各個扯開嗓門說話。兩人剛從寂靜的瘟疫之城過來，看到這場面有點不知所措，頓時止步，接著看到酒吧還有供酒才明白大家為何如此喧鬧。藍伯坐在吧臺的另一端，從高腳椅上對他們揮手。兩人分別在藍伯兩側坐下，塔胡還泰然自若地推開一旁喧譁的客人。

「敢喝烈酒嗎？」

「當然，正合我意。」塔胡說。

李爾嗅著杯中香料的那股苦澀香氣，在這片嘈雜聲中，彼此很難交談。藍伯似乎只專心地喝著酒，醫生一時還看不出來他醉了沒。他們所在的這狹小空間還擺上了兩張桌子，其中一張坐著一位海軍軍官，左右各抱著一個女子，正向一位滿臉通紅的胖子講述開羅爆發傷寒疫情時的情況，他說：「當時設置了收容土著的一些營區，還搭起收容病患的帳篷，營區四周都設起崗哨防線，如果有家屬試圖偷渡祕方進去，會遭到開槍射擊。很嚴酷，但也確實須這麼做。」另外一張桌子則都是些優雅的年輕人，談論聲模糊難辨，淹沒在頭上手提電唱機放送出來的《聖詹姆斯醫院》[5]樂聲之中。

「您開心嗎？」李爾提高音量問道。

「就快了，」藍伯說：「也許就這禮拜。」

5 《聖詹姆斯醫院》（St. James Infirmary）。源自十八世紀的英國民謠，原歌曲敘述一名水手買春得病，最後敵不過病魔的故事，這首歌後來流傳到美國成了極受歡迎的民謠歌曲。據傳 Joe Primrose 將其改編，歌曲描寫男子看著自己心愛女人病逝床榻的感傷心情，一九二八年由著名爵士歌手路易．阿姆斯壯 Louis Armstrong 唱紅。歌曲內容涉及死亡、棺材等，成為當時送葬名曲，眾多歌手相繼翻唱此歌。

「真可惜。」塔胡嚷著。

「為什麼？」

塔胡看著李爾。

「喔！」李爾說：「塔胡這樣說是因為您若留下來應該幫得上我們忙。但我非常理解您渴望離開的心。」

塔胡又請大家喝了一輪，藍伯從高腳椅下來，第一次正眼看著他，說：

「我能幫上什麼忙？」

「這麼嘛，」塔胡不疾不徐拿起酒杯，說道：「您可以加入我們的衛生小組。」

藍伯露出慣有的沉思貌，一派執拗的神情，重新坐回到高腳椅上。

「您覺得這些衛生小組沒用？」塔胡喝了一口酒，兩眼盯著藍伯問道。

「非常有用。」記者說著也喝了口酒。

李爾注意到他手在抖，心想他真的喝醉了。

翌日，當藍伯再度走進這家西班牙小館，他先穿過門口的一小群人，他們把椅子搬到門前坐，一面抽著嗆鼻的菸草，一面享受著金碧燦爛、暑氣漸消的夜晚。餐廳裡頭幾乎沒人，藍伯走到最裡頭的一張桌子，即他頭一回遇到貢扎雷斯的那張桌子坐下來，跟女服務生說他在等人。時間是晚上七點半，門口的客人們漸漸坐回到店內，服務生開始上菜，低低的石窖拱頂下迴盪著刀叉聲及喊喊喳喳的談話聲。到了八點，藍伯仍繼續等著。店裡開了燈，幾位剛到的客人坐到藍伯那一桌去，藍伯點了晚餐。八點半時，他用完了晚餐，但仍不見貢扎雷斯和那兩位年輕人的身影。此時他抽起菸，店內客人慢慢都走光了；外頭，天一眨眼就黑了，海邊吹來一股溫熱的微風，輕輕吹起落地窗的簾子。九點一到，他發現店內只剩下他，女服務生驚訝地看著他，他付了錢，離開了餐廳。餐廳對面有家咖啡館還開著，藍伯坐到咖啡館吧臺上，繼續盯著餐廳大門。到了九點半，他起身走回旅館，他沒有貢扎雷斯的地址，完全不知如何與他聯繫，一想到全部都得重新來過，他一顆心早已方寸大亂。

就在此時，在這一輛輛救護車疾駛而過的夜裡，他發現到一件事，他後來應該就是這樣跟李爾說的，那就是這段時間由於全心全意只想在阻隔他們的這堵厚牆上找到出口，他有點暫時把妻子忘了。但就在此時，當一切可能的出口都再度被堵死，妻子也再次成為他最大的渴望，感受到如此突如其來而巨大的苦痛，讓他開始奮力奔回旅館，似乎想甩開身上這揮之不去的殘酷燒痛，炙灼著他兩側的太陽穴。

第二天一大清早，他卻去見了李爾，問他如何能找到柯塔。

「現在我唯一能做的，就是重新再來一遍。」他說。

「明天晚上過來吧。」李爾說：「塔胡要我邀請柯塔過來，我也不知道是為什麼。他應該十點會到，您就十點半來吧。」

隔天，柯塔到醫生家時，塔胡跟李爾正在談論醫院裡一個出乎意料的痊癒案例。

「十分之一的機會。他真幸運。」塔胡說。

「喔，是喔。」柯塔說：「那麼他不是染上瘟疫。」

大家跟他保證就是瘟疫沒錯。

「他既然痊癒了，那就不可能是瘟疫。你們跟我一樣清楚，瘟疫是不會放過任何一個人的。」

「通常是不會。」李爾說：「但是如果堅持一下，偶爾也會有意外驚喜出現。」

柯塔笑了起來。

「不見得吧。你們聽了今晚的數字統計了嗎？」

塔胡和善地看著這閒人說他知道數字，情況很嚴重，但這說明了什麼？說明了我們得採取更嚴格的措施。

「喔！你們已經採取了啊。」

「是的，但這些措施是必須每個人都盡一份自己的心力才行。」

柯塔疑惑地看著塔胡，塔胡說有太多人都事不關己，但疫情是大家的事，每一個人都應該盡一點責任。衛生志工大隊歡迎所有人來參加。

「那只是個構想。」柯塔說：「根本行不通。瘟疫太厲害了。」

「行不行得通，得等我們試過所有方法才會知道。」塔胡耐心地說。

這個時間裡，李爾坐在桌前抄寫著資料，塔胡一直看著椅子上那位激動焦躁的閒人。

「柯塔先生，您為何不加入我們呢？」

柯塔憤憤起身，一手拿起圓帽說：

「這不是我的工作。」

接著用一種虛張聲勢的口氣說：

「再說啊，這瘟疫疫情，我在其中可是如魚得水，我不懂我為何要跟你們攪在一起，讓疫情停止。」

塔胡打了一下額頭，彷彿突然靈光一現：

「啊！對啊！我都忘了。如果沒這瘟疫，您早被逮捕了。」

柯塔嚇了一大跳差點從椅子跌落，急忙抓住椅子。李爾停下筆來，一臉嚴肅又頗感興趣的神情看著他。

「誰跟您說的？」閒人大喊。

塔胡驚訝地說：

「您啊。至少醫生跟我都是這樣想的。」

柯塔一時怒不可遏，嘴裡嘟嘟噥噥也不知道在說些什麼。

「您別激動。」塔胡又接著說：「醫生跟我都不會去舉發您，您的事與我們無關，何況我們從來也不愛跟警察打交道。好啦，坐下吧。」

閒人看著自己的椅子，猶豫了一會兒，又坐下來。

「這是老早以前的事了，」他坦承道：「沒想到又被他們挖出來。我以為大家都忘了，但偏偏有人又提起，結果他們把我找了去，要我在偵查結束前隨傳隨到，我知道他們最後一定還是會將我逮捕。」

「事情很嚴重嗎？」塔胡問。

「那要看您怎麼定義『嚴重』。總之不是殺人案件。」

「要坐牢還是服勞役？」

柯塔滿臉沮喪。

「如果運氣好的話，應該是坐牢。」

但過了一會，他又激昂地說：

「我犯了錯，但每個人都會犯錯的。我無法忍受只是犯了這點錯，就得被逮捕，被迫離開我的家，離開我的生活軌道及所有我熟識的人。」

「喔！」塔胡問：「所以您才想到用自殺來解決？」

「是的，很蠢。真的。」

李爾這會兒才開口跟柯塔說他明白他的擔憂，但也許最後都會沒事的。

「喔！我知道我目前是沒什麼好怕的。」

「我了解了。」塔胡說：「那您是不會加入我們的小組了。」

對方一個帽子在手裡轉啊轉的，眼神飄忽地看著塔胡：

「別怪我啊。」

「當然不會。但至少試著別故意散布病菌。」塔胡笑著說

柯塔反駁說他並不希望發生瘟疫，只是它就這麼發生了。如果疫情剛好救了他，這也不是他的錯。當藍伯來到大門時，閒人慷慨激昂地加了一句：

「總之，我覺得你們這路是行不通的。」

柯塔跟藍伯說他不知道貢扎雷斯住哪，但他們可以回小咖啡館找他，他們約好隔天碰面。由於李爾希望知道後續發展，藍伯邀請他跟塔胡週末到他旅館房間來，不管多晚都沒關係。

次日一早，柯塔跟藍伯去了小咖啡館，給賈西亞留言說晚上碰個面，要是不方便就約隔天。晚上，沒等到人。隔天，賈西亞出現了。他靜靜聽著藍伯敘述整件事情，他並不知道實際情況，但他聽說有些區域整個被封鎖了二十四小時，挨家挨戶地進行戶口調查。貢扎雷斯跟那兩個小伙子有可能都被困住了出不來。但如今他能做的就是幫他們再次聯繫拉烏爾。當然，這至少得等到後天才行。

「我懂。」藍伯說：「一切都要從頭來過。」

第三天在某街角上，拉烏爾證實了賈西亞的假設，下城幾個地區當時被封鎖了，現在得重新再找到貢扎雷斯。兩天後，藍伯跟足球員共進午餐。

足球員說：「真的很白癡。早知道就先約好碰面的方式。」

藍伯也有同感。

「明天一早，我們去那兩個小夥子家，我們盡全力把一切安排妥當。」

次日，小夥子們不在家。他們留下紙條約了第二天中午中學廣場見。藍伯回旅館後，下午遇見塔胡，塔胡看到他臉上的表情大吃一驚，問：

「怎麼了？」

「又得全部從零開始。」藍伯說。

然後他又再度提出邀請。

「今晚過來吧。」

他倆晚上走進房間時，藍伯躺在床上，但旋即起身，將事先備妥的酒杯斟滿。李爾拿起他那杯，問藍伯這回順利嗎？記者回說他又全部重新跑了一輪，再度回到當初的原點，而最後一次約定的時間很快就要到了。他喝了口酒，補上一句：

「他們當然是不會出現的。」

「上次沒來不代表這次也不會來。」塔胡說。
「您還不懂嗎？」藍伯聳了聳肩說。
「什麼？」
「這場瘟疫。」
「啊！」李爾說。
「您不懂。這事就是會一直不斷地重新來過。」
藍伯走到房間的一個角落，打開一臺小型留聲機。
「這是哪張唱片？我聽過。」塔胡問。
藍伯回答說是《聖詹姆斯醫院》。
唱片聽到一半，遠處傳來兩記槍響。
「可能是野狗或是有人逃跑。」塔胡說。
唱片悠揚片刻後，曲子結束。此時，遠遠傳來救護車的警鈴聲，一路愈來愈大聲，由旅館房間的窗下疾駛而過，警鈴聲漸漸遠離，終歸沉寂一片。
「這張唱片真夠沉悶的。」藍伯說：「我今天聽了整整十遍了。」
「您就這麼愛聽？」
「不是，是我只有這張。」

過了一會兒。

「我跟你們說，這會一直不斷地重新來過。」

他問了李爾衛生小組運作得如何。目前已有五個工作團隊，希望還能再多幾個。記者坐在床上，似乎專心看著自己的指甲，李爾看著他短小精悍的身影，在床邊蜷縮成一團。忽然間，他察覺藍伯也正在注視著他。

「您知道嗎？醫生。」他說：「我一直在想您的團隊，我之所以不加入，自然有我的理由。我自認不怕冒險犯難，我就曾經打過西班牙戰役。」

「哪一邊的？」塔胡問。

「戰敗的一方。但在那之後，我想了很多。」

「想什麼？」塔胡說。

「勇氣。現在我知道人能夠承擔起偉大的行動，但如果人無法感受偉大的情感，這樣的人類，我並不感興趣。」

「感覺人應該是無所不能的。」塔胡說。

「才不。人無法承受痛苦，無法品嘗長久的幸福；也因此，他無法抓住真正值得的事物。」

他看著他們，接著說：

「塔胡，您倒是說說您可以為愛而死嗎？」

「我不知道，但現在好像沒辦法。」

「就是了！而您卻可以為理念而死，這點大家一眼就看得出來。而我呢，我受夠那些為理念而死的人，我不相信英雄主義，我知道那很容易，但我後來的經歷也讓我理解到那其實是殺人行為。我現在唯一感興趣的是，為自己所愛的而生、而死。」

李爾認真傾聽記者的一言一語。目光未曾離開記者身上，他溫柔地說：

「藍伯，人並不是一種理念。」

對方從床上跳起來，一臉熱情沸騰。

「是一種理念，打從人類背棄愛情的那一刻起，人就只是一種短淺的理念。我們已然失去愛的能力了。面對現實吧，醫生。待我們重新找回愛的能力，但如果真的沒辦法，那就只能等待全人類最終的解脫，但別逞英雄。我話就說到這裡了。」

李爾起身，頓顯疲態。

「藍伯，您說的對，完全正確。我絕對不會阻擾您追求幸福，我覺得這是非常正確也非常好的事情。但我必須告訴您，這一切無關乎英雄主義，而是一種正直。說出來可能會讓人發笑，但我認為對抗瘟疫的唯一方法就是正直。」

「正直？」藍伯突然一臉正經地問。

「我不知道大家怎麼看，但對我而言，正直就是盡我的本分。」

「喔！」藍伯忿忿地說：「我不知道我本分為何，也許我根本就不該選擇愛情。」

李爾直視著他，語氣堅定地說：

「不。您的選擇是對的。」

藍伯若有所思地看著他們。

「你們兩個，我猜想你們反正也沒什麼可損失，這樣要當好人自然是比較容易的。」

李爾把酒一飲而盡，說：

「走吧，我們還有事要忙。」

他走了出去。

塔胡隨後跟上，但正要走出房門時似乎又臨時改變心意，轉身向記者說：

「您知不知道李爾的太太在離這兒幾百公里外的一家療養院養病？」

藍伯神色大驚，但塔胡已經離開了。

第二天一大清早，藍伯打了通電話給醫生：

「在我找到法子出城前，您願意讓我去您那兒幫忙嗎？」

電話那頭沉默了一會，才聽到：

「好的，藍伯。謝謝您。」

第三部

於是一整個星期以來，瘟疫之囚竭盡所能地奮戰著，可以看到其中有幾個像藍伯這樣的人，甚至還想像著自己仍是個自由人，還以為自己是有選擇的。然而到了八月中旬這時候，瘟疫早已吞噬全城。再也沒有所謂的個人命運，只剩下群體共同的生命，一頁由瘟疫及眾人共有的情感所寫下的歷史。其中最強烈的情感便是分離與放逐，以及伴隨而來的恐懼與抗爭。正因如此，敘述者認為在這暑熱與疫情高峰下，該來記下當時的情況，諸如：生者之暴力、亡者之葬，以及別離戀人之苦。

這一年就在這個時節起風了，狂風連日吹襲著這座瘟疫之城，歐蘭市民尤其懼怕這風，因為小城建於毫無天然屏障的高原之上，強風長驅直入，狂掃街道。接連幾個月沒有受到一滴雨水滋潤的小城，表面鋪上了灰色泥塵，如今隨風層層剝落。這風揚起了滾滾塵土及紙屑飄揚，一一打在寥寥無幾的行人腿上，他們彎身迎風，以手或手帕掩嘴前行，行色匆匆。入夜時分，以往眾人歡聚，意圖延長那可能便是最後一天的美好時光；而今只見三五成群的人們，急急趕著回家或奔向咖啡館。以至於在這夜幕落得特別快的時節，有幾天，一到黃昏，街道上便空空蕩蕩，但聞風兒那永不止息的呼嘯悲鳴。從那片波濤洶湧卻不得見的大海，傳上來一陣陣的海藻鹹水味。這座遭塵土覆蓋，白茫一片、處處瀰漫著濃烈海水鹹味、狂風呼嘯而過的荒蕪小城，彷彿是一座不祥之島發出悽厲長吟。

時至今日，瘟疫在人口較為稠密、環境較不舒適的外圍郊區造成的死亡人數比城中心多得多，但它似乎突然間往城中心步步進逼，也來到商業精華區落腳了。市民怪罪於風，認為風傳播了病菌。旅館經理說：「都是風兒來攪局。」但不管怎麼說，城中心的居民知道這回輪到他們了，因為夜晚救護車的警鈴聲就在他們附近響起，而且愈來愈頻繁。警鈴聲由他們窗下呼嘯而過，彷彿瘟疫陰沉無情的呼喚。

政府針對城內幾處疫情特別嚴重的區域進行封鎖，只放行有公務之需的人。住在封鎖區內的居民不免覺得這項措施是故意刁難他們的，相較之下，便覺得其他區的居民還很自由；而住在自由區的居民在沮喪低落的日子裡，只要想到還有人比他們更不自由，便略感安慰。「總還有人比我更像囚犯」，此言便是眾人當時唯一可能的慰藉。

大約也在這個時期，火災不斷上演且愈演愈烈，尤其是西城門附近的休閒娛樂區。打聽之下，發現是從隔離檢疫所回來的人，喪親之痛與不幸的遭遇讓他們驚慌失控，進而放火燒掉自己的房子，以為一把火便可將瘟疫燒盡。救火工作相當艱難，次數頻繁加上風勢猛烈，導致整片區域經常處在危急狀態中。儘管當局一再保證消毒後的屋舍絕無感染疑慮，卻不見功效，政府只得頒布極端嚴酷的刑罰來對付這些無辜的縱火者。但應該不是因為怕鋃鐺入獄而讓這些可憐人卻步，而是因為市立監獄的死亡率高得離譜，以至於眾人一致相信被判入獄等同被判死刑。當然，這種想法其來有自。基於一些明顯的理由，瘟疫似乎對於向來集體生活的族群如士兵、教士或囚犯攻勢特別凌厲。即使有些囚犯關入個別牢房，但監獄本身就是個共同體；事實證明，在我們的市立監獄裡，不論獄卒或囚犯，都難逃瘟疫的魔掌。從瘟疫至高無上的觀點來看，所有的人，上至典獄長下至最卑賤的階下囚，一律都判刑定罪；這或許是監獄中首見的絕對公平。

政府計畫授勳給因公殉職的獄卒，試圖在瘟疫一視同仁的人群之中分出階級，但也只是徒勞一場。因為已經正式宣布戒嚴，從某個角度來看，獄卒可說是接受徵調，死後便可獲頒軍事勳章。但即使囚犯並無任何反對聲浪，軍方卻十分不滿，並合理地認為這樣會在民眾心裡造成令人遺憾的混淆。當局接受軍方的要求，並想出最簡單的方法就是頒給殉職獄卒疫病勳章。但對於先前受頒的人，木已成舟，也不可能將勳章討回，而軍方仍堅持這樣會造成混淆。另一方面，所謂疫病勳章並不像軍事勳章，代表著一份至高榮譽且足為眾人之表率，因為疫情期間，獲頒這種勳章未免稀鬆平常。結果，所有人都不滿意。

再者，監獄單位無法像宗教團體那樣防疫，也無法退而求其次，至少向軍方體系看齊。城裡頭僅有兩間修道院，院內的修道士皆已暫時分散到各個信徒家中居住；而同樣的，只要有機會，軍中各個小隊也會暫離軍營，分散到學校或公共建築駐紮。所以在此次疫情的包抄之下，表面上看來似乎強迫著居民團結一致，但同時又打破了傳統的組織結構，將每個人重新打入孤寂的狀態中，因而導致人心惶惶。

我們可以想像諸此種種，加上風勢助長，便在人們心中搧起了一片野火燎原。夜裡，城門再度多次遭受攻擊，但這回都是三五成群的持槍人士，雙方互相開槍火拚，多人受傷，亦有人逃逸。於是崗哨增加兵力，很快便平息了這類企圖。然而這類企圖卻讓城裡吹起革命之火，引發幾起暴力事件。因衛生考量而封鎖或遭縱火的屋舍，此時慘遭洗劫一空。老實說，我們很難說這些事件是早有預謀。通常，突發狀況往往讓一些原本老實的人做出令人髮指的行徑，然後現場馬上就有人起而效尤。屋主看著陷入火海的屋舍，悲痛失措，而幾位瘋狂人士當著他們的面就這麼衝入火場打劫；見屋主沒有反應，現場其他人便紛紛跟進。在這昏暗的街道上，火焰微光閃閃，黑影四處竄動，各個身影隨著火苗飄動以及肩上搶來的家具或物品而變形，扭曲幻影，黑夜狂奔。正因為這些事故使得當局不得不在瘟疫期間宣布並實施戒嚴的相關法令。槍決了兩名竊賊，但大家恐怕對此是毫無印象，因為每日死亡者眾，這兩起槍決，彷彿滄海一粟，微不足道，無人察覺。事實上，類似的場景經常上演，當局卻一副完全沒有打算插手的樣子。唯一讓眾人有感覺的措施，似乎是宵禁令。十一點起，歐蘭城便沒入一片漆黑，有如一座石城。

月光下的歐蘭城，蒼白牆垣與筆直街道整齊地排列著，既無黝黑樹影玷污白牆，也無行人腳步聲或狗吠聲驚擾。萬籟俱寂的偌大城邑，此刻不過是座了無生氣的磊磊石城，其間散落著一尊尊靜默不語的雕像，早被遺忘的善人義士或是昔日偉人就這麼永遠地被窒悶在青銅之中，在其鐵石假面之下，各自試圖喚醒昔日雄風，然而銅像是無法重現往日英姿，只是勉勉強強呈現出往昔的部分光彩。陰霾的天空下，這些平庸的偶像昂揚矗立於死氣沉沉的街道路口，像一頭頭無感的野獸，頗能傳達出我們眼前這片死寂統御著大地，或至少呈現出它的最終景象，也就是一片荒涼墳場；在此，瘟疫、石頭與黑夜將讓一切萬物全然噤聲緘口。

黑夜亦潛入每個人的心中，大家議論紛紛的葬禮事宜，聽來彷彿天方夜譚，更令市民們惶惶不安。由於不得不談談葬禮事宜，敘述者深感抱歉。他可以想見大家會如何指責他，但他唯一的辯解是這段時間一直都在舉行葬禮，他可以說跟所有市民一樣，被迫去留意這葬禮的相關事宜。無論如何，並不是他對葬禮情有獨鍾，相反地，他還比較喜愛活人社會的活動，譬如說泡海水浴。但海水浴場已經關閉，而活人社會終日憂心忡忡，擔心最終仍不得不向死人社會投降，這點是顯而易見的。當然，我們大可強迫自己對此視而不見，摀住眼睛拒絕面對，但顯見的事情有股可怕的強大力量，終將殺得片甲不留，大獲全勝。比方說，當您心愛的人需要下葬時，您又如何去拒絕面對呢？

我們的葬禮，最初的特色就是快速！所有程序一概從簡，繁文褥節全都免了。垂死病人無法在親人身邊嚥下最後一口氣，夜間的守靈儀式也遭禁止，結果夜裡過世的人只能獨自度過黑夜，而白天過世的人則是立刻下葬。家屬當然會接獲通知，但他們多半不能到場，因為先前若是與患者同住，現在則在隔離檢疫中；若是未曾與死者同住的家屬，他們則在指定時間，也就是出發前往墓園之時到場，那時屍體都已洗淨入殮了。

假設這個過程就發生在李爾醫生負責的臨時醫院好了，這所學校的主建築後頭有個出口，面向走廊的一個大雜物間裡面擺放著許多棺材。家屬抵達時，一具業已封棺的棺木即擺在這走廊上，緊接著是進入重頭戲，讓家長簽署所有相關文件，接著把屍體運上也許是正式的靈車或是經過改裝的大型救護車上。家屬坐上仍獲准執業的計程車上，一行人經由外環道路火速開抵墓園。到了門口，憲警攔下車隊，在官方通行證上啪啪蓋了章，若沒這大印，就不可能抵達市民口中所謂的長眠之所。憲警退開，車隊開至一塊方形空地旁，那裡已經挖了好些墓穴，等著棺木入土。神父前來迎接屍體，因為教堂裡所有葬禮儀式都被免了，棺木在眾人祈禱聲中被搬下車來，綁上繩索拖至墓穴旁，順勢滑下，重重落底。神父才剛灑上聖水，第一鏟土已經落在棺蓋上。救護車會早一點離開，以消毒水噴灑全車消毒。當一鏟鏟土落下的響聲愈來愈微弱時，死者家屬已經鑽入計程車，十五分鐘後便回到家了。

如此以來，整個過程皆以最快的速度，最低的風險完成。至少在一開始，這種閃電式做法顯然讓很多家屬心裡不是滋味。但瘟疫期間，也顧不了這麼許多了，一切要以效率為先。再者，我們沒有料想到其實大多數人都還是希望能有場體面的葬禮，所以一開始這種做法讓大眾頗感沮喪不滿；然而過沒多久，所幸糧食問題變得棘手，市民注意力便轉向這個當務之急。大家為了要有東西吃，將全部心力投注於排隊、填表格、到處奔走，已經沒時間再去想到身邊的人如何死去，自己有一天又會怎麼死去。於是，物資短缺原本該是大麻煩，到頭來卻還帶來這等好處。要不是後來疫情如我們所見那樣愈演愈烈，一切真可說是結局圓滿。

接下來因為棺木愈來愈少，裹屍布料以及墓地都開始不夠用，必須想想辦法。最簡單的就是集體埋葬，當然這還是基於效率的考量；必要的時候，就在醫院跟墓園間多跑幾趟。以李爾的醫院為例，院內目前有五具棺材，一旦裝滿了，救護車就運走。到了墓園後，將鐵灰色的屍體搬上擔架，停放在特別搭起的停屍棚內等候。空了的棺材，以消毒水灑淨，再運回醫院；必要時，這程序就這麼週而復始重複著。一切規畫盡臻完美，省長顯得非常滿意，甚至對李爾說，文獻上記載著當年的瘟疫期間是由黑人載運著整大車的死屍，省長認為現在的做法可是比當時好多了。

李爾說：「確實，同樣是集中埋葬，但我們可都有一一記錄。這絕對是一大進步。」

儘管行政作業相當成功，但當前的做法令人嫌惡作噁，省府不得不禁止家屬參加葬禮，家屬僅能送到墓園門口，甚至連這點也並非官方許可的。因為最後的入葬儀式已有些改變。在墓園盡頭處，一片種滿乳香黃連木的空地上，挖了兩個大坑，一個給男人用，一個給女人用。在這方面，行政單位仍是行禮如儀；只是到了很後來的時候，迫於情勢才不得不拋開這最後一點羞恥心，不顧體面地將男女胡亂混葬。所幸這終極混亂的場景一直到疫情尾聲才出現，在我們眼前這個階段，墳坑仍是男女有別，省府對此相當堅持。墳坑底部都鋪上了厚厚一層生石灰，石灰不斷沸騰冒煙，大坑邊上也圈起一堆堆生石灰，在空氣中冒出氣泡、隨之爆開。救護車全數運送完畢時，一個個擔架排起的送葬行列來到了大坑旁，將這些赤裸且些許歪扭的屍體一一滑落坑底，一個個算是整齊地並排，接著鋪上一層生石灰，然後填入泥土，但只填到一定高度，好為接下來的賓客們預留空間。第二天，家屬會被請去在一本登記簿上簽名，這就是人與其他像是狗之間的不同，進行控管核對都還是可能的。

這所有的流程都需要人力，而我們總是瀕臨人手不足的窘境。起初護士與挖墓人員都是正式雇用，後來則變成臨時雇員，其中有很多人都死於瘟疫。不管採取何種防護措施，終究還是有一天會染上這疾病；但仔細想來，最令人驚訝的是整個瘟疫期間，從來不會找不到人做這工作。真正最缺人的時候是在瘟疫達到高峰期前不久，也難怪李爾醫生憂心忡忡，那時不論是管理工作還是他所謂的粗活，人力都嚴重不足。然而當瘟疫真正席捲全城那一刻，疫情的猖獗反而讓事情變得好辦，它打亂了原有的經濟秩序，造就相當龐大的失業人口，這些人多半都無法勝任管理階層的職務，但是較低下的工作，就非常容易找人了。從此刻起，確實可以看出貧窮的逼迫遠比恐懼更為強大，更何況這工作是依風險高低來計酬的。衛生小組可以取得一份申請者名單，一旦有職缺便依名單上的順序來通知，而接獲通知的人除非在這段時間也剛好補上其他的職缺，否則一定會前來報到。省長長久以來一直在猶豫該不該徵用不管是服有期或無期徒刑的囚犯來做這樣的工作，此時，他便可避開這逼不得已的法子。他認為只要還有失業者，就可以再等等。

就這樣一直持續到八月底，我們的市民還算勉勉強強可以順利抵達最終的長眠之所，即使不是體體面面的，也至少算是井然有序，足以讓行政單位自覺盡了義務而問心無愧。但在論及最後那些不得不採取的手段之前，應該先預告一下後續的發展。事實上疫情從八月起就居高不下，累積的死亡人數遠遠超過我們那小小墓園所能容納，即使推倒圍牆，讓死者在鄰近土地上開疆拓土也是枉然，必須盡快找到其他方法。首先，當局決定改為夜間下葬，如此一來可免除某些考量，例如在救護車內塞入愈來愈多的屍體。幾位無視宵禁規定或因職務緣故逗留郊區的夜行者，不時會遇上長長的白色救護車隊飛馳而過，黯淡低鳴的警鈴聲迴盪在深夜空空洞洞的街道上。屍體被急急丟入這愈挖愈深的坑內，尚未擺妥，生石灰就一股腦兒灑上他們的臉龐，泥土也不分你我的整個蓋了上來。

然而不久之後，又得再度遠走，尋覓其他空地。省府下令徵用永久租借的墓地，並將墓地內的屍骨挖出送至火葬場。很快的，死於瘟疫的人也得直接送去火化。但這下就得重新啟用東城門外一座舊焚化爐，崗哨站也要往外移。一位市府職員建議當局利用已經停駛的海岸線電車，這點子倒是讓相關單位省了不少事。為此，他們將座椅拆除，重整車廂及車頭內部，並將行車路線延長至焚化爐所在，焚化爐就變成了起站。

整個夏末及秋雨時節，每到夜深人靜時，就可以看到沿著峭壁邊上那一列列詭異的無人電車，在大海之上搖搖晃晃行駛而過。到後來居民們終於知道那是怎麼回事，儘管有巡邏隊看守著，同時嚴禁民眾靠近峭壁區，但三五成群的人們還是經常成功攀上浪花之上的懸崖大石，在電車經過時，往車廂裡頭拋擲鮮花。因此，夏夜中，仍可聽見這一列列載著鮮花與亡者的電車，匡當、匡當的顛簸行進聲。

總之，最初幾天的清晨時分，城東區的上空飄盪著一股濃密、噁心的煙霧，所有醫生一致認為這些排出的氣體雖然聞起來不舒服，但對人體是無害的。但附近居民立刻威脅要遷出此區，他們深信瘟疫病菌就這樣從天而降襲擊所有居民，最後政府只好安裝複雜的排煙系統，讓煙霧轉向，才得平息眾怒。唯有在起大風的日子才隱約有一股氣味從東邊飄來，讓他們想起現在正生活在一種新的秩序之中，瘟疫之火每晚都大口吞噬掉他們獻上的貢品。

這是瘟疫到達高峰期的非常狀態，但幸好疫情隨後並未繼續擴散，否則不難想見行政人員機關用盡也枉然、省府亦終將無計可施，甚至連焚化爐都可能超過負荷。李爾知道有人提出了一些不得已的最後手段，像是把屍體丟入大海。一片蔚藍大海上，可怕浮屍載沉載浮的景象隨即浮上他的腦海。他也知道如果數據持續攀升，不管多麼優秀的組織都將無法應對。不論省府如何努力，終將屍橫遍野、成堆腐爛於街頭；城裡大庭廣眾之下也會看到垂死者帶著合理的恨意與愚蠢的希望緊緊抓著生者，不肯放手。

總而言之，就是這類的明顯事實或憂慮讓我們的市民心中始終有著一份放逐與分離之感。在這方面，敘述者非常清楚若無法寫些撼動人心的報導將是多麼令人遺憾，一些如同古老記載中可讀到的安撫人心的偉人或輝煌事蹟等等。這是因為沒有任何事比瘟疫更為平凡無奇了，正因為疫情曠日持久，讓天大的災難也變得單調索然。在所有經歷過這段可怕日子的人的記憶裡，瘟疫並不像一場華麗殘酷的烈火，而是永無止盡的步步踩踏，將一切所經之處，盡皆踩扁踏平，夷為平地。

不，瘟疫與疫情初期李爾醫生心中縈繞不去的那些狂熱賁張的駭人畫面全然不同；首先，瘟疫它是個謹慎而完美的管理系統，一切運作臻於完善。在此順帶一提，敘述者為了不違背任何事實也不違背自己，他一直堅持客觀這原則。除非為了前因後果的串連需要，他幾乎不願意因為藝術考量而做出任何的更動。就是基於這客觀原則，如果說這段時期最普遍也最深刻的巨大苦痛，就是分離；又如果必須誠實去描繪瘟疫的現況，那他就得說：確實連苦痛本身也失去了那份悲愴色彩。

我們的市民，至少是那些最受分離所苦的那群，是否已習以為常了呢？不盡然，比較正確的說法該是他們不論精神上或肉體上，都呈現形枯羸瘦之貌。瘟疫之初，他們對自己失去的伴侶仍記憶猶新，懷念不已。他們清楚記得愛人的容顏、笑容，以及事後回想覺得幸福的那段時光；然而他們卻無法想像當他們思念愛人之際，他或她正在遙遠的一方做些什麼。總之，在這階段，他們擁有記憶力，但缺乏想像力。到了瘟疫的第二階段，他們連記憶力都不太可靠，並不是說他們已經忘了愛人的臉龐，但其實也等於是忘記了，那臉龐失去了血肉，再也無法清晰浮上心頭。疫情最初幾週，他們經常抱怨他們的愛情裡只剩下幽靈情人，但他們接下來會發現這些幽靈可能變得更為飄渺，連記憶中那最後一點色彩都消失無蹤。在這漫長別離之後，他們已無法想像曾經有過的親密感，也無法想像當初如何能跟一個隨時可觸摸到的人朝夕相處。

就此看來，他們已經全然進入瘟疫的核心，愈是平凡無奇愈顯其力量強大。我們當中再也沒有人有強烈的情感，所有人都只感受到單調乏味。「該是結束的時候了。」我們的市民這樣說，因為災難期間，祈願集體的苦痛能盡快結束是很正常的，也因為他們確實希望這一切趕快結束。但他們說這些話的時候，已經沒有剛開始的那種熱切激昂或是酸溜怨懟，如今只剩下幾個清晰但薄弱空洞的理由。最初幾週的那股憤恨衝動已被一種消極沮喪所取代，但認為這便是屈服，那可就錯了，應該說是一種暫時的默許狀態。

我們的市民接受了眼前的現狀，如大家所言，他們適應了這一切，因為也別無他法。當然，他們還感受到不幸與苦難，但已不再錐心刺骨。然而，像李爾醫生，他卻認為這才是真正的不幸，因為習慣於絕望比絕望本身更慘。在此之前，被迫分離的人並非真的不幸，他們的苦痛之中尚有一線光明，然而這道光也隨之熄滅了。如今，可以看到他們在街角、咖啡館或朋友家，平平靜靜、神色恍惚，眼神百無聊賴；就因為他們的存在，讓整座城市看起來彷彿一間候車室。而那些有工作的人用著跟瘟疫一樣的步調做事，謹慎細心但黯淡無光。每個人都很謙卑。被迫分離者第一次不再排斥談論缺席的那位，也不再排斥使用一般人的語言，也不再排斥從疫情相關數據來檢視他們的分離狀態。雖然在此之前，他們狠狠將自己的苦痛與集體的不幸區分開來，現在卻願意兩者混為一談。既無回憶、亦無希望，只能活在當下。事實上，對他們來說一切都變成了現在式，這瘟疫將所有愛情與友誼的能力都剝奪了，因為愛情是需要有未來的，而我們眼前卻只剩下片段的時刻。

當然了，情況並非絕對如此，就算所有別離者果真都變成這樣，但也並非同時發生。而且一旦別離者抱持著這種新的態度，記憶中的靈光閃現或突如其來的清明思緒又會將患者拉回更為鮮活、更為痛苦的感受之中，例如當他們在閒暇時刻想想疫情結束後可能的計畫；或者蒙神恩寵的日子裡，突然感受到一股莫名的嫉妒。有些人則在轉瞬間重獲新生，在一週的某些日子裡，譬如週日是一定會的，或也可能發生在週六下午，他們會走出那麻木昏沉的狀態。因為當初缺席者還在身邊的時候，他們在這些日子有著他們共同的生活習慣。還有些時候，在白日將盡之際一股憂愁襲上心頭，提醒著他們回憶終將反撲，但也不盡然如此。傍晚的這個時刻，是信眾們檢視自心的時刻，然而對囚犯或流放者而言，這時刻著實難捱，因為他們無可檢視，唯有空虛盤踞心頭。這時刻讓所有人凝滯片刻，接著又遁回原先的麻木狀態，把自己層層封鎖在瘟疫之中。

大家都已理解到這等於就是得放掉最私人的部分；然而在疫情初期，他們驚於發現許許多多自己極為重視的小細節，對別人而言卻毫無意義，他們也因此經歷了所謂的職場經驗；現在正好相反，他們只對大眾有興趣的事物感到興趣，腦子裡只有大眾普遍的想法，就連他們的愛情也變得極度抽象。他們已經對瘟疫完全棄甲投戈，以至於他們偶爾會想那乾脆就請瘟疫賞個長眠，他們會突然發覺自己心裡想著：「得個瘟疫吧，一了百了！」然而事實上，他們早已沉沉睡去，這段時間不過就是一場漫長酣睡。城裡充斥著這樣的夢遊者，唯有少數幾次，那看似癒合的傷口在深夜裡突然迸裂，他們才得真正逃離這魔咒。驚醒之際，茫然地摸摸那刺痛發燙的雙唇，苦痛瞬間又鮮活起來，登時戀人那張驚慌的臉龐也歷歷在目。天亮之後，他們又重回瘟疫懷抱，重回日常的軌道。

但這些被迫分離者看起來是什麼模樣呢？其實很簡單，他們什麼模樣也沒有，或者也可說他們就跟所有人一樣，一種完完全全的大眾臉譜，分享著這城市的平靜與幼稚的躁動。他們不再批判，轉為冷靜沉著，我們可以看到其中最為聰慧的那些人佯裝跟大家一樣在報章廣播之中尋覓證據，好讓自己相信瘟疫很快就會結束；或在拜讀某記者無聊地邊打哈欠邊信筆隨書的評論後，因而懷抱起虛幻的希望或莫名感到恐懼萬分。其他時候，他們或是喝著啤酒、或是照顧病患、或發懶、或過勞、或將資料整理歸檔、或隨機播放唱片，總之與他人並無不同。換言之，他們再也不作選擇。瘟疫將價值判斷全盤抹去，這點從大家對衣著食物的品質不再講究可見一斑，一切照單全收。

最後值得一提的是這些被迫分離者不再享有疫情初期那奇特的特權，他們失去了愛情中那份自私自利與其帶來的好處。至少，現在情況很明朗，疫情關乎所有人。眾人全陷入這瘟疫之城，在城門傳來的砰砰槍響聲中，在奏出生死節奏的啪啪蓋印聲中，在惡火燃燒與文件歸檔之中，在恐懼與官僚形式之中，我們迎向一個深受屈辱但登錄有案的死亡。在惡臭燻天的煙幕與救護車安然的警鈴聲中，我們啃著同樣的流放食糧，無意識等待著同樣百感交集的相聚以及五味雜陳的太平。或許我們的愛始終都在，只不過已經沒有用處，愛那份難以承受的沉重，在我們心中遲滯不動，如罪與罰般不結果實。如今這愛也只不過是份沒有未來的耐心，一種頑固的等待。就這點看來，某些市民的態度倒是讓人想到城裡各處食品店門前的大排人龍，同樣的聽天由命、同樣的堅忍不拔，永無止盡且不抱幻想。只是論及分離的情況時，得將這感覺放大千百倍，因為那是另一種足以吞噬一切的飢渴。

無論如何，倘若想對我們城裡別離者的心理狀態有個明確的了解，就得再次回到那些金光耀眼、灰塵瀰漫的漫漫黃昏，當暮色降臨這座光禿無樹的城市，當男男女女湧上街頭的時刻。因為說也奇怪，此時在仍映有夕陽餘暉的露臺上，已聽不見平常各大城中那唯一的車水馬龍與機器喧囂，卻只傳來震耳欲聾的腳步聲與低沉的竊竊私語。千萬隻鞋踏著苦痛的步伐聲，呼應著陰鬱天空中那根連枷的咻咻鞭打聲。無休無止、令人窒息的踏步聲漸漸鼓譟全城，夜復一夜，為那股掃蕩掉我們心中一切愛的盲目執拗，譜出最真實也最哀傷的旋律。

第四部

整個九月與十月，瘟疫漫天鋪地肆虐之下，歐蘭城蜷伏深鎖，在那漫長似無止盡的數週裡，只聽到成千上萬人那持續不斷的原地踏步聲。薄霧、熱氣與雨水在天空輪番上場，來自南方那一群群寂靜的椋鳥與斑鶇，繞過小城從很高的天空飛越而過，彷彿潘尼魯口中那根打麥連枷的詭異木鞭就在小城屋瓦之上咻咻揮動，群鳥不得靠近。十月初，傾盆大雨將街道沖刷得一乾二淨，在這段時間裡，城內除了原地踏步聲響徹天際之外，別無其他要事。

李爾與同伴們這才察覺自己是多麼地疲憊。事實上，衛生小組的成員們已經再也無法消化這份疲憊。李爾醫生之所以察覺到這一點，是因為他看到在同伴與自己身上，漸漸出現了一種詭異的冷漠。譬如說在此之前，對所有瘟疫相關消息都保持高度興趣的這些人，如今卻根本不在乎。前不久藍伯下榻的旅館被改為隔離檢疫所，暫時由他負責管理。他對所內接受隔離觀察的總人數一清二楚；針對突然出現瘟疫症狀的人，他定下了一套撤離流程，他對這流程也是瞭若指掌；而血清在隔離所內施打的效果統計數據，更是牢牢烙印在他腦海中。然而他卻無法說出每週死於瘟疫的人數，也完全不知道疫情是加劇還是趨緩。儘管如此，他始終抱持希望，相信很快就能逃離此地。

至於其他人則夜以繼日忙碌工作，既不看報也不聽收音機。如果有人跟他們報告相關數據，他們會假裝很感興趣，但其實是帶著一種漫不經心的漠然；就如大戰期間的士兵，忙於攻防而筋疲力竭，僅求守住日常的攻防，早已不再奢望決戰或休戰之日的到來。

格藍繼續做著瘟疫相關的數據統計工作，但他更是說不出這些數字代表什麼。不像塔胡、藍伯或李爾那般耐操，格藍向來健康狀況不佳，然而他除了市府工作外，還在李爾那兼職祕書工作，晚上還要寫作。看得出來他長期處在力盡筋疲的狀態，靠著兩三個念頭撐著，譬如疫情結束後至少要給自己放一個禮拜長假，專心眼前的寫作，寫出讓人「脫帽致敬」的曠世巨作。他也會忽然多愁善感起來，這種時候，他會主動跟李爾提起珍妮，不知此刻的她人在哪，不知她看了報紙會不會想到他。有一天，李爾發現自己竟不知不覺就跟格藍提起自己的妻子，之前他從未做過這種事。妻子電報上總說一切都好，他不知道這是否可信，他決定直接打電報給療養中心的主治大夫。醫生回覆說狀況惡化了，但保證會盡一切努力避免讓病情惡化。他一直守著這祕密，至於為何會突然跟格藍吐露心事，他自己也說不出個所以然，多半是太累了吧。格藍跟他說完珍妮的事，問起了他的妻子，李爾也就回答了。格藍說：「您也知道的，現在這種病治癒的機會很大。」李爾點點頭，只說他開始覺得兩人分開太久了，他原本可以在妻子身旁幫她一起戰勝病魔，如今的她想必感到非常孤單。接著他便不再多說，對於格藍的提問也只是閃爍其詞。

其他人的狀況也一樣。塔胡的狀況最好，但從他的札記本上看來，儘管他的好奇心仍維持相當的深度，卻失去了廣度。事實上，這一段時間以來，他似乎只對柯塔感到興趣。自從他住宿的旅館被改為隔離檢疫所，他搬到李爾家借住。晚間時分，當李爾和格藍在說明每天的統計結果時，他幾乎聽都不聽，馬上把話題轉往他平日關注的歐蘭日常瑣事上。

至於卡斯特呢，歐同先生的小兒子被送到醫院後，李爾似乎束手無策，兩人便決定拿小男孩作為新血清的第一個試驗。這一天，他來通知醫生血清已經備妥，李爾在跟這老友報告最新數據時，竟然發現卡斯特窩在單人沙發裡睡得不省人事。卡斯特平日臉上總流露著溫柔及一絲戲謔神情，那讓他看起來永遠顯得那麼年輕的臉龐，突然間垮了下來，微開的雙唇間流下一絲口水，李爾看著這張飽經歲月摧殘而老態畢露的臉龐，不禁感到喉頭一緊。

就是這些衰微的點點滴滴讓李爾察覺到自身的疲累。他的同理心漸行漸遠，多數時候呈現打結、硬化、乾裂的狀態，不時爆裂開來，將他拋入無法控制的情緒中。唯一的出口是躲進冷酷外表，將心中這結再打得更緊一些。他很清楚這是支撐下去的唯一方法。至於其他的，他沒有太多幻想，疲累將他僅存的些許幻想也一掃而盡。他知道在這樣一個看不到盡頭的時期，他的角色不再是治療，而是診斷、發現、觀察、描述、記錄，接著宣判，這才是他的任務。一些患者的妻子緊抓著他的手腕，高聲嘶喊：「醫生，請救他一命！」但他來不是為了救命，而是來下隔離令，這些臉上因而流露出怨恨，但又有何用呢？有一天有人對他說：「您真是沒心肝。」錯，他有。就是有心有肝，他才能一天二十個小時眼看著原本該活下去的人一一死去；就是有心有肝，他才能日復一日撐下去。今後，他的心就只夠做做這些，若還要救人命，這樣的一顆心又怎麼能夠用呢？

沒錯。他一整天下來提供的並不是救助，而是資訊。這樣當然稱不上是個職業；然而，在這種眾人驚恐又大量死亡之際，又有誰能有這閒功夫好好從事他的職業呢？所幸疲憊陣陣襲來，假如李爾不是這麼疲倦，那四處瀰漫的死亡氣息會讓他變得多愁善感；但當你每天只睡四個小時，也就多愁善感不起來了。我們會看到事物最赤裸的原貌，也就是公平地看待一切，那醜陋又微不足道的公平正義。而其他那些被判刑的，也都清楚感受到醫生這轉變。瘟疫爆發前，他們都把醫生當救命恩人，只消三顆藥丸及一管針筒便能解決一切病痛，前來迎接的家屬還會拉著他的手領他走過長廊，此舉是對他的恭維，然而危險。現在卻相反，他會跟士兵一同出現，還得出動槍托重重敲門，家屬才願意開門。他們真想把他、還有全人類一起拉去赴黃泉。確實，人是離不開彼此的，他和這群不幸之人同樣無助困乏，所以當他拋下他們時，他心中這日益茁壯的悲憫之心，其實他自己也是同樣需要的。

總之，在這幾個漫漫無期的星期裡，李爾醫生心中，除了掛念遠方的妻子外，就是繞著這些念頭轉，而同伴們臉上浮現的也都是這些同樣念頭的吉光片羽。然而，對於所有對抗瘟疫的夥伴而言，這無盡的疲憊一點一點吞噬掉他們所有的精力，心力交瘁之下，最危險的倒不是他們對外在事物或他人感受的冷漠無感，而是在於他們自我棄守所造成的疏忽草率。因為他們開始有個傾向，就是舉凡一切非必要且讓他們感到力有未逮的事，一律能免則免。他們於是愈來愈輕忽自己訂下的衛生規範，常略過自身消毒流程的其中幾項，也常在未做好防疫措施就急急跑去救護肺鼠疫患者，因為是臨時接獲通知得前往病患住處，這時光想到還得先回到某某衛生中心進行必要的滴入消毒，就讓他們感覺疲累不已。這，才是真正的危險所在。正是為了對抗瘟疫，而讓他們更容易染上瘟疫，他們不過是在賭自己的運氣，但運氣是無法強求的。

然而城裡卻有個人既不疲憊也不沮喪，真是個志得意滿的鮮活例子。這人就是柯塔，他繼續保持距離，同時又與他人維持聯繫。只要塔胡時間允許，柯塔經常找他碰面，一方面是因為塔胡對他的狀況了然於胸，再者塔胡始終真誠以待。塔胡不管工作多麼忙碌，都不改其親切熱心，實在是非常不可思議。即使某幾個晚上，疲憊將他徹底擊垮，但隔天又是活龍一條。柯塔曾對藍伯說：「跟他啊，什麼都能說，因為他是個真正的男子漢。他總是很能理解別人。」

正因如此，塔胡這段時日的紀錄漸漸都集中在柯塔身上。塔胡試圖描繪出柯塔的想法與反應，其中有些是柯塔自己向他吐露的，有些則是他自己的解讀。以「柯塔與瘟疫的關係」為題的紀錄洋洋灑灑寫了好幾頁，敘述者認為有必要在此稍微一提。塔胡對這位閒人的整體觀點全寫在這句評價裡：「這個人成長了。」至少看來是歡歡喜喜地成長了。對於事件峰迴路轉的改變，他毫無不滿。他偶爾會跟塔胡吐露內心真實的想法，說出，如：「沒錯，情況愈來愈糟，但至少現在大家全都被拖下水了。」

「當然，」塔胡接著寫：「他跟其他人一樣，都受到疫情威脅，然而也正因如此，他與大家同在一起。但塔胡相信他未曾認真想過他自己也可能染上瘟疫，他似乎有個想法，而這想法也沒那麼愚蠢，就是他認為一個身染重大疾病或深沉愁苦之人，對於其他疾病或憂愁就此免疫了。他跟我說：『您是否注意到我們不會同時染上好幾種疾病？假設您有重大疾病或絕症，如癌症末期或嚴重肺結核，那您就絕對不會再染上瘟疫或傷寒。事實上，我們還可以推得更遠，因為您一定也沒聽過癌症患者死於車禍的吧。』不管對或錯，這種想法讓柯塔常保愉悅心情。他唯一不希望的便是與他人隔絕，他寧可與眾人同困愁城，也不願當個孤獨的囚犯。有了瘟疫後，就不會再有祕密調查、卷宗建檔、祕密指令及緊急逮捕。嚴格來說，也就是不再有警察、不再有舊有或新犯下的罪行、不再有罪犯，現在只有一群被判死刑的人，癡癡等著那最難以預測的神之救贖，而其中也包括警察在內。」所以依據塔胡的詮釋，柯塔確實有理由以一種體諒、包容的愉悅心情來看待眾人的焦慮與驚恐，而他這心情可從這句話點出：「你們大家就盡情抒發吧，我可是早就經歷過這一切。」

「我告訴他若不想與他人隔絕，唯一的方法就是要問心無愧，但他聽不進去。反而惡狠狠看著我，說：『如果是這樣的話，那誰都別想跟別人在一起。』接著又說：『您愛怎麼說就怎麼說，但我要告訴您，唯一可以讓大家聚在一起的方法，就是給他們一場瘟疫。您看看現在周遭的一切就知道了。』確實，我很能體會他的意思，也很能了解眼前的生活對他而言有多愜意。這一切看在他眼裡，都是他往昔的經歷，他豈會看不出來呢？每個人企圖讓眾人與自己同在；偶爾有人迷路時，大家那股殷勤熱心的勁，但另一些時候又顯得粗魯不耐；眾人蜂擁至高級餐廳，歡喜享用，不願離開；每天在電影院前排隊的混亂人群，擠爆所有表演廳與舞廳，彷彿洶湧的波濤湧入所有公共場所；面對任何接觸都膽怯退縮，然而渴望人性的溫暖又將他們推向彼此，手肘互相勾起、性別間相互吸引。很明顯的，柯塔早在大家之前就嘗遍這一切。除了女人外，因為以他那長相……而且我猜想當他有心要上妓院時，最後還是會打消念頭，以免事後留下對自己不利的壞名聲。

「總之，這場瘟疫讓他事事如意，它把一個不甘寂寞的人收攏為同謀。很明顯的，他確實是位同謀，而且還是位樂在其中的同謀。他為其所見的一切之同謀，比如：這群如驚弓之鳥的眾生，他們的迷信、沒由來的恐懼與敏感易怒；他們那既想避談疫情，但卻又談個不停的怪癖；自從知道頭痛是瘟疫的初期癥兆，只要頭稍稍隱隱作痛，他們便臉色發白，驚恐慌亂；他們的易怒敏感、情緒波動不穩、往往因為豆點大的事便勃然大怒，就連掉了顆褲子鈕扣也苦惱萬分。」

塔胡晚上常跟柯塔出去，他在札記本上記載著他們如何在黃昏或深夜時擠進黑壓壓的人群中，與大家摩肩擦踵，融入這群在稀疏街燈照耀下、或黑或白的人潮之中，隨著這一大群人湧入暖熱歡愉的享樂殿堂，以抵抗瘟疫之冰寒無情。幾個月前柯塔在公共場合裡尋尋覓覓的奢華饗宴，一心嚮往卻不得志的縱情歡場，如今所有人都趨之若鶩。雖然所有物價不可避免地全面上揚，但人們卻更盡情揮霍，當大多數人連基本日用都缺乏之際，揮霍在奢華享樂上卻更加可觀。休閒玩樂的聲色場所如雨後春筍般蓬勃發展，但這些閒人其實只是失業。塔胡與柯塔偶爾會尾隨情侶檔身後漫步一會兒，以往情侶們掩飾著彼此的愛戀，故作正經，而今卻緊緊相擁，熱戀四射，無視身旁的人潮洶湧，彼此依偎著一步一步走過城中各個角落。柯塔頗為動心地說：「啊，真不害臊！」他說話大聲了，置身在這集體狂熱愛戀之中、聽見那豪氣小費叮噹作響、看著眼前上演的愛戀戲碼，他不禁笑逐顏開，整個人如花般歡喜綻放。

然而，塔胡認為柯塔的態度中幾乎沒有惡意，他口中說的：「我早在他們之前就經歷過了。」其實這句話中的不幸成分多過得意之情。塔胡說：「我覺得他開始喜歡上這群受困於穹蒼之下、城門之內的男男女女。比方說，只要有機會，他都很樂於向他們解釋說情況其實也沒那麼糟，他對我說：『您聽聽他們說的，疫情結束後，我要做這個；疫情結束後，我要做那個……他們不肯乾脆就老老實實過日子，而是在那自找麻煩、徒增困擾。對他們眼前握有的優勢，毫無自知。換作是我，我難道能說被捕後我想要做這個或做那個嗎？被捕是個開始，而非結束；而瘟疫……您想知道我是怎麼想的嗎？他們之所以不快樂是因為放不開，我知道自己在說什麼。』」

塔胡接著寫道：「他確實知道自己在說什麼。他完全理解歐蘭人矛盾的心態，一方面渴望他人的相伴，另一方面又因不信任而不敢放手接納彼此，反而拉開了彼此之間的距離。不能信任鄰居，這點是眾所皆知的。鄰居可趁你不察，當你卸下心防之際，神不知鬼不覺把瘟疫傳染給你。如果你曾像柯塔一樣，既想尋覓友伴卻又懷疑每個人可能都是警察的眼線，你就會明白這種感覺。對於那些活在瘟疫恐懼之中的人，我們深感同情；他們深怕瘟疫冷不防就襲向自己，或者當自己正慶幸健康無病之際，瘟疫就準備伸出魔爪。疫情下能有幾分安然自處的可能性，他便如是怡然自處。但因為他早已體悟這一切，我想他無法設身處地去感受這種不確定性給眾人帶來的殘酷感。總之，跟我們這些瘟疫倖存者在一起，他完全知道自己眼前的自由與生活隨時可能被摧毀殆盡。但既然他早已活在恐懼之中，他自然覺得其他人也該嘗嘗這種滋味。更精確來說，他之前獨自承受這份恐懼，然而現在眾人相伴下，這恐懼便沒那麼沉重了。這一點他其實錯了，也使得他比其他人更難被理解；但總而言之，也正因如此，他比其他人更值得我們好好去理解他。」

塔胡札記本末了記錄了一段故事，足以點出柯塔與染上瘟疫的群眾們心中那種奇異的精神狀態；且這段記錄也相當忠實勾勒出當時艱難的氛圍，因此敘述者相當重視這篇記錄。

柯塔邀請了塔胡一起去市立歌劇院聽《奧菲歐與尤麗迪絲》[1]。這劇團在瘟疫爆發這一年的春天來到我們小城表演，但因疫情緣故，受困城中，不得已與歌劇院達成協議，同一戲碼每週再上演一次。因此我們的市立劇院連月以來，每逢週五便迴盪起奧菲歐優美悅耳的哀訴以及尤麗迪絲那無力回天的呼喚。雖然如此，這齣戲依然大受歡迎，總是高朋滿座。柯塔跟塔胡坐在最貴的樓上座位區，俯望樓下那一區，擠滿了本城最優雅的市民，每個人顯然經過一番精心打扮，力求耀眼入場。在舞臺燈光的照耀下，樂師們低聲調音之際，觀眾們一個個清晰的身影，走過一排又一排，風度翩翩地互相點頭致意。在一片窸窸窣窣的優雅交談聲中，人們又重拾了自信心。幾個小時前，自信心在那黑濛濛的大街上蕩然無存。衣著打扮真是一道驅除瘟疫的護身靈符。

整個第一幕，奧菲歐不斷連聲悲嘆，幾位長袍女子悠悠然訴說著他的不幸，小詠嘆調在此歌詠出兩人偉大的愛情。全場觀眾按捺住內心的熱情，低調隱微地回應著舞臺上的表演，我們幾乎察覺不到奧菲歐在第二幕時唱出了譜上沒有的顫音，還以略顯誇張的悲愴來請求冥王，盼其淚水能感動他。他突如其來的幾個生硬動作，看在眼尖的觀眾眼裡，還當是獨特表演風格，認為其表現實在可圈可點。

直到第三幕奧菲歐與尤麗迪絲的二重唱（也就是尤麗迪絲離開愛人的那一幕），才有一陣驚駭的騷動傳遍全場。演唱者彷彿就等著這反應，又或者更可能是由觀眾席傳上來的竊竊私語證實了他身上的感覺，他選擇在這當下，以一種詭異踉蹌之姿走向前方舞臺，一身古裝下的手

1《奧菲歐與尤麗迪絲》（Orphée et Eurydice）是德國作曲家暨歌劇改革家格魯克（Christoph Willibald Gluck, 1714-1787）的重要作品之一。故事源自希臘神話，尤麗迪絲不慎遭毒蛇咬而喪命後，奧菲歐傷心欲絕，決心到冥界把妻子救回。他的琴聲感動了冥王，答應讓他帶回妻子，但條件是奧菲歐在離開冥界之前絕不可回頭看尤麗迪絲。但他就在快出洞口時，回頭確認，這一回頭，也就永遠地失去了愛妻。格魯克的歌劇版本，選擇了喜劇結局。在第三幕奧菲歐再度失去愛妻後，決定自殺，丘比特知道後立刻阻止，並把尤麗迪絲帶回人間，兩人從此過著幸福的生活。

腳大大張開，整個人撲倒在羊棚布景裡，這羊棚從頭到尾就是個時代錯置，觀眾卻在此時才第一次發現，而且是透過一種可怕的方式發現。因為於此同時，樂隊停止演奏，觀眾們開始起身，緩緩步出表演廳。一開始全場靜悄悄的，有如做完禮拜步出教堂，或是瞻仰遺容後步出靈堂一般。女士們輕攏著裙襬，低頭離開；男士們挽著女伴，小心翼翼護著以免她們撞著座椅。但是，漸漸的，動作加快了起來，輕聲耳語轉為喧囂叫喊，人群爭先恐後湧向大門，最後演變成互相推擠、尖聲嘶吼。柯塔與塔胡只是站起身來，兀自看著眼前這一幕他們生活的寫照，由一位四肢脫臼的蹩腳演員將瘟疫搬上舞臺，而觀眾席上落了一地無用武之地的奢華，像是被遺忘的扇子與蕾絲飾品，隨處散落在紅絲絨座椅上。

九月初那幾天，藍伯待在李爾身旁認真工作，其間只請過一天假，因為和貢扎雷斯及那兩位年輕人相約在男子中學門口碰面。

那天中午，貢扎雷斯跟記者看著兩個小夥子邊笑邊走了過來，說上次運氣不好，不過那也不意外。不管怎樣，這禮拜不是輪他們站崗，得耐心等到下個星期，然後從頭來一次。藍伯說沒錯，又得從頭來過。貢扎雷斯因此提議下週一碰個面，但這一次，要安排藍伯住進馬賽及路易家。「我跟你約個時間，如果我沒出現，你就直接去他們家。我們會告訴你他們家在哪。」但這時候，不知是馬賽還是路易開口說那乾脆現在就直接帶他過去。只要他不挑嘴，家裡的東西夠四個人吃。這樣他就很清楚他們家的位置。貢扎雷斯說這主意好極了，於是他們一同走下港口區。

馬賽及路易住在海軍區的另一端，就住在通往峭壁的城門附近。那是一棟西班牙式小屋，牆壁厚實，外有上了漆的木頭窗板，陰暗的屋內家徒四壁。兩個年輕人的母親是位笑臉盈盈、滿臉皺紋的西班牙老婦人。她端出米飯來，貢扎雷斯大為驚訝，因為城裡已經缺米了。馬賽說：「在城門邊上總會有辦法。」藍伯又吃又喝，貢扎雷斯說他果然夠義氣，好樣的；但其實藍伯心裡只想著還得等上一個禮拜。

結果後來變成得等上兩週，因為他們現在改為兩週輪調一次，以減少輪班次數。這兩個禮拜的時間，藍伯不辭辛勞工作著，從早到晚毫不停歇，似乎對外界一切視而不見。每天很晚上床，倒頭就沉沉睡去。生活忽然從閒散轉為忙碌疲憊，讓他精力全失，一夜無夢。他鮮少提起他的離城計畫，只有一件事值得一提：一個星期過後，他向醫生吐露前一晚他第一次喝得酩酊大醉。從酒吧出來的時候，他突然感覺腹股溝那兒開始腫了起來，而雙手的腋下處活動起來也不大靈活，他心想該是染上瘟疫了。他當時唯一的反應就是跑到城裡的高處，在那方寸之地，雖然仍無法望見大海，但天空顯然寬闊許多，他在那兒高聲呼叫著妻子，讓聲音飛越城牆而去。他也跟醫生坦承這行徑著實荒謬可笑。他回到家後，發現身上並無異狀，頓時對自己的失序行為感到羞愧。李爾說他非常能理解這種反應，他說：「總之，想這麼做是非常自然的。」

「今天早上，歐同先生跟我提起您。」藍伯正準備離開時，李爾突然說起。他問我是否認識您。他說：「那就勸他別跟走私販子往來，很容易引人注意。」

「這是什麼意思？」

「意思就是您得加快速度了。」

「謝謝。」藍伯握著醫生的手說。

他走到門邊，又忽地回過頭來。這是打從疫情爆發以來，李爾第一次見他展露笑顏。

「為何不阻止我離開？您是有辦法的。」

李爾用他慣有的動作，搖了搖頭，說這是藍伯自己的事，他選擇了幸福，而李爾是沒有任何理由去反對他的。這整件事，他說不上來到底是好還是不好，他無從評斷。

「既然如此，那又為何要我趕快？」

這下換李爾露出微笑。

「也許我也想替幸福做點什麼吧。」

次日，他們一起工作，但什麼都沒再提。到了下一個星期，藍伯終於搬進那西班牙小屋，他們幫他在客廳鋪了一張床。由於兩兄弟都不會回家吃飯，也請他盡量別出門，所以他大部分時間就是一個人獨處或跟老媽媽聊聊天。她身子乾瘦卻活力十足，穿著一身黑衣，一頭梳理得非常整齊的白髮下，有張褐色臉龐，皺紋滿布。她話不多，看著藍伯時，只會瞇著眼微笑。

有一次，她問藍伯難道不怕把瘟疫傳染給妻子。他認為的確有這風險，但機率微乎其微；而若是留在城裡，兩人卻可能再也見不了面。

「她很好嗎？」老婦笑著問。

「非常好。」

「漂亮嗎？」

「算是吧。」

「喔，那難怪。」她說。

藍伯心想當然也是因為她漂亮，但也不可能就光為了這理由。

「您不相信上帝嗎？」老婦問道。她每天早上都去望彌撒。

藍伯承認自己不信，老婦又說了一次難怪。

「您做的對，您必須回到她身邊。要不然，您還剩下什麼呢？」

其他時間，藍伯就在空蕩蕩的灰泥粗牆間打轉，把玩著釘在隔板上的扇子或細數著桌布邊緣那裝飾用的毛線球。晚上，年輕人回來了，但話也不多，頂多就是說時候未到。晚餐過後，馬賽彈著吉他，大夥喝著茴香酒，但藍伯似乎若有所思。

星期三，馬賽回家後說：「明晚，子時。你要準時。」跟他們一同站崗的兩人，一個染上瘟疫，另一個平常跟染疫者一間房，所以也要隔離觀察。如此一來，有兩三天的時間就只剩下馬賽跟路易站崗。當晚，他們會把最後的細節安排妥當，第二天，就可以行動了。藍伯道謝後，老婦問：「您開心嗎？」。他說開心，心裡卻想著別的事。

第二天，陰霾的天空下，悶熱潮濕，令人窒息。疫情繼續攀升，西班牙老婦人還是氣定神閒，她說：「這世上有罪惡，結果必然如此！」藍伯和馬賽、路易一樣，上身都打赤膊，但不管做什麼，汗水就是順著肩膀、胸膛流了下來。外頭木窗緊閉，室內幽暗微光下，三人的褐色胸膛油亮發光。藍伯在原地打轉，一言不發。下午四點一到，他突然穿起衣服，說要出門。

「別忘了，午夜子時。一切就緒。」馬賽說。

藍伯去了一趟醫生家，李爾的母親跟他說醫生應該在上城區的醫院那。警衛崗哨前還是一大群人在那打轉。「走開！」一位凸眼的士官大喊。大夥是走開了，但不一會兒又繞回原地。

「沒什麼好等的。」士官又說，身上的汗水都滲濕外套。大家都知道等也沒用，不過儘管高溫逼人，所有人都還是待在原地。藍伯出示他的通行證，士官指了指塔胡的辦公室。辦公室正對著中庭，潘尼魯神父剛好從裡面走了出來，和他打了個照面。

那是間骯髒的白色小房間，裡頭瀰漫著藥品與濕布的氣味，塔胡就坐在一張黑木桌前，雙袖捲起，正用手帕擦著肘彎處流下的汗水。

「還在啊？」他說。

「對。我想找李爾談談。」

「他在裡頭，但如果可以不要麻煩到他，最好就省了。」

「為什麼？」

「他太操勞了。我盡量幫他省點事。」

藍伯看著塔胡，發現他瘦了。疲憊讓他的眼神模糊，五官線條鬆垮。原先厚實的肩膀縮成了一團。有人敲門，一位戴著白口罩的男護士走了進來，將一疊資料卡放在塔胡桌上，聲音被口罩悶得糊糊的，只說了句「六個」，就出去了。塔胡看著記者，把資料卡攤成扇形給他看。

「很美的卡片吧？只可惜不是，這些是昨夜死去的人。」

額頭上皺紋變多的他將卡片收起來。

「現在我們能做的，就只是統計。」

塔胡扶著桌子，站了起來。

「就快離開了嗎？」

「今晚，午夜。」

塔胡說很替他開心，要他好好照顧自己。

「真心？」

塔胡聳了聳肩。

「到了我這把年紀，大家都是很真心的。撒謊太累了。」

「塔胡，」記者說：「很抱歉，我想見醫生。」

「我知道，他比我有人情味。我們走吧。」

「不是這樣的。」藍伯吞吞吐吐的，說到一半又打住。

塔胡看著藍伯，突然朝他咧嘴一笑。

他們沿著一條狹窄走道走著，兩側牆面漆著淺綠色，上頭一道光灑落，有如置身玻璃水族缸中。走道盡頭處有扇雙層玻璃門，門後依稀可見詭異的人影晃動。快到盡頭時，塔胡讓藍伯先進到一間很小的房間，裡頭全是櫥櫃。他打開其中一個，從滅菌器中抽出兩個脫脂紗布口罩，一個給藍伯，要他戴上。記者問戴這真的有用嗎？塔胡答說沒有，但戴著可以給其他人信心。

他們推開玻璃門，裡頭空間非常寬敞，儘管天氣炎熱，窗戶卻關得密不透風的。牆壁高處幾具隆隆作響的通風扇，彎彎的螺旋扇葉攪動著兩排灰色床鋪上方那濃濁悶熱的空氣。四面八方傳來或低沉或尖厲的呻吟聲，融合為一片單調的哀鳴。冷酷刺眼的光線從加裝著鐵條的氣窗上流洩而下，身著白衣的男子在其間緩緩移動。裡頭燠熱難當，藍伯感到頭昏腦脹，都快認不出來李爾醫生。醫生當時正彎身查看一個哼哼呻吟著的朦朧形體。兩位護士分站病床兩側，幫忙將病人的腿掰開按住，讓醫生切開他的鼠蹊部。醫生重新直起身子，把手術工具丟到助手遞上來的托盤上，停留了一會，看著正在接受包紮的患者。

「有什麼最新消息嗎？」他對走上前來的塔胡說。

「潘尼魯答應接手藍伯在隔離所的工作。他已經做了很多。藍伯走後，還剩下第三個勘查小組有待重整。」

李爾點點頭。

「卡斯特已經完成初步的準備工作，他提議做個試驗。」

「喔！」李爾說：「那很好。」

「最後一件事，藍伯來了。」

李爾轉過身，一看到記者，口罩上方的雙眼瞇了起來。

「您來這做什麼？」他說：「您現在應該在別的地方才對。」

塔胡說就是今晚午夜了，藍伯卻補上一句：「原則上。」

他們每次開口時，紗布口罩就會鼓脹起來，嘴巴部位也會變得濕濕的，使得彼此交談變得有些不真實，彷彿雕像間的對話。

「我想跟您談談。」藍伯說。

「如果您願意的話，我們等會一起走吧。您先到塔胡辦公室等我。」

過了一會，藍伯跟李爾坐上醫生車子的後座，塔胡負責開車。

「沒油了。」塔胡發動車子時說道：「明天，我們得走路去。」

「醫生，」藍伯說：「我不走了，我要留下來跟你們一起。」

塔胡沒有反應，繼續開著車。李爾似乎累到無法回應。

「那她呢？」醫生用那微弱的聲音問。

藍伯說他已經仔細考慮過了，他的想法不變；但如果這麼一走了之的話，他會深感愧咎，他會因此無法好好去愛他原先拋下的那個女人。但李爾身子一挺，語氣堅定地說這太愚蠢了，又說選擇幸福並不可恥。

「是。」藍伯說：「但獨自享有幸福卻可能令人慚愧。」

至此未發一語的塔胡，頭仍不回地提醒藍伯，如果他想分擔人類的不幸，那他就再也沒有時間可追求幸福了，他必須作個抉擇。

「不是這樣的。」藍伯說：「我一直以為我在這不過是個異鄉人，我跟你們毫無瓜葛。但現在我看到的一切讓我理解到，我是屬於這裡的，不管我願不願意，這件事關係到我們每一個人。」

大家都不搭腔，藍伯顯得有些不耐。

「你們其實都很清楚！要不然你們來醫院做什麼？所以你們都選擇放棄幸福？」

塔胡跟李爾沒再應聲，在抵達醫生家前，車內一陣沉默。快到時，藍伯用一個更堅定的語氣，把他最後一個問題，又再重複了一次。這時，只有李爾轉向他，勉力把身子坐直：

「對不起，藍伯。」他說：「但我不知道。如果您想留下來，就留下來吧。」

車子突然晃了一下，打斷了他的話。他雙眼望著前方，又接著說：

「這世上沒有任何理由值得我們去背棄自己所愛，然而我卻背棄了，而且也不知為何背棄了。」

他整個人又重新癱在座椅上。

「事情就是這樣，沒有為什麼。」他無力地說：「我們就記著它，接受後果吧。」

「什麼後果？」藍伯問。

「啊，」李爾說：「我們不可能同時替人治病，同時在那分析後果為何。當務之急就是盡快替人治病，這是最為迫切的。」

到了午夜，塔胡跟李爾把要藍伯勘查的區域，畫了張地圖給他，塔胡看了看手表，抬起頭來正好與藍伯四目交接。

「您通知他們了嗎？」

記者將目光移開。

「來找你們前，」他費力地說出：「就給他們留了話。」

十月底，他們試用了卡斯特研發的血清。事實上，這是李爾最後的一線希望，如果又失敗，醫生相信整座城便得任由瘟疫宰割了，要不是疫情繼續肆虐好幾個月，要不就是毫無緣由地戛然而止。

就在卡斯特來找李爾的前一天，歐同先生的兒子病了，全家都得接受隔離檢疫。母親前不久才剛結束隔離，這回又得二次隔離。守法的法官一看到孩子身上出現了染病跡象，馬上知會李爾醫生。當李爾抵達時，孩子的父母就站在床尾，小女孩則是躲得遠遠的。孩子處在虛弱期，毫無反抗、靜靜地任由醫生檢查。醫生抬起頭正好迎上法官的目光，孩子的母親站在法官身後，一臉蒼白，用手帕摀住了嘴，瞪大雙眼看著醫生的一舉一動。

「染上了，對吧？」法官冷冷地說。

李爾再度看著孩子，說：「對。」

母親的眼睛睜得更大了，但依舊一言不語。法官也沉默下來，過了片刻才以更低沉的語調說：

「醫生，那我們就照規矩來吧。」

李爾盡量不去看那位始終以手帕掩口的母親。

「這不用花太多時間，」他遲疑地說：「如果能讓我打個電話。」

歐同先生說要帶他去，但醫生卻轉向法官太太。

「很抱歉。您得準備一些東西，您知道是什麼吧。」

歐同太太神色驚駭，盯著地板看。

「知道。」她點點頭說：「我這就去準備。」

臨走前，李爾忍不住還是詢問他們是否還需要些什麼。歐同太太仍只是默默看著醫生，法官這回卻把頭轉開，說：

「不用。」然後吞了吞口水，說：「請救救我的孩子。」

一開始的隔離檢疫，只是一個很形式化的流程；經過李爾與藍伯一番嚴格整頓，他們現在要求患者的家屬全都要接受隔離檢疫，如此一來，若某一家屬在不知情狀況下被傳染，也不會增加他人的感染機率。李爾跟法官解釋這些做法，法官認為非常有道理。然而，從法官與妻子對望的眼神中，醫生可感覺到此次的分離讓他們多麼手足無措。歐同太太與小女兒可以到藍伯負責的隔離所去，但法官除了去目前正在規畫中的帳棚隔離營區外，別無選擇。省府向道路管理處調借帳棚，在原市立球場上搭建臨時的帳棚隔離營。對此，李爾跟法官表示抱歉，但歐同先生說規定就是規定，理應如此。

孩子則被送到臨時醫院，安置在一間舊教室中，裡頭擺了十張床。二十多個小時過後，李爾判定這孩子已經沒救了，小小的身軀已被病菌完全吞沒，毫無反抗。才剛形成的極小膿腫，疼痛不已，讓他那瘦弱的四肢上各個關節都無法動彈，他是未戰先敗。正因如此，李爾才想在他身上試試卡斯特的血清。當天晚上吃過飯，他們給孩子進行了費時的接種，孩子毫無反應。隔天的破曉時分，所有人都聚集到小男孩身旁來驗收這關鍵試驗的結果。

脫離昏沉狀態的孩子在被毯裡抽搐翻滾，李爾、卡斯特跟塔胡三人從清晨四點就一直在他身邊守著，亦步亦趨盯著瘟疫每一次的進攻與歇息。床頭處，是塔胡那微微駝背的龐大身軀；床尾站著李爾，卡斯特坐在一旁，鎮定自若讀著一部舊書。隨著天光漸漸照亮整間舊教室，其他人也陸續抵達。首先是潘尼魯，他站到塔胡的對邊去，背靠著牆，一臉哀痛，而他連日來親力親為的勞累也在他紅通通的前額上刻畫出一道道皺紋。接著到的是喬瑟夫·格藍，這時是七點，市府雇員整個人氣喘吁吁，他為此致歉。他說他無法久待，但或許現在已經有結果了？李爾不吭聲，他指了指孩子，只見那張變了樣的臉上雙目緊閉，兩排牙齒死命咬著，身子僵硬不動，只有頭在沒枕套的長枕上，左右不停地扭動。當天色終於大亮，連教室後方始終掛在那兒的黑板上都能看出昔日演算各種公式的痕跡時，藍伯到了。他靠著隔壁床的床尾站著，掏出一包菸來，但看了孩子一眼後，又把菸放回口袋。

卡斯特依舊坐著，眼神從眼鏡上緣望向李爾。

「有父親的消息嗎？」

「沒有。」李爾說：「他人在隔離營。」

醫生的手緊緊抓在呻吟孩童的病床欄杆上，眼神從未離開過這位小病患的身上，孩子的身體這時突然僵硬了起來，牙齒又再度緊咬不放，腰部略略塌陷，緩緩地將雙手雙腳大大地張開。軍毯下那赤裸的幼小身軀，散發出一種混著毛織物與汗臭的味道。他的身子漸漸鬆開，手腳又縮回床中央，但仍是雙目緊閉，一言不語，呼吸似乎愈來愈急促。此時，李爾與塔胡眼神剛好交會，但塔胡卻將視線移開。

他們已經看過小孩死亡，因為這連月以來的可怕瘟疫，出手一視同仁，全無挑選；但他們從未如今早一般，分分秒秒目睹著孩子飽受摧殘的苦痛。當然，強加於無辜者身上的這苦痛，在他們眼中看來其實一直就是極其卑鄙，令人髮指。但至少在此之前，這種可恥卑鄙仍停留在相當抽象的階段，因為他們從未如此長時間正視一位無辜者臨終前的漫長苦痛。

就在這時候，孩子的胃像是被什麼給咬了，身子又折成兩半，發出尖聲纖細的呻吟。他就這樣屈身許久，不斷地顫抖、抽搐，那脆弱的軀體彷彿被瘟疫的狂風怒吼給吹折了身體，而在不斷刮起的高燒熱風之中，喀啦喀啦作響。暴風過後，他獲得短暫歇息，高燒似乎退去，將他獨自拋在潮濕的瘟疫毒海灘上兀自喘息。這短暫的歇息，看起來與死無別。當熾熱的波濤第三度向他襲來，並將孩子軀體微微上提，而後身子整個蜷縮至床鋪深處，深恐這無情火焰，恣意延燒。他猛力搖擺著頭，一面將被毯踢開。豆大的淚珠從滾燙的眼皮下湧出，滑過鉛灰色的臉頰。痙攣過後，筋疲力竭的孩子縮起了在這四十八小時內變得瘦骨嶙峋的手腳，在這慘遭蹂躪、凌亂滿目的床上擺出一個詭異的十字架受難之姿。

塔胡彎下腰，伸出他厚實的大手擦去小臉龐上滿滿的汗水與淚珠。卡斯特已經放下手上的書，看著孩子好一會兒了，他才剛要開口說話，卻發現聲音突然走調，不得不輕咳幾聲，才能把話說完：

「今早情況並沒有減緩，對吧？」

李爾說沒有，但這孩子比其他病例撐得久。頹然靠著牆壁的潘尼魯，這時低聲地說：

「如果到頭來都是一死，那這樣等於得痛苦更久。」

李爾突然轉向他，欲言又止，看得出來他努力克制住自己，隨後又把視線轉回孩子身上。光線逐漸盈滿整間房間，其他五張床鋪上扭動著幾個呻吟中的身影，但像是說好了似的全都壓低了音量。唯獨房間盡頭的病人，每隔一段時間就會輕聲尖叫，聲音中似乎驚訝多過於疼痛。看起來就好像連病患都不像一開始那麼恐懼了，他們現在對這疾病抱持著一種默許贊同的態度，唯有這孩子還竭盡全力頑強抵抗。李爾偶爾會摸摸他的脈搏，但其實沒有這個必要，只是藉此逃離他眼前那無能為力的狀態，當他閉上眼睛，感覺到這脈搏跳動與自己熱血洶湧攪動交融，他與這受盡折磨的孩子合而為一，試圖用自己尚存的精力支持這孩子。然而兩人才一結合，彼此的心跳節奏便脫節走調，孩子離他而去，他的努力化為烏有。他放開這羸弱的手腕，回到原來的位子。

石灰牆上陽光由粉紅轉為金黃，玻璃窗後劈劈啪啪響起了這一早的炎熱，格藍走時說著他會再回來，但幾乎沒人聽到，大夥兒全都專心等著。孩子仍雙目緊閉，情況似乎穩定些。爪子般的手，輕輕刮著床沿，接著手抬了起來，抓抓膝蓋上的毯子，突然之間，孩子彎起雙腿，將大腿貼近肚子，然後就不動了。這時他首度睜開雙眼，注視眼前的李爾，凹陷的臉龐有如蒙上一層灰泥般僵硬不動，嘴巴張開。幾乎一張嘴就發出一聲長長、持續不斷的嘶吼，幾乎不受呼吸影響，剎那間病房內充滿這單調、不協調的嘶吼聲，極度不像人聲，彷彿是所有人類集體發出的抗議聲。李爾咬緊牙關，塔胡轉過頭去，藍伯往床邊靠近，站到卡斯特身旁，而卡斯特也把原本膝上的書闔上。潘尼魯看著這張稚嫩小嘴，遭病菌侵襲後，發出一聲劃越人類各個世紀的死亡怒吼。他不禁跪倒在地，所有在場的人都不覺突兀，全都聽著他在這綿長、無名的嘶吼抗議聲下，用粗啞卻清晰的聲音說出：「主啊，救救這孩子吧。」

然而孩子繼續嘶吼，身邊其他的病患也躁動起來。病房另一端的患者，原本就低吟尖叫聲不斷，如今更加快節奏，成了一股真正的嘶吼，在此同時，其他人的呻吟聲也愈來愈大聲。病房裡哭喊聲浪，洶湧流竄，淹沒了潘尼魯的祈禱聲。緊緊抓著床架的李爾則閉上雙眼，疲憊與噁心厭惡之感席捲全身，恣意肆虐，令人發狂。

當他再度睜開雙眼，發現塔胡就在身旁。

「我得走了，」李爾說：「我再也受不了這些。」

但其他病患突然全都安靜下來，醫生這才意識到孩子的嘶吼聲變弱，愈來愈小聲，在前一刻也歸於沉寂。周遭的呻吟聲再度響起，但更為隱微，彷彿遙遙回應著這場剛剛結束的戰鬥。是的，結束了。卡斯特走到床的另一側，宣告這一切都結束了。孩子仍舊張著嘴，但已寂然無聲，躺在凌亂的被毯當中，頓時顯得更為瘦小，臉上還殘留著淚痕。

潘尼魯來到床邊，打了個降福的手勢。接著撩起長袍，從中央通道走了出去。

「一切都得從頭來過？」塔胡問卡斯特。

老醫生搖搖頭。

帶著一臉僵硬的笑容，他說：「也許吧。但畢竟他也撐了頗長一段時間。」

此時，李爾已經快步走出病房，但腳步倉促，神情激動，所以當他經過潘尼魯身旁時，潘尼魯伸手拉住他。

「醫生，別這樣。」他說。

李爾猛然回頭，爆聲怒吼：

「拜託，這一個！至少他是無辜的，您心裡清楚得很。」

接著轉頭離去，早潘尼魯一步走出病房大門，來到學校操場的另一頭，走到積滿灰塵的小樹群中，找了張長凳坐了下來，拭去業已流入眼裡的汗水。他很想再大喊幾聲，好把心中那盤根扭絞的死結打開。氣溫漸升，熱氣緩緩從無花果樹的枝椏間流洩而下。清晨的藍天很快就蒙上了一層白濛濛的薄雲，讓人感覺更為悶熱。李爾癱坐在長凳上，仰望天空、枝葉，呼吸慢慢平緩下來，疲憊感也漸漸壓了下去。

「為何對我怒吼？」背後一個聲音響起：「我也一樣，也無法忍受眼前這一幕。」

李爾轉向潘尼魯。

「說的也是，請原諒我。」他說：「但疲憊是一種瘋狂狀態。有時候在這城內，我只能感覺到自己那滿腔憤怒、起而反抗的心。」。

「我懂。」潘尼魯喃喃說道：「這種事令人憤慨激昂，因為它超乎我們的理解範圍，但也許我們應該去愛這些我們無法理解的事。」

李爾驀然直起身子，用盡全身的力量與熱情看著潘尼魯，搖了搖頭。

「不，神父。」他說：「我對愛有不同的看法。我到死都絕不會接受這個連孩子都要折磨的創世主及其世界。」

潘尼魯的臉上罩上一層煩亂震驚的陰影。

「醫生啊。」他哀傷地說：「我剛剛才明白何謂恩寵。」

但李爾又重新癱在長凳上，疲憊再度襲來，他語轉柔和地答道：

「這是我沒有的東西，我知道。但我不想與您討論這個，我們能攜手合作，是因為有個超越瀆神與祈禱的東西讓我們結合在一起。這才是唯一重要的。」

潘尼魯在李爾身邊坐下，一臉感動。

「對。」他說：「您也是為了人類的救贖在努力。」

李爾勉強一笑。

「人類的救贖，這高帽我戴不起，我沒那麼遠大宏願，我只關心人的健康，人的健康擺第一。」

潘尼魯有點遲疑。

「醫生。」他說。

但話又打住。他額頭也開始揮汗，咕噥著一句「再見」，一邊起身，眼中閃閃發亮。他正準備離開之際，原本沉思中的李爾也站了起來，朝他走近。

「還是要再說聲對不起。」他說：「這種火爆場面不會再發生了。」

潘尼魯伸出手，哀傷地說：

「但是我沒能說服您。」

「這有什麼關係？」李爾說：「我痛恨的是死亡與苦痛，這點您很清楚。不管您是否願意，我們都要一起承受，齊心對抗。」

李爾握住潘尼魯的手。

「您看。」他迴避神父的目光說道：「現在連上帝也無法將我們分開了。」

自從加入衛生小組，潘尼魯就沒離開過醫院及其他疫情延燒之處，在救助者的行列中，他總是站在他認為他該在的地方，也就是第一線。死亡的場景他沒少看過，雖然原則上他有血清的保護，但自己可能死亡的憂慮，他也並不陌生。他先前似乎都非常冷靜以待，但自從他目睹了那孩子漫長的死亡過程，他似乎變了。臉上神情日益緊繃，有一天，他笑著跟李爾說，他正在寫一篇短論文，題目為：「神父可否就醫治療」。醫生感覺事情不像潘尼魯的口氣那樣輕鬆，當醫生表示想看看文章時，潘尼魯回說他得在一場男性教友的彌撒上布道，屆時他至少會提到自己的幾個觀點。

「醫生，我希望您能來聽，這題目您會有興趣的。」

神父第二次布道時，狂風大作。老實說，現場聽眾不如上次踴躍，因為市民對這種大型布道已失去了新鮮感。就小城現正經歷的這場風風雨雨來看，「新鮮」一詞也已完全失去意義。再者，即使大多數的人尚未完全放棄宗教上應盡的義務，或者尚未同時縱情於不道德的私生活中，但他們還是以十分不理性的迷信取代了日常的宗教行為，與其上教堂做彌撒，他們寧可戴上聖洛克的徽章或護身符。

這點可從市民毫無節制地沉迷各式預言之中，看出端倪。春天的時候，大家都等著疫情可能隨時會結束，沒人會去問旁人疫情究竟會持續多久，因為所有人都深信不會太久。但隨著時日一久，大家開始擔心這苦難會真的永無終止的一天，於是，疫情結束便成為眾人一致的期望。結果，不管是占星師還是天主教聖徒的預言，在大眾間廣泛地流傳著，城裡幾家印刷廠很快就嗅到這股熱潮帶來的商機，大量印行這些坊間流傳的種種預言。後來發現讀者的好奇心難以滿足，他們又到市立圖書館，從各種稗官野史中找到類似見證，然後在城裡廣為散布。當這些書上記載的預言也用完了，他們便請記者撰寫。結果證明記者至少在這一方面上的能力絕不亞於古代先賢。

有些預言甚至在報上連載，正如無病盛世時的連載言情小說一樣，受到讀者熱烈的歡迎。這些預測中有一部分是根據一些詭異的數字來推測，如該年的年份、死亡數字以及疫情已經蔓延幾個月等等。其他的則是對照歷史上的幾次大瘟疫，從中擷取相似之處（預言中稱之為常數），然後再經過同樣詭異的計算方式，聲稱可以推出當前疫情的相關資訊。但最受大眾青睞的無疑就是那些啟示錄般的末日預言，宣稱將會發生一連串的事件，而其中每一件都可能在歐蘭城上演，因為這些事件都相當錯綜複雜，你要怎麼解釋都行。諾斯特達姆斯[2]與聖歐蒂[3]，因而成為人們每日諮詢的對象，而且都會有所收穫。此外，這所有預言還有個共通點，就是歸根

2 諾斯特達姆斯（Nostradamus, 1503-1566），法國醫生、占星家、著名的預言家，以四行體詩寫下重要的預言集《百詩集》（Les Prophéties），其文風隱晦，時至今日，此書仍相當暢銷。

3 聖歐蒂（Sainte Odile）。七世紀亞爾薩斯地區的一位盲女，當時一位愛爾蘭的主教見到異象，異象中上帝令他到亞爾薩斯地區舉行受洗典禮。當聖油碰到這位盲女的雙眼時，其視力便立即恢復了，她也因此被取名為歐蒂，意即「光之女」（fille de la lumière）。

究柢，都讓人感到安心。然而，唯有瘟疫不然。

在我們市民的心中，這些迷信取代了宗教，也因此潘尼魯的布道會上只坐了四分之三滿。布道的當晚，當李爾抵達，一股股風灌進教堂，把大門吹得啪啦啪啦響，陣陣的風在聽眾間流竄。在這寒冷、寧靜的教堂中，現場清一色都是男性聽眾，李爾找了個位子坐了下來，看著神父步上講道臺。神父這回說話比前一次溫和，也更為深思熟慮，聽眾好幾次都注意到神父語帶猶豫。而且很奇特的是他不再說「你們」，而是用「我們」。

然而，他聲音愈來愈堅定，一開始他說這幾個月來，瘟疫一直與我們同在，如今大家應該對它有比較深刻的認識了。因為我們經常看著它與我們同桌，守在我們心愛之人的床頭，伴我們同行，還在工作地點等著我們到來，因此現在我們或許比較能領悟它一直想傳達的訊息；起初，大家過於驚駭失措，也許沒能好好聆聽。潘尼魯上回在同一地點的布道內容，仍是正確無誤的，至少他如此堅信。然而，也許就像我們每個人都可能發生這樣的情況，就是他當時思考的方式和講述的過程，缺乏仁慈，對於這點他深感懊悔。但不管如何，所有的事皆可從中記取教訓，這點是不會改變的。即使最殘酷的試煉，也仍是基督徒的良藥。也因此，基督徒在這種情況下，更應該去找尋他的良藥，而這藥是哪幾味組成的，該如何取得。

這時候，李爾四周的人似乎都把身子靠在扶手把上，盡可能讓自己坐得舒服。入口的一扇襯墊門發出輕輕的撞擊聲，有人起身去關好，這動作讓李爾一時分了心，沒聽清楚潘尼魯接下來講的。神父大致上就是說不該試圖去解釋瘟疫這事件，而是要從中學習。李爾聽得懵懵懂懂，大抵就是神父認為沒有什麼好解釋的。當神父大聲提到上帝時，他又重新專心聆聽，神父說有些事從主的角度來看，是可以解釋的，有些則不然。這世上必然有善惡之別，通常對我們而言要區別善惡，是輕而易舉的；但若要在惡之中再細分，那便不太容易了。舉例來說，有所謂看似必要的惡及看似毫無用處的惡；有下地獄的唐璜與孩子之死。如果浪蕩子被殲滅剷除是罪有應得，孩童受苦卻令人不解。事實上，這世上最重要的莫過於孩子的苦痛與其伴隨而來的恐懼，以及這樣的苦痛存在到底理由為何。在人生的其他階段，上帝讓我們一帆風順，直至今日，宗教毫無貢獻。現在則不同，祂把我們逼到牆角，令我們受困於瘟疫高牆腳下，在其死亡陰影下尋求自身的救贖。潘尼魯神父甚至拒絕採用那些能讓他翻牆而過的簡單捷徑，他原本大可說有個幸福永生等著孩子，而這永恆的喜樂可以彌補孩子所受的苦難。但其實他對此根本一無所知，確實有誰能斷言永恆的喜樂可以彌補短暫的人世苦難呢？總之絕不會是基督徒，因為他們的主便曾經歷過肢體與靈魂的苦痛。不，神父將會繼續留在牆下，忠於這象徵十字受難的苦刑，面對孩童痛苦地將手腳大大展開，看著他所受的一切磨難。他要無所畏懼地對今天前來聽他布道的人說：「弟兄們，考驗的時刻到了。不是全盤相信，就是全盤否定，但你們之中，又有誰膽敢全盤否定呢？」

李爾心裡才在想神父此番言論近乎異端時，神父的聲音再度響起，他鏗鏘有力地宣稱這項指令、這項純粹絕然的要求，正是基督徒的救贖，也正是他們的美德。神父知道他接下來要說的美德有點偏激，可能會讓許多習慣於比較包容也比較傳統道德觀的人感到震驚，但瘟疫期間的宗教有別於太平盛世，如果上帝容許，甚至是希望人類的靈魂在幸福時光中安歇享樂，然而在極度痛苦的時期，祂也會對靈魂有著極端的要求。今天上帝賜予祂的子民一項恩典，就是將他們丟入苦痛深淵，讓他們不得不去找回並實踐最極致的美德，就是全有或全無。

上個世紀，有一位瀆神的作者聲稱要揭露教會的祕密，便是煉獄其實並不存在。言下之意就是沒有折衷之道，不是天堂就是地獄[4]；眾人依其所選，若非得到永生，便是打入地獄。在潘尼魯看來，唯有不信教的靈魂才會抱持如此的異端思想。因為煉獄確實存在，然而在某些時代裡，我們無法寄望煉獄，因為沒有小罪可言，一切罪惡都該死，一切冷漠的態度都罪大惡極。不是全有就是全無。

潘尼魯說到這裡暫時打住，此時，李爾更清楚地聽見門縫下傳來呼呼的風聲，外頭風勢似乎增強了。神父在這同時又說起，他剛所謂全然接受的美德，並不能採用平常那樣狹義的詮釋，這種美德並非一般的逆來順受，也甚至不是較難做到的謙遜，而是屈辱，但是一種受辱者同意的屈辱。確實，孩童的苦痛對人的心靈與理智都是一種屈辱，但也正因如此，我們才必須正視它。潘尼魯跟信眾保證他接下來要說的，其實非常難以啟齒。就是大家必須企盼它，因為這便是主的企盼。唯有如此，基督徒才能盡一切力量，不顧一切，且在毫無其他選擇下，深入這根本選擇的核心。為了不論落到完全否定的地步，他會選擇全盤相信。時下教會中有一些勇敢的婦女，她們聽說淋巴膿腫是身體排出感染病菌的自然管道，便祈求：「我的主啊，請給他膿腫吧。」基督徒就該像她們那樣，即使無法理解也要完全臣服於上帝的旨意。我們不能說：「這個我明白，但無法接受。」而是應該撲向上帝給予的這所謂無法接受的核心，來做出我們的選擇。孩子的苦痛就是我們苦澀的餅，少了這餅，我們的靈魂也將死於精神上的飢餓。

每當潘尼魯神父稍作停頓，底下便發出隱隱約約的騷動聲。此時，底下又傳來陣陣騷動聲，但神父卻出乎意外地拉高音量，假裝以聽眾的立場發問：那麼究竟應該採取何種行為來面對呢？他早猜到大家一定會說出宿命論這可怕的字眼，老實說，只要能再加上「積極」二字，他並不反對。但他要再度強調，切勿仿效他上回提到的那些阿比西尼亞基督徒，更不能學那些染上瘟疫的波斯人，把他們的舊衣丟向由基督徒組成的衛生小組，同時大聲向上天祈求，讓這些不虔誠的信徒染上瘟疫，因為他們竟然想要對抗上帝降下來的懲罰。但也不能反之就去仿效開羅的那些僧侶，在上個世紀瘟疫肆虐期間，他們用小鉗子夾聖餅發給信徒，以避免碰觸到那些溫熱、濕潤、可能藏著病菌的嘴唇。波斯染疫者跟開羅僧侶都同樣有罪，因為前者不把孩子的苦難當一回事，而後者則正好相反，常人面對苦難時自然升起的那份恐懼淹沒了一切，兩者

4 天主教認為有天堂、煉獄及地獄三層，而地獄及煉獄的差別在於，落入地獄則永無翻身之日，若是小罪則在煉獄中洗滌罪行，終得升天；而新教則不承認有煉獄的存在。

都迴避了真正的問題，對於上帝的聲音充耳不聞。不過潘尼魯還想舉其他例子，如果馬賽大瘟疫的記載屬實的話，當時慈恩修道院內的八十一位修士，僅有四位逃過瘟疫，倖存下來；而這四位之中，又有三位最後逃離了修道院。當年的編年史家如此記載，而他們的職責也就只是忠實記錄，未多加分析。但當潘尼魯神父讀到這裡的時候，心裡想的就是那位無視院內的七十七具屍體，尤其無視三位弟兄的叛逃，卻還是選擇獨自留下來的人。神父握起拳頭，敲著講道臺的邊緣，高聲呼喊：「我的弟兄們，我們要當留下來的那個人。」

這並不意味著要拒絕採取防範措施，這措施是社會針對疫情所造成的混亂而制定的明智策略，以維繫正常的社會秩序。也不該聽從那些道德論者大放厥詞，認為必須下跪臣服，放棄一切。大家只需開始邁出步伐，在這片黑暗之中，些許盲目無措地努力摸索前行，試著行善積德便是。至於其他的，就只能交給上帝並信賴祂，即使面對孩子的死亡亦然，不能去尋求個人的解決手段。

說到這裡，神父提起馬賽瘟疫期間的一位尊貴人物——貝爾宗斯主教。他說到了疫情尾聲時，主教把能做的都做了，以為再無其他方法，於是便備妥糧食，把自己關在高牆圍繞的家中。處於極度苦痛中的人們常出現情緒上的激烈反彈，於是那些原本視他為偶像的市民們，開始對主教大感惱火，不但將屍體搬去堆在主教家的四周，企圖讓他染病，甚至還將死屍丟進牆內，好讓他必死無疑。主教因最後一時的意志薄弱，自以為可以與死亡世界全然隔絕，未料死屍卻從天而降，落在他頭上。所以我們呢？我們應該說服自己，在這場瘟疫風暴當中是沒有避險小島的，也沒有任何折衷之道。我們只能接受這殘酷現狀，只能選擇恨上帝或愛上帝，但有誰膽敢選擇恨上帝呢？

「弟兄們。」潘尼魯最後總結：「上帝的愛是一份嚴厲的愛，他要求我們全然放棄自我，蔑視自我。但唯有這份愛能抹去孩子的苦痛及死亡，也唯有這份愛能讓這苦痛成為必要，因為不可能去理解這份苦痛，便只能接受。這就是我想跟你們分享的教訓，嚴酷的教訓。這便是信仰，在人類眼中看似殘酷，但在上帝眼裡，卻是關鍵，我們必須不離信仰。在這可怕的景象裡，所有人都應是平等的。在這山巔之上，一切交融混和、弭平歸一，真理便從這看似不公的表象中湧出。正因如此，在法國南部的許多教堂裡，瘟疫受難者在內殿祭壇的石板下長眠數百年。神父們在這些墓塚上的祭壇傳教，他所宣揚的精神便從底下這些屍骨，這些包含孩童在內的屍骨，源源湧現。」

當李爾走出去的時候，一陣強風灌入半掩的大門，撲上信徒們的臉龐。教堂內瀰漫著一股雨水的味道及人行道的潮濕氣味，大夥尚未走出教堂，對外頭的天氣便知一二。一位老教士和年輕執事走在李爾前頭，他們這會走出大門，風大到他們的帽子快被吹飛了。儘管如此，年長的那位還是不停評論著這次的布道。他很佩服潘尼魯的口才，但對於神父一些大膽的想法，感到憂心。他認為這次布道流露出的不安更多於鼓舞的力量，而像潘尼魯這把年紀的神父沒有不安的權利。年輕執事在強風中低頭而行，一邊說著他跟神父經常來往，知道他觀念上的轉變，他相信神父隨後的論文將更為大膽，教會方面很可能不會發給他出版許可。

「他到底在想什麼？」老教士問。

兩人來到教堂廣場上，四周狂風怒吼，打斷了年輕執事的話，等到終於能開口時，他只說了：

「教士如果去看醫生，這是很矛盾的事。」

聽了李爾轉述潘尼魯的布道內容後，塔胡說他認識一位神父在戰爭期間看到一個年輕人雙眼被砲火炸瞎後，而失去了信仰。

「潘尼魯說得有道理。」塔胡說：「當看到無辜者被炸毀雙眼，基督徒要不就是失去信仰，要不就只能接受這雙眼被炸毀的事實。潘尼魯不願失去信仰，所以他會堅持到底，這就是他想表達的。」

接下來發生了一些不幸事件，這期間潘尼魯的行為讓身邊的人都感到大惑不解，而塔胡的這番觀察是否能讓事情稍微明朗一點呢？屆時再來論斷。

布道過後幾天，潘尼魯便忙著搬家。這段期間，受疫情發展之影響，城裡經常有人搬家。正如同塔胡不得不搬離旅館住到李爾家，神父也同樣得離開原先教會為他安排的住所，去跟一位經常上教堂且尚未染上瘟疫的老人家同住。搬家期間，神父備感疲憊與焦慮，這也使得房東太太不再敬重他，因為當老婦人熱烈吹捧著聖歐蒂的預言有多靈驗，神父應是出於過度疲憊，而略顯不耐，之後不管神父多麼努力想讓老婦人至少表現出親切中立的態度，都徒勞無功。他已經留下一個壞印象。每天晚上回到滿是針織蕾絲飾品的房間之前，他都得注視著女主人坐在客廳的背影，聽著她頭也不回，冷冷地說：「神父，晚安。」就是在這樣的一個晚上，他就寢前感到頭痛欲裂，彷彿裡頭有把鐵錘不斷地敲打，而蟄伏多日的高燒，如洪水潰堤般宣洩而下，湧向手腕及太陽穴。

後來發生的事只能從女房東口中得知。那天早上，她照例起個大早，過了一段時間都沒見到神父走出房門，她感到很驚訝，躊躇良久後終於決定去敲門。打開門，發現神父徹夜未眠，還臥床未起，不僅胸悶難受，臉色也脹得比平日還紅。據她自己的說法，她禮貌詢問他需不需要請醫生來，卻遭神父斷然拒絕，令她十分遺憾，她只好退出房間。稍晚，神父搖鈴請她進房。神父首先對剛剛情緒一時失控道歉，同時說明自己不可能染上瘟疫，因為完全沒有症狀，這應該只是一時疲憊罷了。老婦人鄭重回答說方才的提議並非基於這樣的顧慮，她並未考慮到自身的安全，因為她的個人安危，早已交到上帝手上；而是顧及神父的健康，因為她覺得自己也得負一部分責任。神父沒再接話，據女房東自己說，她為了善盡她的本分，再次提議需不需要請醫生來。神父又再度拒絕，但補充了一些讓老婦人甚感困惑的解釋。她好像只聽懂神父之所以拒絕看醫生，是因為這有違他的原則，而這也正是最令她不解之處。最後她想這房客應該是發燒到神智有點不清，她能做的也就只是給他泡杯花草茶罷了。

老婦人仍決心善盡這情況下該她擔起的一切義務，便每隔兩個小時去探視一下病人。最令她訝異的是神父一整天下來都一直呈現極度的躁動不安，一下子掀開被毯，一下子又蓋回來，而且老是用手去擦拭那流著汗的前額。他還經常坐起身來想清清喉嚨，但卡著一口濃痰，咳嗽聲顯得沙啞混濁、濕潤黏稠，咳得彷彿撕心裂肺一般，仍無法將喉嚨深處那團棉絮物連根抽起，幾番折騰，他整個人往後一攤，筋疲力竭。最後，他半坐於床，雙眼直視前方半晌，凝神靜止的目光較剛剛那躁動不安，更顯猛烈。但老婦人擔心惹病患不高興，還是猶豫著沒找醫生，雖然看上去頗為嚇人，但也可能只是普通的發燒而已。

不料到了下午，她試著跟神父說話，卻只得到幾句含糊不清的回答，她又再度提議找醫生，此時醫生卻坐了起來，胸悶氣短但字字清晰說出他不要醫生。這時，女房東決定等到明早再說，如果屆時神父情況仍未好轉，她就要撥打瀚思通訊社每天在廣播中重複至少十幾次的電話專線。始終盡忠職守的她，打算夜裡繼續去探視房客，留意他的狀況。但那天晚上，給神父端了杯鮮泡花草茶過去後，她想小躺片刻，卻一直睡到翌日破曉才醒來，她連忙跑進房間。

神父躺得直挺挺的，動也不動。昨天緋紅的臉龐轉為黯淡慘白，由於雙頰依舊圓潤，感覺更加明顯。神父雙眼盯著床鋪上方的那盞小型彩珠吊燈，老婦人進房時，他轉過頭來看她。據女房東的說詞，此時的神父經歷了一整夜的奮戰，已精力殆盡，無力回應。她問他感覺如何？

神父回說情況不好，說他不需要醫生，只需要把他送到醫院，一切照規定行事。老婦人注意到神父答話的聲音聽來異常地冷漠。驚恐之餘，她趕緊跑去打電話。

李爾在中午抵達。聽完女房東的描述，他只說了潘尼魯說得沒錯，應該已經太遲了。神父看到醫生時，同是那一張漠然無感的表情。李爾幫他作了檢查後十分訝異，竟全無任何腺鼠疫或肺鼠疫的主要症狀，只有肺部出現腫大壓迫的情形。但無論如何，他的脈搏太微弱，整體狀況非常危急，存活的希望渺茫。

「您沒有任何瘟疫的主要症狀。」他對潘尼魯說：「但事實上還是有疑慮，所以我得把您隔離。」

神父像是基於禮貌，詭異的一笑，但沒有說話。李爾出去打個電話，再回到房間裡的時候，他看著神父，輕聲說道：

「我會陪著您。」

神父轉頭望著醫生，感覺回過神來，眼神中似乎又找回某種熱情。他講話困難，口齒不清，無法得知他是否感到悲傷。

「謝謝。」他說：「但教士是沒有朋友的，他們將一切都交給上帝了。」

他請醫生將放在床頭的十字架拿給他，拿到之後，他低頭望著手中的十字架。

到了醫院，潘尼魯始終一言不發，對於所有的治療都逆來順受，但唯獨對手中的十字架，卻再也不鬆手。然而潘尼魯這病例仍難以判別，李爾還是無法斷言，看似瘟疫卻又不像瘟疫。其實好一段時間以來，瘟疫似乎以混淆醫生診斷為樂。但就潘尼魯這病例而言，後續的演變讓這個疑點變得毫不重要。

神父體溫飆升，咳嗽聲愈來愈嘶啞，整天咳個不停。到了晚上，他終於把梗在喉嚨的那一坨咳了出來，是紅色的。在這高燒漩渦中，潘尼魯眼神依舊漠然無感，第二天一早，院方發現他死了，身子一半垂在床外，他的眼神不再表達。院方在他資料卡上寫了：「疑似病例」。

今年的諸聖節[5]與往年不同。當然，氣候倒是合乎節氣地轉瞬間變了天，遲遲不退的暑熱霎時轉涼。此時一如往年，冷風不斷吹來，大片雲朵在廣袤天際間自由追逐，大朵大朵的雲影覆上了大地的屋舍，當雲朵一跑開，十一月那寒冷天光，便金光燦燦地灑落於群屋之上。第一批雨衣開始出現街頭，但閃亮亮的橡膠風衣數量多得出奇。原來是報紙報導了，兩百年前法國南部瘟疫大流行期間，醫生穿起塗了油的衣物來自保。商家趁此機會出清過時的存貨，每個人也都希望穿上這些衣服以求免疫。

然而這些應景的種種光景並無法讓我們忘記墓園內的冷冷清清。往年，每列電車上都瀰漫著淡淡的菊花香，大批婦女湧入親人埋身之所，為他們獻上花束。這一天，人們會試圖彌補這麼多個月以來被隔絕、遺忘的亡者，但今年誰也不願再想起死去的人，因為其實大家已經想得太多了。這一天不再是大家滿懷感傷與些許愧咎來到墓前悼念；這些亡者也不再是大家平日淡忘，而一年就這麼一天，大家前來證明自己沒忘。現在，這些亡者被視為入侵者，眾人想遺忘掉的入侵者。也因此這一年的亡靈節有些被大家刻意跳過。據柯塔所言，現在每天都是亡靈節。塔胡發覺這傢伙講話愈來愈諷刺。

5 法國諸聖節，亦稱萬聖節（La Toussaint）為天主教節日，教會於11月1日舉行彌撒，緬懷所有聖人。而11月2日原為亡靈節，相當於清明節（La Fête des Morts），是民眾上墓園的日子，但因諸聖節這天是國定假日，後來慢慢演變為大家會利用諸聖節這天來憶念亡者，人人手捧菊花，前去掃墓追思。近年來，古代賽爾特民族（Les Celtes）傳統的討糖扮裝萬聖節也慢慢在法國流行起來。

事實上，瘟疫狂歡之火正在火葬爐中燃燒，一天比一天更為雀躍。死亡數字確實未再逐日增加，但瘟疫似乎穩坐巔峰之處，帶著完美公務員的那種精確及規律性，進行它每日的謀殺大計。原則上，專業人士們認為這是個好現象。瘟疫曲線圖從一開始不斷攀升，但現在進入漫長的高原期，令大家感到寬慰，李察醫生便是一例，他說：「這曲線圖真好，真完美。」他估計疫情已經進入他所謂的高原期，再來就只能往下掉，他認為這得歸功於卡斯特的新血清，最近才又幾個病患出乎意料地痊癒出院。老卡斯特沒有反駁他的說法，但心裡仍然認為世事難料，瘟疫史上就曾出現過意外的反撲。長期以來，省府一直希望能有些好消息來安撫民心士氣，但瘟疫從未讓省府如願，這回他們決定召集醫生們來開會，請他們作相關報告，不料就在這個疫情高原期，李察醫生也被瘟疫奪走了性命。

此一事件確實令人震驚，但其實也無法證明什麼，只是政府卻又因此沒頭沒腦陷入一陣悲觀，就像他們之前也是同樣輕率的無比樂觀。至於卡斯特，他只是小心翼翼埋首於新血清的製作。總之，現在所有的公共場所已全被改為醫院或檢疫站，唯獨省府除外。之所以還保留著省府辦公室，純粹是因為有必要留一個開會場所。但整體而言，這時期的疫情相對穩定，李爾籌備的衛生小組，毫無不勝負荷的情形。已經忙得筋疲力竭的醫生與助手們，無須再付出更大的努力，只需持續規律做著這份工作，若可稱之為：超人的工作。先前已經出現有肺部感染的病例，現在更是人數激增，蔓延全城，彷彿一陣風點燃、助長了胸腔內的火勢，咳血症狀，讓病患走得更快。隨著這新變種的病毒，疫情擴散速度可能會加快。老實說，關於這一點，專家們始終意見分歧。但為保險起見，衛生站的所有工作人員還是照舊戴著消毒過的紗布口罩工作。無論如何，乍看之下疫情應該是擴大了，但因為腺鼠疫的病例減少，所以整體數字倒是持衡。

然而糧食補給隨著時間愈來愈困難，因而可能衍生出其他令人擔憂的問題。投機炒作隨之生起，市場上買不到的基本民生食品，被炒成天價，貧窮家庭陷入困境，但富人則幾乎什麼都不缺。帶著絕對公正、無所偏私在執勤的瘟疫，本該強化民眾間的平等關係，但礙於人性慣有的貪婪與私心，情況反而讓人更覺憤憤不平。當然，死亡的公平性依然無可挑剔，但這種公平誰也不想要。飽受飢餓之苦的窮人便更加懷念起鄰近的城鎮，那兒麵包不貴，生活自由。既然歐蘭城餵不飽他們，他們便起了一個不甚理性的念頭，就是覺得政府應該放他們走，以至於到後來有時候在牆上會看到，或在省長經過時也會聽到這口號：「不給麵包，就給空氣。」這充滿諷刺的一句口號引發一些示威抗議，但很快就被弭平，然而任誰都知道事態嚴重。

報紙不用說當然是謹遵上級指示，不計一切代價保持樂觀。據報導，這段期間民眾展現了一種「冷靜祥和的感人典範」，這便是當時的寫照。然而在這閉鎖自封的小城裡是藏不住祕密的，沒有人會對這所謂的「典範」有所幻想。若想了解報紙上所謂的冷靜祥和，只消走一趟政府設置的檢疫所或隔離營便成。敘述者因在他處有要務，無緣得見，因此這裡他只能引用塔胡的記錄。

塔胡正好在札記本上記錄了一段他跟藍伯去參觀市立球場上的隔離營。球場就位在城門邊上，一邊是電車駛過的大道，另一邊則是一片荒地，這片荒地一直延伸到高原的盡頭，歐蘭城便坐落於這高原之上。球場平時就是水泥高牆環繞，只要在四個出入口加設哨兵，裡頭的人便難以脫逃；同樣的，高牆也讓裡頭接受隔離的市民，免受外頭那些人的好奇眼光騷擾。然而裡頭接受隔離的市民，一整天都聽得到但看不到外頭的電車，聽著它們轟轟隆隆駛過，隨著人聲雜沓程度來猜測上下班的時間，他們便能知道自己被排除在外的生活仍在幾尺之外繼續運作著，水泥高牆阻隔出裡外兩個陌生的世界，感覺比活在兩個不同星球還要陌生。

塔胡跟藍伯選了個週日下午去球場，足球員貢扎雷斯也同行。藍伯後來又聯絡上貢扎雷斯，還說服了他來輪班負責球場的監督工作。藍伯得帶他來見見營區主管。三人碰面時，貢扎雷斯對他們說在瘟疫爆發前，這時間是他換上球衣，準備比賽的時刻。但現在球場都被徵用了，自然是不可能了，這讓貢扎雷斯覺得也顯得真的無所事事。這也是他接受這份監督工作的原因之一，但條件是他只在週末工作。天空覆蓋著一層薄雲，貢扎雷斯抬頭看了一下，一臉遺憾，這天氣既沒下雨也不熱，真是踢球的好日子。他極力回想著更衣室大夥塗抹著藥油的味道，擠滿觀眾的看臺，黃褐色球場上那些鮮豔亮眼的球衣，中場休息時的檸檬或檸檬氣泡水，用那清涼暢快有如千百根細針挑逗著乾渴的喉嚨。此外，塔胡還寫著，他們一路穿過郊區那些坑坑疤疤的街道，足球員只要看到小石頭就踢，試著把每顆石頭都一腳踢進陰溝蓋裡，成功踢進，便大喊：「一比〇。」他菸抽完，菸蒂往面前一啐，試著在空中用腳接住。走近球場時，附近玩球的孩子一顆球朝他們飛來，貢扎雷斯迎前接球，穩穩準準地踢還給孩子們。

最後他們走入球場，看臺上滿滿都是人，而球場上則搭滿了數百個紅色帳篷，遠遠可以瞧見帳篷內放著一些寢具用品和一包包的物品。留著看臺是為了讓隔離者在烈日或雨天有個遮蔽之處，太陽下山後，大家都得回到帳篷內。看臺下方規畫了淋浴設備，而昔日的球員更衣室則改為辦公室及醫護室。大多數的隔離者都待在看臺上，有一些人則在場邊晃來晃去，還有幾個蹲在自己帳篷前，無神地瞧著周遭的一切。看臺上的人多半都斜倚著，彷彿在等待著什麼。

「他們白天裡都在做什麼？」塔胡問藍伯。

「什麼也沒做。」

的確，幾乎所有人都空著手、晃著胳臂，無所事事。這麼一大群人聚在一起，卻安靜得出奇。

「頭幾天，這兒熱鬧到聽不見彼此說話的聲音。」藍伯說：「但隨著時間，大夥的話愈來愈少。」

根據塔胡的記載，他說他可以理解這些人，一開始大夥全擠在帳篷內，只能聽著蒼蠅嗡嗡或兀自搔搔癢罷了，一旦發現有人願意聆聽，大夥便把滿腔的憤怒與恐懼嘶吼出來，但後來帳篷開始人滿為患，耐心的聽眾愈來愈少，所以大家也就只能閉上嘴巴並提高警覺。的確好像有一股猜忌的氛圍從那灰濛濛但亮晃晃的天際落下，籠罩著紅色營區。

是的，他們全都一副猜疑的神情，既然被隔離，就不是沒有原因的，每個人的表情看來就是試圖理解為何來到此地，同時又感到恐懼。塔胡看著大夥，各個眼神都如此茫然，被迫離開原來的生活，痛苦難忍。因為不能老想著死亡，所以他們變成什麼都不想。他們就像在度假。「但最慘的是，」塔胡寫道：「他們是被遺忘的一群，而且他們自己心裡也明白。熟識的人已忘了他們，因為他們有別的事要忙，這也很自然。愛他們的人也忘了他們，因為他們疲於奔命想辦法要把他們弄出來。當你一心想著如何才能把人弄出來，最後反倒忘了那個人，這也很正常。到頭來我們發現誰也無法真正想著誰，即使在最苦難的時刻亦然。因為真正想著一個人，是分分秒秒地惦念，心無旁騖，既沒有家事要忙，也沒有蒼蠅騷擾、三餐要吃或身子搔癢。偏偏這裡總是有蒼蠅圍繞，而身子也總是發癢，所以生活並不好過，這點他們很清楚。」

營區主管走過來跟他們說，有位歐同先生想要見他們。他先帶貢扎雷斯去辦公室，接著領其他兩位來到看臺區。歐同先生獨自坐在一個角落，看到他們便起身迎接。他仍是一身同樣的穿著，同樣硬挺的衣領，塔胡注意到唯一不同的是他兩鬢明顯凌亂許多，還有一邊的鞋帶也鬆開了。法官神情疲憊，從頭到尾都沒有正眼看他們。他說他很高興見到他們，請他們向李爾醫生轉達他的謝意。

其他人默不作聲。

過了好一會，法官說：「希望菲利普沒受太多苦。」

這是塔胡第一次聽法官提起兒子的名字，他感覺有些事情變了。太陽西下，斜陽餘暉由雲朵間映照著看臺區，將三人的臉龐染成一片金黃。

「沒有。」塔胡說：「沒有，他真的沒受苦。」

他們離去時，法官仍繼續望向另一側的夕陽。

兩人去跟貢扎雷斯道別，他正研究著輪班表。球員笑著同他們握別，說道：

「至少，我又回到更衣室了，這也很不錯了。」

不久，營區主管送塔胡跟藍伯離開時，聽到看臺區響起一聲巨響，太平盛世時期用來播報比賽結果或介紹球隊的擴音器，這時傳出略帶鼻音的聲音，請隔離者回到自己的帳篷，要發放晚餐了。於是大夥緩緩地離開看臺區，拖著腳步回到帳篷。待眾人各自回到帳篷，兩輛小型電動車（就像在火車站看到的那種）便載著大鍋飯穿梭於帳篷間。人人伸長手臂，車上兩支大杓伸入兩只大鍋中，撈起食物倒入兩個鐵盒內。車子再往前開，到了下一個帳篷，繼續重複著同樣動作。

「很科學的做法。」塔胡跟營區主管說。

「是的。」主管一邊握手一邊滿意地說：「是很科學。」

夕陽落下，雲開天清，營區沉浸在一片柔和清爽的光線中。靜謐的傍晚時分，處處傳來湯匙餐盤的碰撞聲響，蝙蝠在帳篷上空盤旋飛舞，又倏地沒入黑夜之中。牆外的那側有電車駛過，轉彎處車軌摩擦嘰嘰作響。

「可憐的法官。」塔胡走出大門時喃喃自語著：「得幫幫他。但要怎麼幫一位法官呢？」

城裡還有好幾個隔離營，敘述者由於缺乏第一手的資料而不敢妄加臆測，因此無法多說什麼。但他能說的是由於這些營區的存在，裡頭飄出人群的氣味，傍晚時分擴音器那高分貝的廣播，高牆阻絕造成的神祕感以及對這些被孤立的邊緣地帶的恐懼，讓市民們的士氣大受打擊，也讓所有人感到更加惶惶不安，與政府的衝突與摩擦日益頻繁。

十一月末了，早晨變得十分寒冷，傾盆大雨刷過路面，洗淨天穹，閃閃發光的路面映照著一片萬里無雲的藍天。那淡淡的微陽灑落一城冷冷耀眼的光。每日晨間，反倒是入夜之際，氣溫再度溫熱了起來，塔胡就是選了一個這樣的夜晚來跟李爾醫生聊聊自己。

有一天，將近十點時，經過了漫長而疲憊的一天，塔胡陪同李爾去那位哮喘老病號家夜診。舊城屋舍上方的天空，微微發亮；清風徐徐，靜靜吹過幽暗的十字路口。兩人從寧靜的小街走來，一頭栽進老人的叨絮不休，老人告訴他們有些人無法苟同為何老是同一批人嘗盡甜頭，正所謂行得夜路多，必有遇鬼時。老人興奮地想著，搞不好之後就要出亂子了。醫生替他看病時，他就這樣扯東扯西講個不停。

他們聽見上頭有腳步聲，老婦人注意到塔胡一臉好奇，就解釋說有幾個女人家跑到露臺上去了，還跟他們說上面的視野很美，這附近住家的頂樓露臺經常有一側跟鄰棟相連，附近的婆婆媽媽不用出門便能串門子。

「沒錯。」老人說：「上去看看吧。上頭空氣很好。」

他們發現露臺空無一人，倒是擺了三張椅子。其中一邊，放眼望去是一個接著一個的露臺，最遠處靠著黑壓壓、石頭狀的一團，他們認出那是最近的一座山丘。另外一邊，視線越過幾條街道及那看不見的港口後，落在遠方那海天交融的地平線上，朦朧瀲灧，海濤低迴。他們所知的山崖峭壁之後，有一道不明光源的微光規律地閃著：自今年春天以來，航道上的燈塔持續運作，指引那些得改道轉往其他港口的船隻。被晚風吹得清澈璀璨的天空中，繁星點點，晶透閃耀，遠方的燈塔微光不時在天際掃出一道一閃而逝的灰影。微風中傳來陣陣香料及石頭的氣味，四下萬物無聲，一片寂靜。

「好舒服。」李爾說著坐了下來。「好像瘟疫從沒上來過這裡似的。」

塔胡轉身背對醫生，望著大海。

「是的。」過了片刻他才說：「好舒服。」

他說完來到醫生身邊坐下，細細端詳著醫生。微光閃過天際，先後三次。底下的街道傳來碗盤撞擊聲，隨後這棟也傳來大門砰的一聲。

「李爾，」塔胡語氣十分自然地說：「您從來都沒有想過我到底是誰嗎？您把我當朋友嗎？」

「是。」醫生回說：「我把您當朋友。只是到目前為止，我們都太忙了。」

「嗯，那我就放心了。那現在就來段友誼時刻，如何？」

李爾沒說話，只是對他微微一笑。

「事情是這樣的……」

幾條街外，似乎有輛汽車在潮濕路面上滑行許久，車聲遠去後，接著遠方又傳來模模糊糊的叫喊聲，再度打破了這片寧靜。隨後，繁星滿布的穹蒼便沉沉甸甸地籠罩於兩人身上，寂靜再度降臨。塔胡起身走到露臺欄杆旁，面對李爾，坐上欄杆，李爾則一直癱坐在椅子上。看上去，塔胡就只是一個映在天空中的巨大剪影。他說了很久，大致內容如下：

「李爾，簡單來說在我來到歐蘭碰上這疫情之前，我早就已經染上瘟疫了。也可以說我跟大家都一樣。不過有些人也許是不自知，又或許是安於現狀，也有些人是知道而且想逃離。我，就是一直想逃離。」

「我年輕的時候，帶著我那一派天真的想法過日子，也就是沒什麼想法。我不是那種想太多型的個性，一開始就過得中規中矩，凡事順順利利的，我腦袋很靈光，也非常受女人歡迎，如果有些煩惱，也是來得快去得也快。有一天，我開始思索這一切。現在……

「我得跟您說，我以前並不像您那樣窮苦，我父親是位檢察官[6]，地位崇高，但從外表看不出來，他天生就是個好好先生。我母親是個單純低調的人，我一直都非常愛她，但現在先別

6 avocat général 也有人翻譯為佐審官，相當於臺灣司法制度中的檢察官。

提她吧。我父親非常疼愛我，我覺得他甚至曾試圖想要理解我。我現在很確定他之前在外頭拈花惹草的，不過我一點也不會感到憤慨，總之，他的行為就是符合大家一般的期待，也不到驚世駭俗。簡單來說，他不是很特別的人，如今他走了，我才意識到即使他生前不是個聖人，但也不算是個壞人。他走中間路線，如此而已。對這樣的人，我們有種合宜適切的關愛，那種會長長久久的關愛。

「不過他有個很特別的地方：就是他床頭擺著一本大大的鐵路指南。並不是因為他是個常常旅行的人，他不過就是放假時會到布列塔尼半島，去他那間度假小屋而已，但他可以準確無誤地告訴你巴黎到柏林列車的出發和到站時刻，從里昂到華沙應該怎麼轉車，任選兩國首都之間的實際公里數。你有辦法說出該怎麼從布里昂松到夏慕尼去嗎？這恐怕連火車站站長都摸不著頭緒，但我父親可是清楚得很。他幾乎每天晚上都在鑽研此書充實相關知識，對此他覺得頗為得意。我覺得很有趣，也常常考他，再翻指南查證，發現他都沒答錯就開心得不得了。這些小小問答讓我們感情變得很好，他很開心有我這個誠意十足的聽眾，而我也覺得父親在鐵道知識方面的優異表現跟其他領域的成就是一樣值得讚揚的。

「忍不住說了這麼多，恐怕太過強調這位正直好人的重要性，因為說到底，他對我所下的決心其實只有一點間接影響，頂多也就是提供給我一個機會。在我十七歲那年，我父親邀請我去重罪法庭旁聽一個重要案件，他肯定是想讓我看到他最好的一面，我覺得他也想利用法庭上的莊嚴場面，激盪年輕人的想像力，讓我去繼承他的衣缽。我答應了，因為一來可以讓他開心，二來我也好奇想看一看，聽一聽他在家庭以外扮演的那個角色。我什麼都沒多想。之前，我總覺得法庭上的事就跟國慶閱兵或頒獎典禮一樣自然，我其實完全沒概念，也完全不在乎。

「然而，我那一整天下來留下的唯一印象，就是罪犯。我想他真的是有罪，什麼罪並不重要。但這位留著稀疏紅髮的三十來歲小個男，似乎堅決想坦承一切罪行，似乎被自己所做及接下來的處罰嚇得魂不附體，以至於幾分鐘後，我眼裡除了他再也看不見其他的，他就像隻受到強光驚嚇的貓頭鷹，領結沒打正，一直咬著手指甲，只咬右手……總之，無需多說，您也已經明白了，他就是一個活生生的人。

「而我突然間理解到，在此之前，他對我而言，就只是個『被告』，一個方便好用的分類。我不能說我忘了父親，但我心頭整個揪在一起，使我將全部注意力都放在這犯人身上，無法分心。我幾乎沒在聽他們說話，只感覺他們想殺死這個活生生的人，一股奇妙的本能如浪濤般執拗而盲目的將我推向他身邊。直到我父親開始陳述起訴狀時，我才真正醒過來。

「穿上紅袍的父親，整個變了個人，不再是那個好好先生，也不再充滿關愛。嘴裡不停吐出冠冕堂皇的長篇大論，猶如萬蛇鑽動。我聽懂他以社會之名要求判他死刑，甚至要求把他頭砍下來。的確，他只說了：「這個人頭理應落地。」但最終的差別不大，其實結果是一樣的，因為他還是得到了這個人頭，只不過動手的人不是他。而在法庭上從頭聽到尾的我，唯獨和那個不幸的人產生了一種莫大的親密感，一種和父親從未有過的感覺。然而依據慣例，父親仍得參加那美其名稱為罪犯生命的最後時刻，但其實應該稱之為最卑劣的謀殺時刻。

「從那天起，每次看到鐵路指南，就讓我感到深惡痛絕；從那天起，我開始心存恐懼地留意起司法體制、死刑的判決與執行，還留意到父親曾數次參與這謀殺行為，而且都是他得特別早起的日子，想到這就讓我感到一陣天旋地轉。沒錯，碰到這些時候，他都會撥鬧鐘。我不敢跟母親說，但我更仔細地觀察她，發現她跟父親關係已經淡如水，她過著自我放棄的生活。這讓我比較能原諒她，當時的我是這麼想的。但後來想想，其實也無所謂原不原諒，因為她在婚前窮了大半輩子，而貧窮讓她學會了逆來順受。

「您一定等著我說我馬上就離家出走了。其實沒有，我又待了好幾個月，將近一年的時間。但我的心病了。有一晚，父親在找鬧鐘，因為他隔天要早起，結果我整夜沒闔眼。第二天，他回到家時我已經走了。當然，我父親就派人去找我，我去見了他，沒做任何解釋，只是平靜地說要是他強迫我回家，我就自殺。他最後接受了，畢竟他本來就是個性情溫和的人。他跟我講了長篇大論，說想要隨心所欲地過日子有多麼愚蠢（他是這樣詮釋我的舉動，我並未加以反駁），然後又千叮嚀萬囑咐，還強忍住眼眶中打轉的淚水，那些真情流露的淚水。事後，其實是過了很久之後，我會定期去探望我母親，也會因此遇到他。我想對他而言這樣的碰面就夠了。至於我，我並不恨他，只是心中有股淡淡的悲傷。他死後，我把母親接來同住，若不是母親後來也走了，她現在還跟我一起住呢。

「我開頭著墨特別多，是因為這其實是一切的開頭。接下來我會講快一點。十八歲那年，離開了優渥的生活，開始嘗到貧窮的滋味。為了生活，做過五花八門各式工作，都還算做得不錯。但我真正感興趣的是——死刑，我想跟紅毛貓頭鷹把帳清一清，所以我就像人家說的去搞政治，我只是不想變成染上瘟疫罷了。我當時認為我身處的這個社會就是奠基於死刑之上，如果去對抗這個死刑制度，就能對抗謀殺。我是這麼相信的，其他人也這麼告訴我。至今，這想法大部分都還算正確。於是我就跟著一群我喜愛的夥伴們並肩作戰了非常久，我一直都還非常愛他們，歐洲沒有哪一個國家的抗爭活動是我曾缺席的。這就暫且不提了。

「當然，我知道我們偶爾也會給人判死刑，但是他們告訴我為了建立一個沒有謀殺的世界，死幾個人是必要的。從某個角度來看，這話確實也有幾分真實性，但也許我終究無法接受這種真實，總之可以確定的是，我猶豫了，但只要再想到貓頭鷹，我就又可以堅持下去。直到有一天我參加了一場行刑（那是在匈牙利），孩童時揪住我的那種天旋地轉的感覺，又襲上成年的我，讓我眼前一片昏暗。

「您從未看過一個人被槍斃吧？當然沒有，這通常得受邀，而參觀群眾也是事先經過挑選的。所以您就一直停留在圖片和書本上的描述，蒙眼布條，一根柱子，還有遠處站著幾位士兵。其實不然！您知道行刑的槍手其實站得很近，離犯人只有一米半嗎？您知道如果犯人往前走兩步，胸口就會碰到槍嗎？您知道這麼近的距離下，槍手們個個瞄準心臟部位，當所有人都射出大大的子彈後，會開出一個拳頭大小的洞嗎？不，您不知道。這些都是大家不會討論的細節。對這些染疫者來說，睡眠比生命更神聖，我們不該害善良老百姓晚上不得好眠。害好人不得好眠，是非常沒品的行為，有品味就不該堅持，這一點大家都知道。而我，從那時起就沒睡好過，嘴裡也一直殘留著一股沒品的壞滋味，而且一直不斷地堅持，也就是一直不斷地思考這問題。

「我於是理解到，至少我個人在這些漫長歲月裡，一心以為自己是在對抗瘟疫，但其實我從頭到尾都是個染疫者。我發現有數以千計的人都是經過我間接同意而死的，而且他們的死甚至可說是我直接挑起的，因為我認為那些導致他們喪命的行動與原則是正確的。其他人似乎對此毫不在意，至少他們從未主動提起。而我卻覺得喉嚨像打了結，我雖和他們在一起，卻備感孤單。我偶爾提起我的顧慮時，他們要我以大局為重，他們常提出一些冠冕堂皇的理由，讓我吞下那些我難以下嚥的東西。但我回答說照這樣說的話，那些染上瘟疫的大人物，那些穿著紅袍的人，他們也同樣有非常正當的理由，假如我接受了染疫小人物所提出那些不可抗拒的理由或此舉的必要性，那我就無法來否定大人物他們的理由。他們提醒我說如果把生殺大權全交到紅袍加身的大人物手上，那就變成他們是對的一方。但我心想一旦讓步一次，就沒有理由不繼續讓步。歷史的演變似乎證明我的想法是對的，今天大家都在比賽誰殺得多，大夥全都殺紅了眼，想停也停不下來了。

「但無論如何，我在乎的並不是論證分析，而是那隻紅毛貓頭鷹，在這個骯髒卑劣的過程中，幾張滿是瘟疫病菌的臭嘴向一位上了手銬腳鐐的人宣布他就要死了，而且將一切安排妥當，他就在這一夜夜漫長的掙扎折磨之中，睜著雙眼等著自己被謀殺的時刻到來。對我而言，我在意的是胸口的那個大洞，我跟自己說在現階段，至少就我個人而言，我絕不接受這卑鄙的屠殺會有任何正當理由，一個都沒有。對，在能把事情看得更透徹之前，我選擇了這種固執的盲目。

「直到今天，我依然沒變。長久以來，我一直因為自己也曾是個殺人凶手而感到羞愧，羞愧得要命，即使我未曾直接造成他人死亡，即使我是出於善意，但無法改變我也是個殺人凶手的事實。隨著時間的流逝，我只發覺到即使那些高人一等的人也還是難免去殺人或放任他人殺人，因為這是他們的生存邏輯，而在這世界上，我們的一舉一動都有可能致某人於死地。對，我依然感到羞愧萬分，我發現我們大家都身陷瘟疫風暴之中，於是我失去了內心那股平和，到了今天，我仍尋尋覓覓想找回它，我試圖去理解每個人，試圖不要成為任何人的死敵。我只知道該做的都得做，才得擺脫染疫者的身分，也唯有如此，內心的平和才有可能，且即使得不到平和，但至少也能死得心安理得。唯有這個，才能為人類帶來些許慰藉，或甚至帶來解脫；也唯有這個能至少盡可能減低對人類的傷害，或甚至為他們帶來些許慰藉喜樂。也因此我決定拒絕一切導致殺人或為殺人行徑背書的行為，不管是直接或間接殺人，也不問理由正當或不正當。

「這也是為什麼這場瘟疫沒什麼可以教我的了，除了一件事，就是讓我學到得和你一起並肩作戰。我很確定（是的，李爾，您也看到了，我對生命瞭若指掌）每個人身上都有瘟疫，因為這世上無人能倖免。我們得無時無刻小心提防著，別因一時分心，就往別人臉上哈了一口氣，把病菌傳染給他人。這裡頭唯一自然的東西是細菌，其他諸如健康、正直、或純潔，這些都是意志力的產物，而且是一種永不止息、專心一致的意志力。幾乎不會散播病菌的好人，就是最少分心的那位，不僅要有意志力，還要神經繃緊，才能永不分心鬆懈。是的，李爾，當個染疫者是很累人的，但不想當染疫者更累人。也因此大家看起來都疲憊不堪，因為現今每個人都或多或少染上了瘟疫，但這也是為什麼有幾位不想再當染疫者的人會筋疲力竭到了極點，而他們唯一的解脫，就是死亡。

「在那之前，我知道我對這個世界本身已經毫無價值，從我放棄殺人的那一刻起，我就被永久流放了。歷史將由其他人去創造，而我也知道我似乎不能去評斷這些人。要成為一位理性的謀殺者，我還少了一種特質，所以這並非一種優勢。然而現在我願意就做自己，我學會了謙卑。我只能說在這世界上有災難也有犧牲者，而我們要盡可能拒絕與災難同流合污。也許您會覺得這有什麼難，我不知道這是否很容易，但我知道這點是真實無誤的。我聽過無數的論調，險些被沖昏了頭；然而這些論調已經沖昏了相當多人的腦袋，好讓他們都來認同謀殺一舉。我理解到人類最大的不幸就源自於他們用詞模糊曖昧，所以我決定無論說話或行為都要明明白白，清清楚楚，以便能走在正道之上。也因此，我說了世上有災難與犧牲者，如此而已，餘者皆不談。如果因為說了這些，反而讓我自己成為了災難，但這並不是出於我的意願。我試圖當個無辜的謀殺者。瞧，我其實野心不大。

「當然，應該還要有第三種類別，就是真正的行醫者，不過這種人不常見，且這工作應該有相當難度。所以我決定不管在任何情況下，我都選擇站在犧牲者這一邊，以便盡量降低損害程度。與他們同在，我至少可以找找如何能進入第三類別，也就是求得內心的平和。」

說完之後，塔胡晃著一條腿，輕輕踢著露臺。醫生靜默片刻後，微微坐起身子，問塔胡是否知道該走哪條路才能找到內心的平和。

「知道。同情之道。」

遠處傳來兩次救護車的警鈴聲，一開始那模模糊糊的叫喊聲，這回往城邊上靠攏，就在那山石滿布的小丘附近。同時還聽到一聲疑似槍聲。隨後再度恢復寧靜。李爾數著燈塔的光又閃了兩次，微風似乎增強了些，就在此時，一陣海風吹來鹹鹹的大海味。這會兒海浪拍上崖壁的低沉呼吸聲，清晰入耳。

「總之，」塔胡平淡地說：「我最感興趣的，就是如何能成為一個聖人。」

「但您又不信上帝。」

「正是！沒有上帝，那還能成為聖人嗎？這是我目前所知道唯一具體的問題。」

遠處喧鬧聲那一帶突然冒出白亮閃光，隱隱約約的喧囂聲順著風勢，傳至兩人耳中，閃光旋即隱滅，遠處露臺邊上僅僅留下一抹紅霞。晚風止息，人們叫囂聲清晰可聞，接著傳來一記槍聲及一陣人群喧囂，在夜裡都聽得清清楚楚。塔胡起身傾聽，卻再也聽不見任何聲音。

「又有人在城門那兒打架。」

「結束了。」李爾說。

塔胡喃喃自語說永遠都不會有結束的一天，還會不斷有更多的犧牲者，因為這就是自然的法則。

「也許吧。」醫生回答道：「但您知道的，比起對聖人，我對失敗者有著更深的感同身受、休戚與共之感。我想我對英雄主義或聖人行徑都不感興趣。我只對如何當個人感興趣。」

「是，我們的目標相同，只是我的野心比較小。」

李爾以為塔胡在開玩笑，便轉頭看他。但在夜空微光下，他看到一張憂傷而嚴肅的臉。又起風了，李爾感覺風吹上皮膚溫溫熱熱的。塔胡振作起精神來。

「您知道我們該做點什麼來慶祝我們的友誼嗎？」他問。

「您想做什麼都行。」李爾說。

「來泡個海水浴。即使對一位未來的聖人而言，這都算是項高尚的娛樂。」

李爾面露微笑。

「拿著我們的通行證，我們可以到防波堤那兒。把生活全然局限於瘟疫之中，實在太愚蠢了。當然，人類應該為犧牲者奮鬥，但如果從此斷絕一切喜愛享樂，那奮鬥的意義何在？」

「說得好。」李爾說：「我們走吧。」

過了一會兒，車子在城門前的柵欄停了下來。月亮已經高掛天空，皎潔柔白的月光下，淡淡陰影四處散落。在他們身後，是層層疊疊的歐蘭小城，從城內吹來一股溫熱、充滿病氣的風，將他們推向大海。他們出示證件後，守衛檢視許久才放行，他們經過一片放滿木桶的空地，穿越滿是酒氣與魚味的區域，朝著堤防走去。快要抵達時，一陣碘與海藻香氣撲鼻而來，宣告著大海近在眼前，接著就聽到大海的聲音。

防波堤上巨石腳邊傳來大海輕柔的低吟，他們爬上石塊，大海躍入眼簾，厚如絲絨，柔軟滑順如頭野獸。他們坐到面海的大石上，海水緩緩膨脹鼓起，又緩緩消落退去，水面上一層油亮泛光隨著大海這平靜的呼吸節奏一閃一滅。在他們眼前，是無垠的黑夜。李爾用手指去感受石塊那坑坑疤疤的面容，內心盈滿一種奇特的幸福感。他轉向塔胡，彷彿看到友人平靜嚴肅的臉龐上，也洋溢著同樣的幸福，那種一切都未曾遺忘，甚至連謀殺也都記得的幸福。

他們脫下衣服，李爾先跳入海中，剛入水覺得水很冷，再浮上來時覺得水是溫的。游了幾下，他便知道今晚的海水是溫的，秋季的海洋吸收了大地漫長數月以來所儲蓄的熱量。他規律地游著，他踢動雙腳，在身後留下一條泡沫水痕，海水順著手臂滑過，緊緊靠向雙腿。聽見重重的嘩啦一聲，他知道塔胡也下水了。他翻過身來仰望天際，一動也不動，看著星月滿天的穹蒼。他深深吸了幾口氣，聽到拍水聲愈來愈清晰，尤其在這孤獨的靜夜中，更顯得格外清亮。塔胡游近了，不久後便聽到他的換氣聲，李爾再次翻身，游到朋友身邊，以同樣的節奏並肩同游。塔胡游得比他快，他不得不加快速度。有幾分鐘的時間，兩人以同樣的節奏，同樣的力道，孤獨地往前游著，遠離塵世，終於擺脫了歐蘭城與瘟疫。李爾先停下來，然後他們才慢慢往回游，回程突然遇上一道冰冷水流，大海這突如其來的奇攻，讓兩人什麼都沒說，雙雙加快了動作游回岸邊。

重新穿上衣服，兩人一言不發地離開。然而兩人心意相契，留下這一晚溫柔的回憶。當他們遠遠看到瘟疫之城的守衛時，李爾知道塔胡跟他一樣，心裡想著剛才瘟疫把他們給忘了，真好。然而現在又得重新來過。

是的，又得重新來過，瘟疫不會遺忘任何人太久。十二月間，瘟疫在市民的胸膛裡燃燒著，點亮火葬場的熊熊爐火，讓隔離營擠滿雙手空空的幽幽人影，總之它從未停下那堅毅、斷續顛簸的前進步伐。當局原先期望寒冬能阻擋它的行進，然而它安然挺過冬季的第一波寒流，絲毫不受影響。只得再等等。然而由於這種過於漫長的等待，人們最終放棄了等待，全城市民就像活在一個沒有未來的城裡。

至於醫生，曾經擁有的那短暫的平和與友誼時刻也戛然而止，沒有明天。又設置了一間醫院，李爾面對面的對象，只剩下病患。但他發現疫情到了這階段，出現愈來愈多肺部感染的病例，而病患似乎也比較願意配合醫生。病患不似以往陷入發病初期那種消沉或瘋狂狀態，而似乎比較懂得如何做才對自己有利，他們會主動要求對自己最好的療法。他們不停地要水喝，且所有人也要求盡量保暖。在這種情況下，儘管疲憊不減，醫生卻感覺不那麼孤單了。

約莫在十二月底時，李爾收到一封來自歐同先生的信，那位仍待在隔離營的預審法官，他在信中提到他隔離期間已滿，但因行政單位找不到他原先入營的日期，就還繼續將他留在營中，但這肯定是個錯誤。他太太已經結束隔離一段時日了，她到省府去抗議卻受到惡劣對待，省府人員宣稱他們從未出過任何錯誤。李爾請藍伯處理，幾天後，歐同先生前來見他。省府確實是搞錯了，李爾略感憤慨不平，然而身已削瘦的歐同先生舉起虛弱無力的手，字字斟酌說出每個人都會犯錯。而醫生心裡只想著法官變了。

「法官大人，您現在打算做什麼呢？很多案子等著您吧。」李爾說。

「不。」法官說：「我想請假。」

「說得也是，也是該休息休息。」

「不是的，我想回營區去。」

李爾大吃一驚：

「但您才從那裡出來。」

「您誤會我的意思了。我聽說營區行政工作需要志工。」

法官轉了轉圓圓的眼睛，試著把一撮頭髮壓平……

「您知道的，這樣可以讓我有點事忙。而且，說起來有點蠢，但我覺得這樣離我的小兒子近一點。」

李爾看著他，那雙嚴厲死板的雙眼中是不可能突然出現溫柔神情的，然而眼神中先前那股金屬般的冷硬清澈不再，轉為薄霧般濛然。

「當然沒問題。」李爾說：「既然您有意願，我來安排。」

醫生確實幫忙安排妥當。瘟疫之城又重拾原來的生活步調，就這樣一直持續至聖誕節。塔胡到哪都帶著他那有效率的穩重作風。藍伯跟醫生透露，靠著兩位年輕守衛的幫忙，他現在跟妻子偷偷通信，時不時會收到一封妻子的回信。他建議醫生不妨也利用一下他的管道，醫生接受了。他寫了信，這是這麼多個月以來的第一封，也是最難下筆的一封，彷彿失去了某種語言能力。信寄出去了，卻遲遲未收到回音。至於柯塔，發達了，那些投機小生意讓他賺了不少錢。而格藍，這些歲末節慶他過得可苦了。

今年的聖誕節並非福音之日，而是地獄慶典，商店架上空無一物也沒亮燈，櫥窗裡擺著假巧克力或空盒，電車上載著死氣沉沉的乘客，完完全全不像往年的聖誕景象。以前每到這個節日，所有市民不分貧富歡聚在一起，如今卻只有一些特權人士能付出昂貴代價，躲在髒兮兮的商店後方密室，享受那孤獨、可恥的片刻歡愉。教堂裡迴盪著怨懟不滿而非歲末感恩。陰鬱寒凍的小城裡，幾個孩童在大街上奔跑玩耍，對於潛在的威脅仍懵然無知，然而任誰也不敢向他們宣告神來了，往昔那位滿手禮物的神，祂古老得一如人類的苦難，卻也清新得猶如年輕的希望。然而此時眾人心中只能容下一個非常古老、非常陰鬱的希望，一個不讓人類自我放棄、走向死亡，一個單純執拗的求生意志。

前一天晚上，格藍沒有依約前來。李爾替他擔心，一大早就去他家卻沒找到人，他便通知所有人代為留意。約莫十一點時，藍伯來醫院通知醫生說他遠遠看到格藍在街上遊盪，整個臉都變了。接著就不見人影了。醫生跟塔胡隨即開車去找他。

中午天正寒，李爾走出車子，老遠看到格藍幾乎整張臉貼在擺滿粗糙木製玩具的櫥窗上。老公務員臉上，淚水潸潸。這些淚水讓李爾心頭一緊，因為他明白，他感到自己也流下淚水，喉頭整個糾結一起。他也還記得這可憐老人在聖誕櫥窗前的婚約，當時珍妮身子往後靠上他胸膛說自己好開心。珍妮清新的聲音想必穿越久遠的歲月，來到眼前這瘋狂失序的時期，傳入格藍耳中。李爾知道此刻流著淚的老人心裡頭在想什麼，他也有同樣的想法，這個沒有愛情的世界宛如死寂大地，生命總會出現那麼一個時刻，大家厭倦了牢籠，受夠了工作，對勇氣感到疲乏，只想看到某個人的臉龐，感受為愛綻放的一顆心。

格藍在玻璃倒影中看到醫生。轉身背靠櫥窗，看著醫生走過來，淚水依然撲簌簌流著。

「醫生啊！醫生啊！」他喊著。

李爾點點頭表示他懂，卻開不了口。格藍的苦，他感同身受，此刻他心頭上一股狂怒絞著他的心，那是一股當我們面臨人類共同的苦難，所感受到的那種強烈憤怒。

「我知道，格藍。」他說。

「我想找時間給她寫封信，讓她知道……讓她能毫無內疚地感到快樂。」

李爾有些粗暴地拉著格藍往前走。格藍也不抵抗，但還是繼續咕噥著一些不連貫的句子。

「拖太久了，只想一股腦兒全宣洩出來，這是必然的。醫生啊！我看起來很平靜，但我總是得費很大的勁才能勉強保持正常。現在，連這個都做不到了。」

他不再出聲，四肢不停顫抖，眼神猶如發狂。李爾拉起他的手，是燙的。

「得回家了。」

但格藍掙脫開來，跑了幾步，停了下來，他展開雙臂，開始前後搖晃，身子旋轉了起來，最後跌在冰冷人行道上，弄髒臉龐的淚水，仍止不住地流。路人突然止步，遠遠觀望，不敢再前行。李爾只得把老人抱起來。

此時，格藍躺在自己床上，呼吸困難，肺部受到感染了。李爾思忖著，這位市府雇員無親無故的，把他送去醫院又有什麼意義？就讓他自己，還有塔胡來照顧吧……

格藍的頭深陷枕頭中，臉色發青，眼睛黯淡無光，眼神發直望著壁爐那微弱的火光，那是塔胡用木箱碎片點燃的。「情況不妙。」他說。只要他一說話，從那灼熱的肺部深處，便同時傳來奇怪的劈劈啪啪聲。李爾要他盡量別說話，說他晚點會再過來。病人露出詭異的笑容，伴隨著一股溫柔神情。他費力地眨眨眼。「醫生，我要是能脫險，脫帽致敬！」但話才說完，就立刻虛脫倒下。

幾個小時過後，李爾與塔胡回來發現病人半坐在床上，李爾看到他臉上高燒進展如此快速，不禁感到驚恐。但他神智似乎比較清醒，他馬上用一種低沉粗糙的詭異聲音請他們把抽屜裡的手稿拿過來。塔胡把手稿給他，他看都沒看就緊緊摟在胸前，隨後遞給醫生，做了個手勢請他念出來。這份手稿不長，約莫五十多頁。醫生翻了一下，發現每一頁都寫著同樣一句，不斷地重新抄寫、改寫、增增減減。寫來寫去都是，五月、女騎士及森林小徑的各種排列組合。手稿裡還有一些註釋，但有些註釋實在過度冗長，除了註釋外，還列了一些微調版本。但在最後一頁末了，有一行似乎剛寫不久的工整字跡，只寫著：「我摯愛的珍妮，今天是聖誕節……」在這上方，一絲不苟的書寫著那個句子的最後版本。格藍說：「念吧。」李爾也就念了。

「五月一個美麗的清晨，一位苗條的女騎士，騎上了一匹耀眼的栗色牝馬，在一片繁花盛開中，穿梭於森林小徑間……」

李爾沒抬頭看他。

「可以嗎？」老人用他那熱切發燙的聲音問道。

「啊！」老人激動地說：「我知道，美麗，美麗，這個字眼不對。」

李爾握住他放在毯子上的手。

「算了，醫生。我沒時間了……」

他胸口不順，呼吸困難。突然間，他大喊了一聲：

「燒了它！」

醫生有些猶豫，但格藍又重複了一次，那語調如此可怕，聲音如此痛苦，李爾只好把手稿丟入近乎熄滅的火堆中，房內瞬時亮了起來，短暫的火花溫暖著屋內。當醫生走回病人身邊，病人背轉了過去，臉幾乎貼到牆上。塔胡望向窗外，彷彿是個局外人。李爾幫病人打完血清後，跟友人說格藍可能過不了今晚，塔胡自告奮勇願意留下來，醫生接受了。

一整晚，他滿腦子想的都是格藍要死了，誰知到了第二天早上，李爾竟看到格藍坐在床上，正在跟塔胡說話。燒退了，除了全身虛弱無力外，已無其他症狀。

「啊，醫生！」雇員說：「我錯了，不過我會再重寫一次，我全都記得。等著看吧。」

「再等一等。」李爾跟塔胡說。

然而到了中午，狀況沒有任何改變。到了晚上，格藍可以算是已經逃過一劫了。李爾怎麼也想不通他是怎麼起死回生的。

然而約莫在同一段時間，有名女病患被送到李爾這兒，李爾診斷她已經無望了，因此她一到醫院就馬上進行隔離。這女孩有嚴重的譫妄現象，也出現肺鼠疫的所有症狀。但次日一早，燒退了些，醫生認為這和格藍的情形一樣，只是晨間的好轉現象，根據以往的經驗，這並非好徵兆。可是到了中午，體溫並沒有再回升。晚上，也只上升了不到一度。隔天一早，燒就完全退了。女孩躺在床上雖然還是相當虛弱，但呼吸順暢。李爾對塔胡說這女孩的痊癒，完完全全的不合常理。然而同一個禮拜當中，李爾的醫院就出現四個類似的痊癒病例。

到了週末，醫生跟塔胡去看哮喘老病號時，他整個人激動得不得了。

「這下好了。」他說：「又跑出來了。」

「誰啊？」

「老鼠啊！」

四月以來，就再也沒發現過死老鼠的蹤跡。

「會有第二波？」塔胡問李爾。

老人高興得搓著手。

「你們真該看看牠們奔跑的樣子！真教人開心。」

他看到兩隻活老鼠從面街的大門跑進他家。鄰居說他們家也是如此，老鼠又再度出現了。在一些屋子的木造結構中，又再度聽到那被遺忘了好幾個月的嘈雜聲。李爾等著每週一的整體數據公告，結果數據顯示疫情減緩了。

第五部

儘管這個突如其來的疫情趨緩出乎大家意料之外，市民同胞們卻不急著歡心慶祝。過去這幾個月來，大家對自由的渴望雖然與日俱增，但也學會了謹慎，愈來愈不敢寄望疫情能迅速終止。然而，疫情這最新的發展掛在每個人嘴上，大家內心深處都有個沒說出口的遠大希望在蠢動著。其他一切皆退居次要。相較於眼前這不可思議的事實：數據下降了，疫情新的犧牲者也不算什麼了。有些蛛絲馬跡可以看出市民雖未明說，但卻暗暗期待健康時代的降臨，其中之一就是從此時開始，市民儘管一副蠻不在乎的神情，卻主動談論起瘟疫過後的生活將如何重整。

所有人都同意以往那便利的生活並非一朝一夕便可恢復，摧毀總是比重建容易。大家只是估計糧食補給的問題應該可以稍微改善，如此一來，燃眉之急便解決了。然而在這些看似無關緊要的談話中，其實馳騁著一個瘋狂的期望，市民偶爾驚覺到了，便會急忙再強調：不管怎麼樣，也不是一兩天就能永久擺脫疫情的。

確實，瘟疫並未在一兩天內消失，但表面看來，它消退的速度比一般合理的預期還要快。一月初的那幾天，寒流罕見持續發威，彷彿在城市上空凝聚凍結。然而，天空卻是前所未見的湛藍。連日來，天空那亙古寒冽的光線讓全城瀰漫盪漾著永不止息的璀璨光芒，在這純淨清透的空氣中，才短短三週，瘟疫便節節敗退，從它排列出那條愈來愈短的死亡人龍，可見它似已欲振乏力。累積了數月的力量，就在這短短時日內，幾乎全數潰散。看著它讓囊中之物給跑了，例如格藍或李爾治療的那女孩；看著它在某些城區變本加厲肆虐了兩三天，在其他城區卻完全消聲匿跡；看著它週一拉高犧牲者人數，週三又幾乎讓所有人逃過一劫；看著它這樣一下疲軟殘喘，一下猛烈急攻，感覺它忽而暴跳如雷，忽而心灰意冷，自亂陣腳，感覺在它失去冷靜沉著的同時，也失去了那無懈可擊、如機械般完美的效率，這效率原是它的力量所在。卡斯特的血清本來一直不見功效，這會兒突然捷報連連。醫生們之前採取的各種療法都毫無結果，忽然之間似乎個個見效。這回像是輪到瘟疫慘遭圍剿，而它突如其來的一陣衰退便強大了此前顯得疲軟的抗疫部隊。僅僅少數幾回，瘟疫重新振作，一陣盲目的突襲，帶走三四位本該痊癒的病患，他們是疫情中的倒楣人，在充滿希望之際卻被瘟疫所殺。歐同先生便是一例，後來不得不將他撤離隔離營。塔胡說他還真是不走運，但也不知道他是指法官之死，還是說法官活著時運氣不好。

但整體而言，疫情已全線撤退，省府公報一開始的報導讓市民們偷偷懷抱起小小的希望，最後終於讓眾人確信勝利業已在握，瘟疫正在棄守陣地。但事實上，很難說這場仗是否打贏了，我們只能說瘟疫似乎就這麼走了，就像它當初就這麼來了一樣。抗疫戰略從未改變過，昨日無效，今日卻彷彿奏效。我們只覺得疫情似乎自行削弱，也或許它目標全數達成而退兵，有種任務結束的味道。

然而，城裡一切如舊。白天街道上安靜無聲，夜晚湧入同一批人，清一色穿著大衣，披著圍巾。電影院與咖啡館照常營業，但仔細瞧瞧，可以注意到大夥臉上表情變得比較輕鬆，偶爾還會露出微笑。這時才讓人察覺到在此之前，街上沒見過一張笑臉。事實上，幾個月以來一直罩著小城的這層不透明帷幕，剛剛撕開了一個裂縫，隨著每週一公布的數據，每個人都可以觀察到這道裂縫愈破愈大，最終，大家便可以自由呼吸了。一種如釋重負的感覺，但仍相當隱微、有所保留，尚且無法清晰明確地將它勾勒出來。不過，之前大家若聽到有火車開出或船隻進港，又或甚至即將開放車子行駛，大家應該都是半信半疑，然而到了一月中時，大家聽到這些消息卻毫不驚訝。這或許是小事一樁，但事實上，從這極小的改變就可以看出市民在希望之路上的長足進步。而且當民眾心中燃起希望，即便只是最為渺茫的希望，我們可說打從這一刻起，瘟疫的實際統治就結束了。

不過話說回來，整個一月，市民的反應相當矛盾。確切來說，他們擺盪在興奮與沮喪之間。也因此在這統計數據最樂觀之際，竟然還有人試圖逃離小城。不只政府當局，就連城門守衛本身也大感驚訝，因為大部分都成功逃脫。但事實上，這段期間企圖逃離的人不過是順心而為罷了。有些人是因為瘟疫在他們心中種下的懷疑主義已根深蒂固，無法擺脫。「希望」對他們起不了作用。即使瘟疫時代已然結束，他們卻仍活在它的規範中，跟不上事情演變的速度。反之，另一些人則是被迫與心愛之人相隔至今日，在這段漫長的幽禁與沮喪之後，希望之風再度吹起，點燃心中那熱烈急切的心，讓他們全然失控。一想到可能在抵達終點前死去，想到可能再也見不到心愛的人，想到這段時日的漫漫苦痛可能付諸流水，一陣恐懼襲上心頭。儘管被囚禁放逐了數月之久，他們靠著深藏心底的那份堅毅，撐過了漫長等待，然而第一絲希望的出現，便足以摧毀恐懼與絕望都動搖不了的心。他們抓狂般的急急超越瘟疫，無法再亦步亦趨，與它並肩走到最後一刻。

與此同時，種種樂觀的跡象也自然而然冒出頭來，例如我們可以注意到物價開始明顯下降了。單從經濟的角度來解釋，這現象是不合理的，因為情況依舊艱難，城門依舊封鎖，食物補給絲毫沒有改善。所以這純粹是心理反應，彷彿是瘟疫的衰退也影響到各個層面。這時候，原本過著集體生活卻因疫情而被迫分開的人，都感染了這份樂觀。城裡兩座修道院重啟之前的團體生活；軍隊亦然，軍人再度回到未被徵用的軍營，重拾正常的駐防生活。這些小事象徵著重大意義。

眾人內心暗潮洶湧，隱隱翻騰，就這樣一直持續到一月二十五日。那一週，統計數據創新低，省府與醫療委員會商議過後，宣布疫情可算是控制住了。公報上還補上一點，為了謹慎起見，城門將繼續關閉兩週，且防疫措施也將再持續一個月，相信民眾應該都無異議。在這段期間，只要有任何可能二度爆發疫情的蛛絲馬跡，「便維持現狀，並延長各項現行規定。」然而，大家都一致認為這些附註不過是形式化的官樣文章，所以一月二十五日當天晚上，城裡一片歡欣鼓舞。省長為了配合全民的歡騰氣氛，下令恢復疫情前的夜間照明。在冷冽清澈的天空下，市民成群結隊，歡笑喧鬧地湧上明亮閃耀的街頭。

當然還有很多屋舍仍是門窗緊閉，當其他人正在高聲歡呼之際，他們靜靜度過這個夜晚。然而，這些哀悼亡者的人，多數也感到鬆了一大口氣，或許是因為無須再擔心其他家人會慘遭不測，也或許是因為自己也不用再戰戰兢兢，戒慎恐懼。但毫無疑問的，最無法感受這普天同慶的就是此時此刻還有親人染病住院的家庭，而他們自己則是在隔離所或自家中等待著瘟疫願意鬆手放過他們，就像它終於放過了其他人一樣。這些人內心當然也抱著希望，但是他們把這希望預留起來，不到真正有把握的時候，嚴禁預支這希望。他們這番介於苦悶掙扎與歡樂的等待，這份漫漫的靜夜長守，在一片歡欣喜樂的熱鬧中，感覺更顯殘酷。

但這些特例絲毫不影響其他人的愜心稱意。瘟疫可能尚未結束，而它也將再度證實這點。然而在每個人心裡，早就想著火車鳴笛嗚嗚，駛上那沒有盡頭的軌道，船隻穿梭在耀眼璀璨的大海上，但這些都是好幾個禮拜後的事。明天，思緒會沉澱下來，疑心將再度生起。但眼前整座城撼動了起來，走出那些幽閉、陰暗、死寂之處，在此拋下全城的石磐地基，背負起瘟疫餘生者，終於邁開步伐，昂首前行。這天晚上，塔胡、李爾與藍伯一同混入人群之中，跟著大家一起感受腳底下一陣飄飄然。塔胡與李爾雖已遠離大街，然而大街上的歡欣喧囂仍如影隨形，甚至當他們走進無人巷弄之中，走過那一戶戶木窗緊閉的屋舍前，喧囂聲仍縈繞耳際。正因為他們備感疲憊，讓他們分不清木窗後那持續不散的苦痛與迴盪在另一頭街道上的那份歡樂。即將到來的解脫，有張笑淚交織的面容。

喧囂聲一度變得更加響亮、歡樂，此時，塔胡停下腳步。幽暗的路面上，有個身影輕快跑過，是一隻貓。開春以來看到的第一隻貓咪。牠在馬路中間定住不動，猶豫片刻，舔舔腳爪，接著抓抓右耳，又靜悄悄地跑開，消失在黑夜之中。塔胡微微一笑，那個小老頭也會很高興。

但就在這個瘟疫似乎逐漸遠離，躲回它當初無聲無息從中竄出頭來的不明巢穴時，城裡至少有一人為此大感沮喪，那人就是柯塔，如果塔胡的記載可信的話。

老實說，自從統計數據開始下降後，這些札記本的內容變得相當奇怪。是不是累了？字跡變得潦草難辨，主題也經常跳來跳去。而且札記本首度跳脫客觀描述，而加入了個人評論。例如，在關於柯塔的長篇大論中便夾雜著一小段關於啐貓老人的記載。據塔胡所說，他對這人的欣賞絲毫未受疫情影響，不論疫情前後，態度是一樣的，只可惜儘管他滿懷善意，卻無法再繼續關注他，原因不在他。他曾試圖想再看到老人，就在一月二十五日那個歡慶之夜過後幾天，他守在小路的街角。貓咪一如往常，又回到老地方，在陽光灑落處取暖。但到了固定的那個時間，木窗仍緊緊關著。接下來幾天裡，塔胡也始終不見他開窗。他於是下了個古怪的結論，小老頭要不是在生氣就是死了。生氣是因為他認為自己沒做錯，但瘟疫卻待他不公；要是死了，那就跟哮喘老病號一樣，得想想他是否算得上是個聖人。塔胡覺得不是，但認為老人身上有個「跡象」。札記本寫著：「也許，我們最終只能近乎聖潔，在這種情況下，我們必須用一種溫和、仁愛的撒旦作風作為權宜之計。」

札記本裡對於柯塔的觀察記錄中，還零散夾雜著關於格藍與李爾醫生母親的記載。格藍現已康復，又回到工作崗位上，彷彿什麼都沒發生過似的。而醫生母親，塔胡除了寫下同住期間與她的幾次談話外，老太太的態度、她的笑顏、她對瘟疫的觀察，也都仔仔細細記錄在本子裡。塔胡特別著墨於李爾老太太的低調；她總是三言兩語就能表達一切；以及她對某一扇面著靜謐小街的窗戶情有獨鍾，黃昏時總會坐在這窗邊，身子微微坐直、雙手靜靜放著，眼神凝視，直至暮色淹沒整個房間，就在這灰暗光線下，化為一團黑影，這一動也不動的身影慢慢地沒入這愈來愈黯的暮色裡；還特別記載她步履輕盈在屋內走動；記下她的善良，即使塔胡沒有實際例子，但他在她的一言一行中覺察到良善之光；最後還強調她無需思索便一切了然於心。如此沉靜、隱沒，她可以與任何光相抗衡，甚至是瘟疫之光。寫到這裡，塔胡的字跡開始出現奇怪的歪七扭八，接下來幾行潦草難辨，而且似乎為了印證這突如其來的潦草字跡，最後一段文字裡首次觸及隱私。「我母親也是如此，同樣的低調作風，我喜歡她這個部分。我一直想再回到她身邊。八年前的時候，我不能說她死了，她只是比平常更加低調罷了，當我回去時，她人已不在。」

現在得回頭來談談柯塔。打從統計數字開始下降後，這個人想了各種不同藉口來找過李爾數次。總歸都是來問李爾覺得疫情如何發展。「您覺得疫情有可能像這樣毫無預警，說停就停嗎？」他對這點抱持懷疑，至少他是這麼說的。但從他一而再，再而三重複同樣的問題，似乎點出他其實並沒那麼有把握。到了一月中，李爾的回覆相當樂觀，然而這些回覆似乎未能讓柯塔滿意，反而引發他各種不同情緒，從單純的心情不好到整個意志消沉，視情況而定。後來，醫生不得不跟他說雖然數據中充滿希望，但最好還是別高興得太早。

「換句話說，」柯塔說道：「一切都還很難說，隨時可能再次爆發囉？」

「沒錯。就像痊癒復原的速度也可能加快一樣。」

這種不確定感讓眾人惶惶不安，但顯然卻讓柯塔鬆了一口氣。他跟住家附近的商家聊天時，當著塔胡的面，試圖大肆推銷李爾的看法，他確實很容易博得大家的認同。因為在初期勝利的興頭後，許多人心中重新生起懷疑，取代了省府公告後的狂熱興奮之情。柯塔看到眾人憂心忡忡感到十分安心，但也有時候會感到洩氣。「沒錯。」他跟塔胡說：「城門終究還是會打開的。等著瞧吧，到時候他們一個個都不會再理我了！」

在一月二十五日前，大家都注意到柯塔情緒陰晴不定。跟他鄰居及熟人熱絡拉攏了好一段時日，又接連幾天不斷抨擊這些人。至少表面上看來，他一夕之間又縮回自己的窩，過起孤僻的生活。餐廳、劇院及他愛去的咖啡館裡都找不到他的身影。但他似乎又不是重拾疫情前那種單調節制、隱密深藏的生活。他成天躲在屋裡，三餐都請附近餐廳外送。唯有入夜後，才偷偷溜出來採買些必需品。從店家走出來，就鑽入寂寥的無人巷道裡。若撞見塔胡，也是隻字片語就打發過去。接著又會突然活躍起來，逢人便大談疫情，詢問每個人的看法，而且每天晚上還志得意滿地重新投入人群的懷抱。

省府公告當天，柯塔整個人消聲匿跡。兩天後，塔胡遇到他在路上閒晃。柯塔請他陪自己走回郊區。塔胡那天特別累，因此猶豫不決。但柯塔很堅持，整個人看起來很激動，不斷比手畫腳，聲音又急躁又高亢。他問同伴是否真的認為省府的公告能讓疫情畫下句點。塔胡覺得一紙行政公告當然是不足以遏止疫情，但可以合理推測，若沒有意外的話，疫情應該就要結束了。

「沒錯。」柯塔說：「如果沒意外的話。但事情總有意外。」

塔胡提醒他說，省府就是怕有意外，所以規定了兩週後才能重開城門。

「做得好。」仍一派陰鬱與激動的柯塔說：「因為照這事演變的態勢來看，他們那公告很可能是白忙一場。」

塔胡相信這也是有可能的，但最好還是做好城門即將開啟，一切回歸正常生活的心理準備。

「姑且這麼想吧。」柯塔對他說：「不過您所謂的回歸正常生活是什麼意思？」

「電影院會上映新片。」塔胡微笑著說。

但柯塔毫無笑容。他想知道這是否意味著疫情不會改變任何事，城市如昔，一切照舊，彷彿什麼都沒發生過一樣。塔胡認為瘟疫過後，這座城可能有所改變，也可能沒有改變。當然了，市民們最希望的就是當作什麼都沒發生過。也因此，從某方面來說，也許什麼都不會改變，但另一個角度來看，即使有再強大的意志力，你也不可能全盤遺忘，至少在每個人的內心裡，瘟疫會留下它的印記。柯塔斷然說他對人心毫無興趣，這甚至是他最不在意的事。他想知道的是組織本身會不會有所蛻變，譬如所有公家單位是否還能像以前一樣運作。塔胡不得不承認他對此一無所知。在他看來，這些公家單位在疫情期間被攪得一團亂，要重新上軌道必然有些困難，也很可能會出現很多新的問題，讓他們不得不至少對舊有單位加以重整。

「喔！」柯塔說：「所以確實所有人很可能都得重新來過。」

兩人走著走著來到了柯塔住處附近。柯塔這時又振奮起來，力求樂觀。他想像著小城重啟，抹去過往，從零開始。

「是的。」塔胡說：「也許您那些麻煩事也都會跟著煙消雲散。某個程度來說，一個新的生活即將重新展開。」

他們來到門口，握手道別。

「您說的對。」柯塔愈來愈激動地說：「從零開始，那就太好了。」

不料從走廊的陰暗處忽然蹦出兩個人來。塔胡才剛聽到同伴問這兩個鬼頭鬼腦的傢伙是想幹嘛，結果這兩個看來體面稱頭的公務員就已經開口問柯塔是否為柯塔本人。柯塔發出一聲暗暗驚呼，轉頭衝入黑夜之中，其他三人都還來不及做出任何反應。驚愕過後，塔胡問兩人有什麼事。他們謹慎且禮貌地回說只是想問幾句話，然後便從容不迫地朝柯塔離開的方向走去。

塔胡回到家後，把這一幕寫在札記本，同時記下他當天的疲憊（字跡足可為證）。接著他又寫到自己還有很多事要做，但也不能因為這樣就沒作好心理準備，他還自問是否已經準備好了。他最後回答說無論白天或黑夜，總有那麼一個時刻，人會特別感到軟弱膽怯，而他最害怕的就是這個時刻。塔胡的札記本就在此畫下句點。

又隔了一天，也就是城門開放的前幾天，李爾在中午回到家，心想不知會不會接到自己在等的電報。即使他每天還是跟疫情顛峰期間一樣疲憊，卻等待著最後解脫終將到來，讓他的疲憊頓時煙消雲散。現在他有了希望，也為此感到歡欣。人是無法靠意志一直硬撐，無法長久處於緊繃狀態。現在終於能讓情感釋放，鬆開那為奮戰而扭絞成束的力量，這是一種幸福。若等候的電報也能捎來佳音，那李爾就能從頭來過。他認為每個人都在整裝重新出發。

他經過門房那兒，新來的門房臉貼在窗玻璃上，朝他微笑。李爾上了樓，門房那張因疲勞困頓而顯得蒼白的臉，再度浮現腦海。

是的，當抽象終將瓦解之際，他便可重新啟航，而且如果運氣好一點的話……但這時當他打開家門，母親迎上前來說塔胡先生人不舒服。早上他起了床，卻無法出門，剛剛又睡下了。李爾老太太十分擔憂。

「也許沒事。」她兒子答道。

塔胡整個人直直躺著，沉重無比的頭將長枕壓得深深凹下，厚厚的被毯下藏不住那結實的胸膛。他發燒、頭痛。他跟李爾說症狀不明，也有可能是瘟疫。

「不，還說不準。」李爾檢查後這麼說。

但塔胡覺得喉嚨乾渴欲裂。在走廊上，醫生跟母親說可能是瘟疫的初期症狀。

「啊！不會吧！」她說：「現在還有！」

接著馬上又說：

「貝納，把他留在這裡吧。」

李爾想了想。

「我無權這麼做。」他說：「但城門即將開啟，如果你不在這的話，我想這會是我行使的第一個權利，自作主張地留下他。」

「貝納。」她說：「讓我跟塔胡都留下來吧，你也知道我才新接種了預防疫苗。」

醫生說塔胡也接種了，但也許太累讓他疏忽了最後一劑注射及一些該有的防護措施。

李爾說完便走入診間，再回到房間時，塔胡看到他手中拿著幾個大大的血清瓶。

「真的是它！」他說。

「不，只是以防萬一。」

塔胡沒再說話，只是伸出手臂，接受他先前自己幫其他病患做的注射，那沒完沒了的耗時注射。

「今晚再看看情況。」李爾說完，看著塔胡。

「隔離？李爾。」

「目前完全無法確定就是瘟疫。」

塔胡勉強擠出笑容。

「這是我頭一回聽到注射血清卻不隔離。」

李爾轉過頭去：

「我母親跟我會照顧您，您待在這裡比較好。」

塔胡默然不語，醫生一面整理著安瓶，一面等著他開口再轉身。最後，他走到床邊，病人看著他。塔胡雖然臉色憔悴，灰色雙眸仍相當平靜。李爾對他微笑。

「可以的話，睡一下吧。我待會回來。」

走到門口，他聽見塔胡喚他，便轉頭過去。

卻見塔胡似乎欲言又止。

「李爾。」他終於說出口：「一定要一五一十全告訴我，我需要知道。」

「我一定會的。」

對方那張大臉勉力擠出了一個笑容。

「謝謝。我不想死，我會奮戰到底。但如果我輸了，也要輸得漂亮。」

李爾彎下身來，按著對方肩膀。

「不行。」他說：「要成為一個聖人就得活著。奮戰吧。」

白天裡，料峭的寒氣略減，午後則下起暴雨與冰雹，到了向晚時分，天空開了，卻又變得嚴寒刺骨。晚上，李爾回到家中，大衣未脫便走進塔胡房間。母親在一旁打著毛線，塔胡感覺似乎都沒動過，但從他高燒發白的嘴唇可以看出他正奮力應戰中。

「如何？」醫生問。

塔胡把厚實的肩膀稍稍抬起。

「嗯，」他說：「我輸了。」

醫生俯身查看，淋巴結已在滾燙的皮膚下形成腫塊，胸口彷彿藏著一座鍛鐵爐，迴盪著各種雜音。詭異的是，塔胡身上同時出現了兩種類型的瘟疫症狀。李爾直起身子說血清還沒有完全發揮功效。塔胡試圖回話，但一陣高燒襲來，將喉間那幾個字整個淹沒捲回深處。

晚餐過後，李爾跟母親守在病榻邊。入夜，奮戰號角就地響起，李爾知道與瘟疫天使的這場硬仗得持續到天明。塔胡最強大的武器並非他那健壯的雙肩及寬闊的胸膛，而是剛剛李爾針尖下湧出的血液。這血液之中，有著比靈魂更加深藏且任何科學都無法參透的奧祕。然而他只能眼睜睜地看著好友孤軍奮戰，他能做的就是注射藥物、激發膿腫。連月以來反復的失敗已經讓他能學會如何評估哪些有效，哪些沒效，其實他唯一能做的只是讓運氣能有機會降臨，而這運氣除非受到刺激，否則往往是蟄伏不動，但這會兒得讓它動一動。因為李爾眼前的這瘟疫，出其不意讓他張惶失措，瘟疫又再度攪亂針對它設下的防禦策略，在預料不到的戰場開打，卻又從業已攻下的城池退守。它，再度讓眾人瞠目震驚。

塔胡持續奮戰，一動不動。一整夜下來，他從未以躁動回應敵人的猛攻，只是用他全身的厚實及全面的沉默來對抗。他從未開口，他用這種方式告訴大家他已絲毫不得分心。李爾僅能從友人的雙眼去追蹤戰事進展，只見他雙眼時而睜開時而閉上；眼皮時而緊貼在眼球上時而鬆開；眼神時而凝視某物時而游走在醫生及母親身上。每次與醫生眼神交會時，塔胡便會費盡力氣展露笑容。

有一度，街上傳來急促的腳步聲，似乎在躲避遠方那逐漸逼近的轟隆轟隆聲，最後傾瀉而下，街上雨水漫漾：又開始下雨了，不一會兒混著冰雹劈哩啪啦敲響人行道，窗前的大布簾隨之飄動。坐在陰暗中的李爾，因雨一時分神，這會兒又再度注視著床頭燈光下的塔胡。他母親打著毛線，時不時抬起頭來，凝視著病人。所有能做的，醫生都做了。雨後，屋內那份寧靜愈深愈濃，一屋子就迴盪著這場隱形戰役的無聲廝殺。醫生一夜未眠而神經緊繃，彷彿聽見這片死寂邊上傳來一陣陣柔和而規律的咻咻聲，那個自疫情之初便縈繞不去的咻咻聲。他跟母親打了個手勢請她早點休息，她搖搖頭，雙眼炯炯有神，接著仔細檢查棒針上的最後幾針，好像有一針打錯了。李爾起身餵病人喝水，然後又回來坐下。

幾個行人趁著雨勢暫歇之際快步走過人行道，腳步聲漸行漸遠、漸行漸弱。醫生頭一回意識到這個路上到處是夜歸行人且聽不到救護車警鈴聲的夜晚，就跟以前一樣，是個擺脫了瘟疫的夜晚。瘟疫彷彿受到寒冷、光亮與群眾所驅趕，從城市的幽暗深處逃了出來，躲入這個溫暖的房間，在塔胡那動也不動的軀體上，做出最後一擊。打麥連枷不再攪動城市上空，而是在這屋裡的凝重空氣中咻咻低嘯。這幾個小時，李爾聽到的就是它。必須等待它於此地也停下攻勢，等待它在此也棄械投降。

天將破曉之際，李爾彎身對母親說：

「你該去睡了，八點才能來接替我。睡前記得注射藥物。」

李爾老太太起身，將毛線收妥，走到床邊。塔胡雙眼已經閉上好一會了，汗水把頭髮綣在堅強的前額上。李爾老太太嘆了口氣，病人張開了雙眼，看著正低頭看著他的這張溫柔臉龐，塔胡無畏那高燒在體內隨處竄流，一抹頑強的笑容再度綻放，雙眼旋即又闔上。獨自留下的李爾，坐上母親剛離開的單人沙發，街道四下無聲，此刻全然寂靜。屋內開始感受到清晨的寒意。

醫生打起盹來，但黎明第一輛車聲把他從昏睡中喚醒，不禁打了個哆嗦，他看了看塔胡，知道瘟疫暫時歇兵，病人也睡下了。街上傳來圈鐵木輪的馬車轆轆遠去的聲音。窗外仍是一片漆黑。當醫生走近床邊，塔胡用那毫無表情的雙眼看著他，彷彿仍游走於夢寐之境

「您睡著了，對吧？」李爾問。

「對。」

「呼吸順暢些了嗎？」

「稍微。這代表什麼嗎？」

李爾不作聲，過了一會才說：

「沒有，塔胡。這不代表什麼。您跟我一樣清楚，這只是清晨時症狀暫時緩解的現象罷了。」

塔胡點點頭。

「謝謝。」他說：「請繼續據實以告。」

李爾坐在床尾，感覺到一旁病人那又長又硬的雙腿，有如墓碑上平臥的石雕。塔胡呼吸得更為吃力。

「高燒會再起來，對吧？李爾。」他氣喘吁吁地說。

「對，不過到了中午就能確定了。」

塔胡闔上雙眼，似乎在集中精神、凝聚力量。疲乏的神情浮上臉龐，等待著已在體內某處蠢蠢欲動的高燒再度飆起。當他睜開眼睛時，眼神黯淡無光，唯有當他察覺李爾彎身靠近他時，眼神才又再度發亮。

「喝點水。」李爾說。

塔胡喝了水，頭又跌回枕頭上。

「好難捱。」他說。

李爾抓住他的手臂，但已別過頭去的塔胡沒有反應。忽然之間，高燒再度明顯竄上前額，彷彿衝破了體內某處的堤防。塔胡目光再度望向醫生，李爾臉部表情堅強有力地鼓勵著他。塔胡仍努力想擠出笑容，然而下顎緊緊咬著，口中白沫將雙唇密密封上，笑容就這麼被擋下。但在這僵硬的面容下，雙眼仍閃爍著勇氣的燦爛光芒。

七點時，李爾老太太走進房間，醫生回到診間打電話給醫院請人代班，同時決定暫緩看診。他在診間的長沙發上躺了一會，但才剛躺下便馬上又起身回到房間裡。塔胡頭轉向李爾老太太，看著床邊這團小小黑影，蜷縮在椅子上，雙手交疊地放在腿上。他看得如此專注，李爾老太太把食指放在嘴唇上，然後起身關掉床頭燈。但晨光很快便穿透簾子，隔不久，當病人的臉龐再度從黑暗中浮現時，李爾老太太發現他一直看著她。她彎身幫他把枕頭扶正，起身時，順手摸摸他滿是汗水的糾結髮絲。這時她聽到一個遙遠而微弱的聲音向她道謝，並說現在沒事了。當她坐回椅子時，塔胡已闔上雙眼，儘管雙唇封住了，疲憊的臉龐上似乎再度浮上一抹笑意。

中午時，高燒竄上巔峰，一種像是發自五臟六腑的咳嗽撼動著病人的軀體，塔胡這會兒開始咳起血來。淋巴結停止腫大，但未消失，硬得如同螺帽一樣，緊緊拴在關節窩裡，李爾判斷無法進行切開術。在陣陣高燒與咳嗽交替暫歇之際，塔胡不時張開雙眼看看朋友們，然而，很快的睜開的次數愈來愈少。這張飽受蹂躪的臉所透出的亮光，也漸趨黯淡。軀體在狂風暴雨之中，驚跳抽搐，陣陣閃電打亮病人的軀體，但次數越發稀少。塔胡就在這場風暴深處緩緩迷流遠去。如今李爾眼前只剩下一張呆滯無神的人皮面具，臉上的微笑早已杳然無蹤。這具人形的軀殼曾經與他那麼親近，如今被長矛刺得千瘡百孔，遭非人般的痛楚烈火所焚燒，被來自天際四面八方的仇恨狂風所吹攪扭曲，就在他眼前沉入這瘟疫惡水之中，面對這起沉船海難，他無力回天。只能枯站岸邊，空著手，揪著心，又再一次手無寸鐵，心無大略地看著災難肆虐。末了，無助的淚水撲簌而下，讓他沒能看到塔胡突然轉向牆壁，吐出了一聲空空洞洞的呻吟，彷彿體內某處一條懸命的絲線，就這麼斷了。

接下來的夜晚不再是奮戰之夜，而是寂靜之夜。在這與世隔絕的房間裡，李爾感覺到一股驚人的寧靜籠罩在這業已穿戴整齊的屍體上方。好些天前，他們在露臺上俯視腳下的瘟疫之城，那晚，在城門邊上的騷動過後，也是這樣的一片寧靜。當時，就讓他想起那些他無力救回的垂死病床上方，也是籠罩著這樣的寧靜。到處都是這相同的暫歇狀態、同樣莊嚴肅穆的交替時刻、同樣的戰後太平時刻，就是戰敗的寧靜。但眼前包圍著友人的這份寧靜是如此扎實，與街道上及擺脫瘟疫後的小城寧靜緊密呼應，和諧交融，李爾深覺這次就是最終的戰敗，雖然終結了一切戰事，卻讓和平本身成為一個無法撫平的痛。他不知道塔胡最後是否找到了內心的平和，但就他而言，至少在此時此刻，他認為自己再也不可能獲得平和，就如失去兒子的母親或埋葬亡友的人，再也沒有所謂的停戰時刻。

外頭的夜依然冷峭，霜白繁星掛滿清透凜冽的天際。微暗的房裡可以感覺到窗玻璃上那厚實的寒意，那極地黑夜裡深深呼出的蒼白氣息。李爾老太太一如往常坐在床邊，床頭燈照亮她右邊的身側。房間中央，晦暗無光，李爾就坐在沙發上等著。對妻子的思念不時浮上心頭，但他每每將念頭一一驅散。

剛入夜時，行人的腳步聲在寒夜中清晰響起。

「你都處理好了嗎？」李爾老太太問。

「對，打過電話了。」

語畢，兩人便繼續這寧靜的守靈之夜。李爾老太太不時看著兒子，若碰巧四目交接，李爾便微笑回應。夜裡熟悉的各種聲音在街道上此起彼落，雖然尚未解禁，但很多車子又再度開上街頭，車輪摩擦路面的聲音，消失後又再度駛近。人聲、呼喚聲，又恢復寧靜、達達的馬蹄聲、兩輛電車轉彎時發出的吱吱嘎嘎，模模糊糊的喧鬧聲，接著又是黑夜的呼吸聲。

「貝納？」

「怎麼了？」

「你不累嗎？」

「不累。」

他知道母親這會兒心裡在想什麼，也知道她愛他。但他也知道愛一個人並沒什麼大不了，或者至少可以說愛從未強烈到足以找到適切的表達方式。也因此，母親與他總是默默地愛著彼此。母親或他總有一天也會去世，而他們終其一生都無法表達自己內心的情感；他跟塔胡也是同樣的，而塔胡今晚死了，兩人都還沒來得及好好去經歷這段友誼。塔胡輸了，就像他自己說的。那李爾他呢？他贏了嗎？他唯一贏的就是經歷了瘟疫並記得它，經歷了友誼並記得它，經歷了溫情，想必有一天也會記得它。人類在這場瘟疫與生命的遊戲裡，唯一能贏的就是經歷與回憶。也許這就是塔胡所謂的贏得勝利！

又一輛車子駛過，李爾老太太在椅子上喬了喬身子，李爾對著她微笑。她說她不累，緊接著又說：

「你得到山上去休養一下。」

「好的，媽媽。」

對，他會去那裡休養一下，有何不可呢？這也是個順道回憶的藉口。但倘若贏得勝利就是這個，就只能活在曾經擁有及其回憶之中，而被剝奪所有的希望，那真是非常痛苦。塔胡可能就是這樣生活了一輩子，而他也意識到這種不抱幻想的人生何其貧乏。沒有希望就不會有內心的平和，塔胡認為人無權審判任何人，但他也知道任誰都無法避免審判他人，即使受害者有時也會變成劊子手。塔胡活在撕裂與矛盾之中，從不知道何謂希望。是否就是因為這緣故，他想成為聖人，想藉由為人服務來尋求內心的平和？事實上，李爾一無所知，而這也毫不重要。塔胡在他心中留下的身影，就是在幫他開車時，雙手牢牢抓著方向盤的模樣，以及眼前這攤平、一動也不動的厚實身軀。生命的熱度與死亡的形象，這就是所謂的經歷。

也許正是因為這個緣故，李爾醫生早上接到妻子的噩耗時，心情鎮定。他當時人在診間，母親幾乎是跑著把電報拿給他，然後回頭拿小費給信差。當她再回來時，李爾手上的電報已經拆開，她看著他，而他的目光卻一直留在窗外，看著燦爛的晨曦從港口那頭升起。

「貝納。」李爾老太太說。

醫生漫不經心地看著她。

「電報上說什麼？」她問道。

「就是那樣。」醫生確認道：「已經一個星期了。」

李爾老太太掉頭看向窗外，醫生沉默不語。然後跟母親說別哭，說他早有預感，只不過還是很難過。只是在說這話的同時，他知道這苦痛來得毫不意外，幾個月以來及最近這兩天，同樣的悲痛持續上演。

城門終於在二月某個美好的清晨開啟了，民眾、報紙、廣播及省府公報無不齊聲同慶。所以敘述者現在要做的就是記錄下城門開啟後的歡慶時刻，儘管他自己是屬於那群無法全然融入與眾人同歡的一群人。

白天晚上都舉辦了盛大的慶祝活動。在此同時，車站的火車頭也開始冒出煙來，而來自遠洋的船隻也開始航向我們的港口，在在以其方式來宣告這一天對所有深受別離之苦的人而言，將是個大團圓的日子。

這個時候不難想像讓眾多市民百般煎熬的別離之苦會演變成什麼樣子。白天裡進城與出城的火車一樣滿載。每個人都提早訂妥這一天的車票，但兩週以來，內心忐忑不安，深怕省府在最後一刻收回成命。有些歸來的旅客在火車即將進站之際，仍無法放下心中的憂慮不安，因為他們雖然約略知道自己所愛的人命運為何，但對於其他人以及城裡的轉變卻是一無所知，他們為小城描繪了一幅可怕的面貌。但這點也只適用在這段期間未曾受到激情所煎熬的人身上。

確實，那些激情之人全然沉浸在自己執拗的思念裡。對他們而言，唯一改變的是，遭到放逐的這幾個月，他們多想推推時間之輪，努力讓時間過得快一點；如今小城映入眼簾，列車開始煞車準備進站之際，他們卻反而希望時間能放慢腳步，甚至暫停不前。他們失去了幾個月的愛戀生活，這苦時而尖銳，時而模糊，讓他們隱約覺得有權要求某種補償，就是快樂的時光過得比等待的時光慢上一倍。而那些在房間或月臺上等著他們歸來的人也處在同樣焦急與不安之中，藍伯便是其中之一。他的妻子幾週前已接獲通知，做了所有的努力前來會合。連月肆虐的瘟疫將這份愛情或柔情化為抽象，眼看即將與點燃這份情愛的血肉之軀面對面接觸，藍伯等著等著不禁全身顫抖。

他真希望能再回到疫情爆發初期，找回那個一心一意只想衝出城外，投入情人懷抱的那個藍伯。但他知道不可能了，他已經變了，瘟疫讓他不再一心一意，即使他竭盡所能想否認，但這感覺持續在心中發酵，彷彿一股無聲的焦慮靜靜吞噬著他。某種程度來說，他覺得瘟疫結束得太突然了，他還來不及回神，幸福就全速地衝向他，事情演變的速度超乎預期。藍伯意識到轉瞬間一切將恢復原狀，這份喜悅猶如烈火灼燒，無法細細品味。

所有人都多多少少意識到其實他們跟藍伯是一樣的，在此該來談談這所有的人。人們在火車月臺上重新開啟他們的個人生命，但群體的共同脈動仍在彼此眼神交會與微笑交流中跳動著。然而一看到冒著煙的火車頭駛近，他們那份放逐之感登時在目眩神迷的狂喜沖刷下，煙消雲散。眾人別離之苦大多都是在這同一個月臺上展開的，而就在火車停下的那一刻，就在一雙雙手臂貪婪狂喜地將早已遺忘其溫度的軀體緊緊擁抱入懷時，那永無止境的別離，瞬間，畫下句點。而藍伯他則是都還來不及看清楚，那個奔向他的形體就已撲進他的懷裡。他雙臂擁她入懷，不見臉龐，只見那一頭熟悉的髮絲，緊緊靠著自己的胸膛。他任由淚水涔涔，也不知是眼前的喜悅還是長久壓抑的苦痛所帶來的淚水，但可以肯定的是這淚水讓他無法看清埋在肩窩裡的臉龐，究竟是他魂縈夢牽的臉或是一張陌生面孔。心中的疑惑晚點便有答案，但這當下，他只想跟身邊的人一樣，讓自己相信這場瘟疫的來去，並不會在人的心中帶來任何改變。

於是所有人彼此依偎著並肩返家，對外頭的世界視若無睹，彷彿瘟疫之戰打了個全勝，將所有不幸拋諸腦後，忘了那些同車而來的乘客，月臺上無人迎接，長久的音訊杳然讓他們早已心生不祥之感，準備返家後接受這預感成真。這些人現在只能與這剛襲上心頭的悲痛為伴，還有一些人此時則是沉浸在對逝者的回憶之中，對他們而言情勢截然不同，別離之苦到達顛峰。這些母親、配偶、戀人失去了一切歡笑，心愛之人如今埋在無名亂葬坑下或化為一堆灰燼，對他們而言，瘟疫從未離開。

但有誰會想到這些孤寂的人呢？正午時分，陽光驅走了一早便呼嘯不止的寒風，灑落了一城陽光燦燦，亙古凝結的光線不斷流洩而下，時間彷彿靜止。山頭碉堡的大砲，朝著彷彿定格的蔚藍天際，砲聲隆隆不斷。在這苦難時光已然結束，而遺忘尚未開始的時刻，全城居民走出戶外，歡欣慶祝這緊縮壓迫的交界時刻。

城裡大小廣場上，眾人欣喜起舞。一夕之間，交通流量大增，變多的車輛開上擠滿人群的街道，壅塞難行。一整個下午，全城鐘聲響徹天際，迴盪在金光耀眼的藍天中，所有教堂裡正是在進行著感恩彌撒。但同一時間，所有娛樂場所也全數爆滿，咖啡館也顧不得以後如何，把最後幾瓶酒都拿了出來，吧臺前擠滿了一群群同樣興奮至極的群眾，當中一些情侶摟摟抱抱，絲毫不在意他人的目光。所有人要不是大叫就是大笑。這幾個月以來，每個人將自己靈魂之火調至文火以養精蓄銳儲備未來，就在這一天，彷彿劫後餘生的這一天，盡數恣意揮灑。第二天，真正的生活連同種種預防措施將重新展開。但眼前，魚龍混雜各色人等齊聚一堂，稱兄道弟。當初死亡未能實現的平等，倒是在解脫的歡樂時刻達成了，至少就在這幾個小時的時間內，眾人平等。

然而這番平庸的熱情洋溢並非城市的全部面貌，另外有一群人，在傍晚時分湧現街頭，藍伯也在人群之中，他們往往用一種平靜的表象掩飾內心那份細膩的幸福洋溢。很多情侶及家人確實看上去只是平靜的散步者，實際上，他們大多是重遊自己曾經受苦的地方，進行一種微妙敏感的朝聖之旅。為初來乍到的人指出瘟疫留下的那些或醒目或隱微的痕跡，指出這段歷史的種種遺跡。有些地點，大家就只是擔任起嚮導的角色、擔任起見多識廣的那人、擔任起經歷過瘟疫世代的人，他們談論著危險卻不提恐懼，這番樂趣無傷大雅；但也有些路線比較容易引起戀人餘波盪漾的情緒，使他陷入記憶中那抹淡淡憂愁，他可能會告訴身邊的女友或妻子：「就在這裡。那個時候，我曾經那麼地渴望你，而你卻不在身邊。」這些激情的旅人是可以被一眼認出來的：他們慢步走在喧鬧鼎沸聲中，形成一座座竊竊私語、悄悄交心的孤島。比起在街口演奏的樂隊，這些人更能代表真正的解脫已然到來。因為這些滿心歡喜的情侶緊緊依偎對方，少言寡語，帶著幸福的凱旋英姿以及其絕然不公，在這喧鬧騷動中，宣告瘟疫已經結束，恐懼已經過去。儘管證據確鑿，他們仍一派平靜自在，否認我們曾經歷過那種殺人如殺蒼蠅一樣稀鬆平常的瘋狂世界、那種明確的野蠻行徑、那種精心計算的瘋狂舉止、那種囚禁狀態，它令眾人對非此時此刻的種種都懷著一種令人戰慄的自由、那股讓所有未遭它殺害的人聞之心驚膽戰的死亡氣味；最後他們甚至也否認我們曾是飽受驚嚇的一群——每天都有一部分的人被丟入焚化爐的大口之中，化為油膩煙氣，其他人則被銬上無力與恐懼的鎖鏈，等著哪天輪到自己。

總之，在那向晚時分，當李爾醫生獨自穿過鐘聲、砲聲、樂聲與震耳欲聾的喧囂聲中，一步步朝郊區走去時，躍入眼簾的便是這一幕幕的景象，真真確確上演著。工作還是得繼續，病人是不會放假的。瑰麗薄暮輕輕罩上小城，空氣中飄蕩著昔日的烤肉香氣與茴香酒味兒。環顧四周，是一張張快活的臉孔仰天而笑，男男女女緊緊相擁，一臉漲紅，洋溢著欲望的激情顫抖與吶喊。確實，瘟疫與恐懼一道結束了。而這些交織的手臂正說明了瘟疫更深層的含意，其實就是放逐與分離。

李爾這幾個月來在所有路人臉上看到一種共同的神情，今天是他第一次能點出這神情為何。他只消看看周圍的人，在這瘟疫告終之際，由於它所帶來的困苦與貧窮，讓所有人都披上了移民者的外衣，他們長久以來就扮演著這個角色，先是從容顏，現在從衣著上，都道出他們心中那失落的遙遙故土。自從瘟疫關上城門那一刻起，他們就只能活在別離之中，遠離人情溫暖，這個可讓人忘卻一切的溫暖。在城裡各個角落，這些男男女女以不同的程度同時渴望著團聚，對所有人而言，這團聚的性質或許不盡相同，但卻是同樣的遙不可及。大多數人都聲嘶力竭呼喚著缺席的那位，思念著對方身體的溫度、對方的柔情或生活的日常習慣。有些人則是苦於遠離友情卻往往不自知，苦於再也不能用平常維繫友誼的方式與朋友聯繫，諸如書信、火車與船隻。還有其他比較少數的人，也許就像塔胡吧，他們渴望與一個自己都說不清楚但對他們而言又是唯一重要的東西團聚。由於找不到其他適當的名稱，他們有時就稱之為和平。

李爾繼續走著。愈往前行，周圍的人潮愈加擁擠，人聲也愈加鼎沸。隨著他步步前行，想去的郊區似乎也步步後退，愈走愈遠。他逐漸融入這群喧囂的茫茫人海之中，也愈來愈了解到這震天呼喊也是他的呼喊，至少一部分是。沒錯，大夥兒不管是肉體或心靈都同受煎熬，忍受著那漫漫的空窗等待、毫無希望的放逐、以及永遠不得滿足的飢渴企盼。就在這成堆的屍骸、救護車的噹噹警鈴、堪稱為命運所提出的警告、不斷吞噬著人們的恐懼感以及內心強大無比的反動之中，有一個震天聲響不斷地流竄、不斷地提醒飽受驚恐的民眾，必須回到自己真正的家園。對他們所有人而言，真正的家園在這座窒息小城的重重圍牆之外，在那山丘上的芬芳樹叢間、在大海、在自由的土地及沉甸甸的愛情裡。他們嫌惡地拋下一切想要回去的地方，就是這個家園，就是幸福。

至於這種放逐與團聚的渴望有何意義，李爾一無所知。他繼續走著，被四面八方的人推來擠去、招呼聲此起彼落，他慢慢地走進較不擁擠的街道，心裡想著這些事有沒有意義並不重要，只需要看看人類的殷殷企盼，最終得到什麼樣的回應就可以了。

從現在起，他知道答案為何了。剛走入郊區時，頭幾條街道上幾乎空無一人，此時心裡更加明白了。只著眼於這渺小人身的那些人一心只想回到他們愛戀的家，有些人得償所願，當然也有一些人失去了等待的那人，只得繼續孤獨地行走在這城市裡。此外還有一些幸運兒不像那些經歷了雙重別離的人，那些人在疫情爆發前未能一開始就搭建起彼此戀情，繼續盲目地生活了多年，難以調和的兩人終成怨偶，緊緊地被綑綁在一起。這些人就像李爾一樣，過於輕率地把一切交給時間，最後永遠失去了對方。但還有一些人如藍伯，醫生當天早上與他分別時，對他說：「加油。追求幸福，就是現在。」這些人毫不猶豫奔向那位一度以為已經失去的缺席者，他們至少會幸福一段時間。他們現在知道了，如果有什麼是我們可以不斷渴求且偶爾也會得到的，那就是人類的愛。

反觀那些訴諸於超乎人類之上的某種連他們自己都無法想像的東西，這就沒有答案了。塔胡似乎找到了他口中那難得的和平，但人都死了，這內心平和也派不上用場了。相反的，李爾在夕陽餘暉中看到門前一對對熱情相擁，激情互望的那些人，他們之所以能如願以償，那是因為他們只求一事，而這事是只取決於他們自己。正要轉入格藍與柯塔家那條巷子時，李爾心想這些只著眼人類自身，只希求人類那卑微可憐又強烈駭人的愛情，至少偶爾也該讓他們開心如願，他覺得這也是天公地道的。

這篇紀事已近尾聲，也該是貝納・李爾醫生坦承自己便是作者的時候了。但在敘述最後幾個事件之前，他希望至少先說明他此舉的用意，同時讓讀者了解他是刻意採取證人的客觀口吻。整個疫情期間，他因職務之便得以接觸大多數的市民同胞，得以聆聽他們的情感。所以由他來記錄其所見所聞，再適當不過。但他希望記錄過程能謹慎合宜，一般而言，他盡力做到只記錄自己親眼所見，只記錄疫情夥伴們真實的想法，而不把他們不見得會有的想法歸諸於他們身上，而且只採用那些偶然得手或不幸得手的文件資料。

在這樁類似犯罪事件上被傳喚為證人，他保留了一個有良知的證人該有的謹慎，但同時傾聽他內心真實的心聲，他選擇站在受害者這邊，希望能和所有人、所有市民同胞們，一同投入他們唯一共同確信的東西，那就是愛、苦痛與放逐。因此市民同胞的種種不安，沒有哪一種是他不曾一同分擔的；而他們身處的困境，沒有哪一次是他曾置身度外的。

做為一個忠實的證人，他必須記錄事件、史料及傳聞；至於他個人想說的、他的期待、他的考驗，都必須絕口不提。如果他偶爾提到也只是為了去理解市民同胞或讓讀者能理解他的市民同胞；只是為了將市民同胞大多時候隱隱約約所感受到的一些事情，盡其可能清晰描繪出來。老實說，這份理性謹慎，他執行起來並不費力。每當他企圖將自己的心聲混入千萬名瘟疫患者的聲音之中時，總會即時打住，因為想到沒有哪一種他自身的苦痛不是大家同時共有的，而在這一個往往得獨自承受苦痛的世界裡，這點倒是個優點。看來他就是得替所有人發聲的。

但是至少有一位市民是李爾醫生無法為他發聲的，他就是塔胡某日曾向李爾提起的那個人：「他唯一真正的罪行就是在心裡認同那造成孩童與人們死亡的東西。其他的，我能懂；但這點，我只能選擇原諒他。」那個人有一顆愚昧無知的心，也就是孤獨的心，這篇紀事以他作結尾很是恰當。

當李爾醫生離開歡慶喧鬧的大街時，正要轉進格藍與柯塔住的那條街，卻被一排警察給攔下。這完全出乎他意料之外。遠處的歡騰喧囂聲讓此處顯得格外寧靜，他原本想像這裡不單寂靜無聲，還空無一人。他拿出證件來。

「沒辦法。醫生。」警察說：「有個瘋子朝著群眾開槍。不過請留下來，待會可能會需要您。」

此時，李爾看到格藍朝他走來，他也是完全狀況外。警方不許他過去，他聽說子彈就是從他住的那棟射出來的。遠遠看去，樓房外牆被最後一道失去溫度的夕陽餘暉染成一片金黃，房子周遭一直到對面人行道上，被圍出一大塊空蕩無人之地，馬路中央可以清楚看到一頂帽子和一截髒布。李爾與格藍可以看到老遠，在街的另一頭也站了一排警察，跟這邊不讓他們過去的這排警察平行排列，而那排警察後面有幾個當地居民來去匆匆。仔細一看，還發現有些警察持槍躲在樓房對街各建築的大門後。這棟樓房的所有木窗都是關上的，但三樓有一扇木窗似乎已半脫落。街上鴉雀無聲，只聽見城中心傳來斷斷續續的音樂聲。

有一度，對面的某棟建築傳出兩記槍聲，半卸的木窗飛濺出一些碎片。接著，又是一片寂靜。李爾遠遠看著，經過了一整天的喧囂熱鬧，這一切在他看來更顯得有些不真實。

「那是柯塔家的窗子。」格藍突然激動地說：「可是柯塔人已經失蹤了啊。」

「為什麼要開槍？」李爾問警員。

「轉移他的注意力。我們正在等一輛車把必要裝備運來，因為只要有人試圖進入那棟樓房大門，他就會開槍，已經有一名警員中槍了。」

「他為什麼開槍？」

「不知道。路上本來有些人在玩耍，聽到第一槍時大家還沒意會過來，到了第二槍，就開始有人尖叫，有一人受傷，接著所有人都逃走了。就是個瘋子吧！」

街上重新歸於寂靜，感覺分分秒秒過得特別慢。對街上突然冒出一條狗，這是李爾許久以來所看見的第一條狗，想必是被牠主人一直藏到現在，這條髒兮兮的西班牙獵犬沿著牆邊小跑步，跑到門邊時，牠遲疑了一下，一屁股坐下來，頭往後轉開始啃咬起身上的跳蚤。警察吹了幾聲口哨趕牠，牠抬起頭來，然後慢慢地橫越馬路，走到帽子旁邊嗅了嗅。就在這時候，三樓開出一槍，狗就像煎餅一樣翻了面，四腳朝天劇烈抽動，最後側身落地，全身不斷抽搐。緊接著，對街也開出五、六槍作為回應，擊中那扇木窗，落下更多碎片。然後又是一陣寂靜。太陽微微偏移，陰影也開始逐漸罩上柯塔家的窗戶。醫生背後的街上傳來輕輕的煞車聲。

「來了。」警察說。

一群警察從他們背後冒出來，拿著繩索、一架梯子、兩個包著油布的長方形包裹。他們走到格藍住家對面那排屋子後頭的街上，過沒多久，雖然看不見但多少猜得到那排屋舍內起了一陣騷動。接著，一陣等待。狗一動也不動了，但如今躺在一灘發黑的血泊之中。

從警察佔據的那排屋舍窗口驀地傳出一連串機關槍的噠噠聲。目標仍是瞄準那一扇木窗，一陣掃射後，木窗整個被打飛了，露出黑黑一片，李爾跟格藍從他們站的位置望過去，根本看不見裡面有什麼。槍聲停下時，接著傳來第二把機關槍從另一個角度，從一棟較遠的屋子那裡開始噠噠連發。子彈應該是射進窗戶玻璃，因為其中一顆把窗邊的磚牆打得粉碎。三個警察就趁這瞬間跑過馬路，衝進大門。另外三個幾乎也同時間衝入大門，此時機關槍停止掃射。又是一陣等待。屋子內傳出兩記悶悶的槍響，接著一陣嘈雜聲，愈來愈大聲，這時就看到一個穿著襯衫的矮個男子叫嚷個不停，與其說是被警察拖著走，其實是整個給抬了出來。街上原本緊閉的木窗奇蹟般的全打開了，窗口擠滿了好奇的民眾，同時還有一堆人走出家裡，擠到封鎖線後。後來，矮個男子被架到馬路中間，雙腳終於落地，手臂被警察反扭在背後，仍嚷嚷個不停。有個警察走上前去，一臉冷靜、專注，扎扎實實地狠狠揍了他兩拳。

「是柯塔。」格藍結巴地說：「他瘋了。」

柯塔跌倒在地，那個警察繼續朝地上那縮成一團的身體使勁踢了一腳。接著一群躁動混亂的身影開始往醫生及他老朋友的方向移動。

「讓開！」警察大喊。

那群人從李爾面前走過時，他別過頭去。

格藍與醫生在這日暮將盡之際離去，這事件彷彿將原本沉睡的街區整個喚醒，偏僻的巷弄湧入歡騰人潮，歡慶喧囂再度四面響起。來到住處樓下，格藍向醫生道別，他要開始工作了。但正要上樓時，他又說他已經給珍妮寫了信，現在覺得心滿意足。而且他又回頭去重寫那個句子，他說：「我把所有形容詞都刪掉了。」

此時，他帽子高舉，一臉賊笑，煞有介事地朝醫生深深一鞠躬。但李爾心裡想著柯塔，往哮喘老病號家走去的路上，捶在柯塔臉上的無聲重擊仍餘音裊裊，縈繞不去。想著一個有罪的人，可能比想著一個死去的人更叫人難過。

李爾抵達老病患家時，漆黑夜色，吞噬全城。遠處的自由歡呼聲傳至房間，老人一如往常，繼續移豆子。「他們是該好好慶祝。」他說：「這世上什麼人都有，不足為怪。醫生，您同事還好嗎？」

遠處傳來爆炸聲響，但這回是和平之聲，是幾個孩子在放鞭炮。

「他死了。」醫生一邊用聽診器聽著呼嚕作響的胸腔一邊說著。

「啊！」老人有點楞住。

「得了瘟疫。」李爾加上一句。

「是。」老人過了一會才接話說：「最好的人都走了，人生就是這樣。不過他這個人知道自己要什麼。」

「為什麼這麼說？」醫生收起聽診器問道。

「不為什麼。他不會說一些沒有意義的話。總之，我很喜歡他。但生命就是這樣無奈。其他人會說：『瘟疫，我們這裡發生過瘟疫。』講到幾幾乎乎就快要去請求受勳了。但話說回來，瘟疫又代表什麼呢？不過就是人生罷了。」

「記得要按時薰蒸。」

「放心吧。我命長得很，我會看著所有人一一死去。我可是很知道怎麼過日子的。」

傳來一陣歡呼聲遙遙回應著他的話。醫生走到房間中央，突然停下。

「您介意我上露臺看看嗎？」

「當然不介意！您想從上頭看看這些人，對吧？請便，但他們就是那個老樣子。」

李爾朝樓梯走去。

「醫生，聽說要蓋瘟疫亡者紀念碑，是真的嗎？」

「報紙上是這麼說的。可能是蓋一座或立一塊紀念碑。」

「我就知道。到時還會有人發表演說。」

老人笑得快喘不過氣來。

「我現在就能聽到他們說：『我們的亡者……』，講完就去大吃一頓。」

李爾已經爬上樓梯。廣袤的天際在群屋之上寒光爍爍，山丘旁的繁星硬如火石。今夜很像塔胡跟他上來露臺忘掉瘟疫的那一晚，只是懸崖下的海浪比當時更為澎湃響亮，空氣輕盈而靜止，少了秋季暖風中夾帶的那股鹹味。然而，城裡的喧囂依舊如海浪般一波波拍上露臺腳下。但這一夜是解脫之夜，而非反抗之夜。遠遠黑夜中一抹微紅的反光，點出燈火燦爛的大道及廣場所在。在這解放的夜晚，欲望擺脫種種束縛，此時傳至李爾耳邊的正是那欲望的轟轟隆隆。

正式慶祝活動的煙火在昏暗的港口揭開序幕，煙火一砲沖天，全城便響起一陣聽來遙遠而模糊的歡呼聲，持續良久。柯塔、塔胡、他妻子，這些李爾愛過又失去了的人，所有這些人，不管是死了還是有罪，全都被遺忘了。老人說得對，人就是這副老樣子，但這正是他們力量與純真之處，就在超越一切苦痛的此時此地，李爾感到自己融入他們之中。隨著空中的七彩火花愈來愈絢爛璀璨，群眾呼喊聲也愈來愈綿長、愈喧囂，陣陣歡呼聲迴盪至露臺腳邊，久久不散。李爾醫生便是在這片歡呼聲中決定撰寫這篇在此畫下句點的紀事，為了不變成沉默的一群，為了替這些飽受瘟疫蹂躪的人們寫下見證，至少為他們所遭受的不公與暴力留下一點記錄，同時單純只是為了說出我們在這災難中學到的，就是人類身上可讚之處多過於可鄙之處。

但他知道這篇紀事並非最終勝利的篇章，而僅僅是一種見證。所有那些無法成為聖人且拒絕屈服於災難的人，他們極盡所能想成為行醫者，這篇紀事便是見證著這些人不顧個人苦痛，至此所不得不做的事以及未來可能得繼續完成的事，以便對抗這場持嗜血之刀、永無終日的恐懼之役。

事實上，李爾聽著全城洋溢著喜悅歡呼之際，他心想這份喜悅隨時岌岌可危，因為李爾知道一些這群歡樂大眾所不知道的事，他知道書上記載著這些鼠疫桿菌永遠不會死亡或消失，桿菌可以潛伏在家具與衣物中十幾年，隱匿在房間、地窖、衣箱、絹帕、文件堆中耐心等待時機。他也知道也許有那麼一天，為了給人類吃點苦頭、受點教訓，瘟疫會再次喚醒它的鼠群，將牠們送到一座幸福小城去赴死。

譯後序

陳素麗

「藝術並非孤芳自賞，而是透過群體悲歡苦樂的呈現去感動最多數人的一種方法。也因此它迫使藝術家走出自我孤立，讓藝術家臣服於最卑微亦最普世的真理。」[1]卡繆本身是一位既孤獨又與其時代、群眾及他的土地緊密相連的一位作家，他認為個人無法置身世界之外，他感受著時代的脈動，體會著群眾的希望與恐懼，熱切地投入各種抗爭，但並非以憤世嫉俗的姿態去對抗這世界的不公不義，而是熱情正面地迎向生命，追求自由；他認為作家是融入群眾的，是自由與真理的發言人。也許是那阿爾及利亞的貧苦童年讓他能滿足於眼前所有的一切，不奢望亦不讓步；也許是阿爾及利亞的陽光大地，讓他如此熱愛生命，如此溫暖真誠。就如法國哲學家米歇・翁弗雷（Michel Onfray）在訪談中提到的，卡繆是個自由的人，不屬於任何一個意

1 A. Camus, *Discours de Suède*, Gallimard, 2004, p. 15

識型態，忠於自己，忠於對自由的渴求。對卡繆而言，自由的定義是無需說謊的權利，他忠於自己，回歸人本，不流於意識型態的筆戰，在他眼中，即使受害者也可能淪為劊子手，所謂的正義亦可能成為殘害他人的幌子，非暴力才是他的圭臬。

《瘟疫》是一部記錄在瘟疫侵襲下，小城居民的抗疫故事。一部看似單純的抗疫小說，其實更是一部反抗的紀事篇章。卡繆在《札記》中提到：「我想透過《瘟疫》來傳達我們曾經承受的壓迫與曾經歷其中的威脅與流亡氛圍。」這部寓言小說一開始便點出其意圖，以一個虛構不存在的情節來呈現真實的種種面貌，同時以另一種禁錮來指涉真正的禁錮，讓讀者在讀這部小說時，能體會到更深層、更真實、更貼近自己的部分。透過刻意經營的寫實層面，披露出更深層的象徵層面。在瘟疫降臨之前，歐蘭城不過就是個平凡無奇的商業小城，還特別醜，既無綠樹也無鳥鳴，單調死寂的小城；而城中勤勉的居民，日復一日過著同樣的生活，既無想像力也無思辨力。每個人也許就這麼囚禁於自己每日的習慣與既定的思維之中，如同行政體系亦囚禁於其僵化的體制之中，缺乏想像力，無法面對這場超乎想像的瘟疫，只能透過媒體文宣企圖穩定民心，只能在啪啪的蓋印聲中企圖掩埋政府的無能迂腐。

架構這部小說時，卡繆主要是由兩個主軸交織而成這五部組曲：個人生命與集體命運。第一部由個人生命揭開序幕，歐蘭小城中的平淡日常，隨著瘟疫的到來，集體命運混入第二部的個人生命之中。到了第三部，也是全書最重要的部分，就在瘟疫到達顛峰之際，個人生命已無立足之所，取而代之便是全體的共同命運。卡繆在此細細描繪出小城的生離死別，生命的放逐與幸福，一幅鮮活而殘酷的浮世繪躍然眼前。第四部疫情退燒，個人生命再度浮現，到了最後一部，來無影去亦無蹤的瘟疫就又這麼地悄悄地離開，留下李爾醫生孤獨地在露臺上看著腳下這片人事已非的滾滾紅塵。面對眼前這同樣的場景，不變的晚風，亙古的濤聲，一幕幕歡喜哀愁浮現心頭，重回孤獨。萬事萬物就是這樣的一個循環，猶如四季更迭。卡繆在《札記》中提到在李爾醫生失去了好友與妻子之後，小說進入尾聲，而瘟疫也隨著年歲的腳步，走過它的四季：從冒芽竄頭的春，走過它的夏、秋、入了冬。

如何去勾勒出小城居民共同的命運？「答案很簡單：全篇敘事不採單一觀點，而採多重聲道。」[2]卡繆透過在小說中各個人物的不同角度去呈現出真實的多重面貌，再以其哲學思想去串起這群人物的共同命運。隱姓埋名的敘述者一開始便說會將手中各種資料一一呈現，透過各個角色的故事，讓讀者瞥見真實生命的厚度，讓大家一同捲入這場瘟疫，這場不僅僅是場致命的流行病，也暗指二戰納粹瘋狂的屠殺行徑，暗批宗教、政治、媒體以及人類一切的惡。卡繆最終說出其實所有人都染上了瘟疫，其實所有人都處於流亡狀態，將小說推向一個更寬的生命向度。塔胡很早便發現自己早已染疫，他曾為了人類的自由參與各種抗爭，最終發現自己所謂

2 S. Servoise, Langage et vérité chez Camus. Les voix du roman. in *Revue d'histoire litteraire de la France*, 2013/4 (Vol. 113), p. 885

的正義之舉其實與極權暴政如出一轍，來到歐蘭，以異鄉人的觀點記錄其所見所聞，思索著如何才能獲得真正的和平自由，最終選擇加入醫者行列，以行動投入抗疫。塔胡是卡繆的化身，深具同情心與正義感，追求真理的永恆鬥士，但小說其他人物也都有卡繆的影子。在一個看似客觀寫實的記錄下，卡繆透過不同人物嵌入其重要理念：愛、放逐、幸福、自由、荒謬、反抗、創作等。李爾拒絕接受宗教罪罰之說，本著務實的人道主義關懷，反抗這世界本然的苦難不公與生老病死。雖無法認同神父潘尼魯的理論，然而兩人的目標一致，就是救人，兩人最後並肩而戰，一同對抗瘟疫。藍伯追求幸福，然而孤獨的幸福是可恥的，他終究選擇了留下，疫情結束也終償所願地與情人重逢，但就在幸福撲面而來的那一刻，他卻疑惑了。格藍是李爾口中的真正英雄，沒有顯赫的背景，沒有高尚的職業，只有一顆單純善良的心，仗義而為不論結果，講話永遠結結巴巴，字字斟酌，忙完眾人的事務，夜裡還挑燈創作，無奈一直陷於瓶頸，最終選擇刪掉所有無用的贅詞，彰顯文字本然的質樸與真義。鐵面無私的貓頭鷹法官在兒子染病身亡後，恍如大夢初醒，終於找回生命的溫度，共同投入抗疫行列。

　　卡繆獲頒諾貝爾文學獎時的致詞，每每聽到都深覺感動。一位謙沖為懷、正直勇敢、充滿人道精神的文學家，在他字體行間，時而寫意抒情，時而抽象冷靜，如何忠實地呈現作者的文字與思維，是我唯一的考量，但時而力有未逮，還盼不吝指正。卡繆談及自己的創作仍在工地階段，而我的翻譯只能說還在蠻荒闢地，祈願這未臻完美之作，能帶著讀者一瞥這部作品的精采。最後感謝好友 Candice Roze 無限的耐心以及法協主任 Bruno Duparc、Sophie Laplace 及多位法協同事與我一同經歷這場峰迴路轉的瘟疫，以及必芳、Lapin、Théo、Peter 的協助，讓這本翻譯得以順利完成。

耳邊迴盪著卡繆謙遜而堅定的聲音，看著那既孤寂又自信的回眸一望[3]，就讓我們潛入他的思想大海之中，共同投入這場永不止息的反抗吧。

3 吳明益《浮光》：「我記憶最深刻的人像攝影，不用說就是布列松（Henri Cartier-Bresson）所拍的卡繆，他叼著菸回眸看著仍在時間之流中的我們，那神情既孤獨又自信，彷彿知道這個眼神所傳遞出來的腦袋裡的思想必會不朽，且已然不朽。」，新經典文化，2014，p. 195。

瘟疫
La Peste

作　　　者　卡繆（Albert Camus）
譯　　　者　陳素麗
特約編輯協力　林心紅
責 任 編 輯　劉憶韶

版　　　權　黃淑敏、吳亭儀
行 銷 業 務　王瑜、賴晏汝、周佑潔、周丹蘋
總　編　輯　劉憶韶
總　經　理　彭之琬
事業群總經理　黃淑貞
發　行　人　何飛鵬
法 律 顧 問　元禾法律事務所 王子文律師
出　　　版　商周出版 臺北市104民生東路二段141號9樓
電話：(02)25007008 傳真：(02)25007759
Email：bwp.service@cite.com.tw
發　　　行　英屬蓋曼群島商家庭傳媒股份有限公司城邦分公司
臺北市中山區民生東路二段141號2樓
書虫客服服務專線：02-25007718 02-25007719
24小時傳真專線：02-25001990 02-25001991
服務時間：週一至週五 9:30-12:00 13:30-17:00
劃撥帳號：19863813 戶名：書虫股份有限公司
讀者服務信箱Email：service@readingclub.com.tw
香港發行所　城邦（香港）出版集團有限公司 香港灣仔駱克道193號東超商業中心1樓
Email：hkcite@biznetvigator.com
電話：(852)25086231 傳真：(852)25789337
馬新發行所　城邦（馬新）出版集團 Cite(M)Sdn Bhd
41, Jalan Radin Anum, Bandar Baru Sri Petaling, 57000 Kuala Lumpur, Malaysia
Tel :(603)90578822 Fax：(603)90576622 Email：cite@cite.com.my

設　　　計　廖韡
排　　　版　黃雅藍
印　　　刷　卡樂彩色製版印刷有限公司
總　經　銷　聯合發行股份有限公司 新北市231新店區寶橋路235巷6弄6號2樓

2021年3月6日初版
2022年6月23日初版2.5刷
定價350元

著作權所有，翻印必究 ISBN 978-986-5482-06-0

國家圖書館出版品預行編目（CIP）資料

瘟疫 / 卡繆（Albert Camus）著 ; 陳素麗譯. -- 初版. -- 臺北市 : 商周出版 :
英屬蓋曼群島商家庭傳媒股份有限公司城邦分公司發行, 2021.03
　面；　公分
譯自 : La Peste
ISBN 978-986-5482-06-0（平裝）

1. 法國文學

876.57　　110002372